童年的许诺 〔图文版〕

［法］罗曼·加里 著　　［法］尤安·史法 绘　　倪维中 译

LA PROMESSE DE L'AUBE
ROMAIN GARY
JOANN SFAR

人民文学出版社

著作权合同登记号 图字 01-2020-7470

图书在版编目（CIP）数据

童年的许诺：图文版／（法）罗曼·加里著；（法）尤安·史法绘；倪维中译 . —北京：人民文学出版社，2023
ISBN 978-7-02-018009-7

Ⅰ.①童… Ⅱ.①罗… ②尤… ③倪… Ⅲ.①自传体小说—法国—现代 Ⅳ.① I565.45

中国国家版本馆 CIP 数据核字（2023）第 088080 号

责任编辑　刘　彦
装帧设计　陶　雷
责任印制　王重艺

出版发行　人民文学出版社
社　　址　北京市朝内大街166号
邮政编码　100705

印　　刷　北京盛通印刷股份有限公司
经　　销　全国新华书店等

字　　数　222千字
开　　本　787毫米×1092毫米　1/16
印　　张　33.5　插页1
印　　数　1—5000
版　　次　2008年4月北京第1版
印　　次　2023年8月第1次印刷

书　　号　978-7-02-018009-7
定　　价　149.00元

献给我的母亲莉莉安·阿夫特尔。

献给尼斯。

——尤安·史法

罗曼·卡谢夫
十二岁

献给勒内和西尔维娅·阿纪德

第 一 部

一切都已了却。大苏尔海滨一片空旷，

我躺在沙滩上，

就在我倒下的这个地方，

海面的薄雾使周围的一切显得柔曼而和谐。

极目天际，望不到一艘船只。

前面一块岩石上栖息着数千只鸟儿；

当父亲的不知疲倦地劈波斩浪，

浮出闪亮的身躯

尽心竭力地衔来一条鱼儿。

成群的海燕飞落到地面，有时停在我身边很近的地方，我于是屏住呼吸，
主日的风愿又在内心苏醒：再靠近一点儿，它们就会落到我的脸上，

栖到我的脖子上，胳膊上，覆盖住我的全身……

四十四岁了，我仍然萦怀着这根深蒂固的柔情。

我一动不动地躺在海滩上，已经那么长时间，鹈鹕和
鸱鸮在我周围排成了一个圈。

刚才，一只海豹被波涛推到我的脚边。

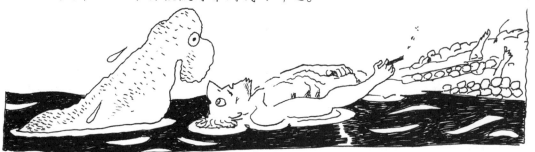

它待在那里，竖起鳍足，

望了我好一会儿，

然后又返回太平洋去了。

我向它微笑，它待在那里，神情严肃，略带忧郁，

仿佛已经知道了这一切。

第 一 章

　　一切都已了却。大苏尔①海滨一片空旷，我躺在沙滩上，就在我倒下的这个地方，海面的薄雾使周围的一切显得柔曼而和谐。极目天际，望不见一艘船只。前面一块岩石上栖息着数千只鸟儿；另一块岩石上是海豹一家：当父亲的不知疲倦地劈波斩浪，浮出闪亮的身躯，尽心竭力地衔来一条鱼儿。成群的海燕飞落到地面，有时停在我身边很近的地方，我于是屏住呼吸，往日的夙愿又在内心苏醒：再靠近一点儿，它们就会落到我的脸上，栖到我的脖子上，胳膊上，覆盖住我的全身……四十四岁了，我仍然萦怀着这根深蒂固的柔情。我一动不动地躺在海滩上，已经那么长时间，鹈鹕和鸬鹚在我周围排成了一个圈。刚才，一只海豹被波涛推到我的脚边。它待在那里，竖起鳍足，望了我好一会儿，然后又返回太平洋去了。我向它微笑，它待在那里，神情严肃，略带忧郁，仿佛已经知道了这一切。

　　母亲坐了五个钟头的出租车，来到萨龙－德－普罗旺斯②，与我告别。我在那里被动员入伍。我当时是空军学校的中士教官。

　　出租车是一辆破旧的老爷雷诺车。过去有一段时间，我们曾占有这辆汽车百分之五十的股份，后来变成了百分之二十五。好多年过去了，现在，它已成了我们往日合伙人，司机里纳尔迪的独有财产。然而，母亲总认为她对这辆车仍然拥有某种精神上的权利。里纳尔迪是个温和、腼腆、乐于助人的人，母亲利用他的善良，做

---

① 大苏尔是美国加利福尼亚州一号公路中的一段，包括很多悬崖、海岸，是著名的旅游景点。

② 萨龙－德－普罗旺斯，法国东南部城市，设有航空学校和空军学校。

嘴里不停地向我唠叨，
说她儿子是个英雄。

得有点儿过分了：她坐进车子，让人家从尼斯把她一直拉到萨龙－德－普罗旺斯，足足跑了三百公里 —— 自然一个子儿也没有付。战争结束后很久，这位好心的司机还搔着已经变得花白的头发，怀着某种钦佩的抱怨心情，诉说母亲怎样把他也给"动员"了。

"她坐进车里，直截了当对我说：'走！上萨龙－德－普罗旺斯，跟我儿子告别去！'当时我想推辞：这来回一趟，得跑十个钟头呐！她立刻把我当作法国人中的坏分子，威胁要叫警察逮捕我：现在动员征兵，而我却想躲避。她坐在车里，身边放着大大小小的包裹 —— 香肠啦，火腿啦，果酱罐头啦，应有尽有，嘴里不停地向我

这来回一趟，得跑十个钟头呐！

你一定是第二个纪纳曼！

唠叨，说她儿子是个英雄，她要再拥抱他一次，还说在这上头，我没有讨价还价的权利。接着，她流出了眼泪。你的老妈妈呀，哎，哭起来真像个孩子！我那次在车上见到她 —— 我们多少年没有见面了 —— 她一声不响地哭着，那神情啊，嗨，活像一条挨了打的狗 —— 噢，真对不起，罗曼先生。可是，您知道，她当时真是伤心，所以，我也就不好再推辞了。我没有孩子，没有什么牵挂，那就跑一趟吧，五百公里也罢。于是我说：'好吧，走！不过，您得付汽油费。'这是起码的嘛。她总认为有权使用这辆车，唯一的理由是，七年前我们合过伙。哎，好了，您一定会说，这是因为她爱您，为了您，她什么都会做……"

我看见她在食堂门口下了车。她提着手杖，嘴上衔着一支高卢牌香烟，冲着兵士们嘲弄的目光，按照地道的传统习惯，用戏剧式的动作向我张开双臂，等待儿子扑向自己的怀抱。

我把制服帽往下拉了拉，压到眼眉上，两手插进那件为招募年轻飞行员而不知穿过多少次的皮上衣的口袋，略微摆动着肩膀，大模大样地朝她走去。然而，我很不自在，感到十分尴尬：一位母亲，以令人难以接受的方式，突然闯入男人的天地，在这个天地里，我费了九牛二虎之力，好不容易争得了"硬邦邦的男子汉"的名声。

我摆出一副冷漠的姿态，逗乐般地拥抱了她。我惯于这样做。我想巧妙地让她躲开，躲到汽车后边去，以便避开众人的视线，但是没有成功。她只是向后退了一步，为的是能更好地端详我。她容光焕发，喜气洋洋，用赞赏的目光凝视着我，一只手搭在胸口，鼻孔里发出粗重的呼吸声 —— 这是她感到极度满意的征象。她忽然喊出声来，音调高得每个人都听得清清楚楚，而且带着浓重的俄国腔：

"纪纳曼①！你一定是第二个纪纳曼！嗨嗨，你母亲绝不会弄错！"

我顿时面红耳赤，脸上火辣辣地发烫。我听到背后爆发出哄笑声。她这时已经举起手杖，挥向聚集在咖啡厅前那群快活的兵士，做了个咄咄逼人的姿势，同时用富于灵感的语调，大声说：

"你将来一定是英雄，是将军，是加布里埃尔·邓南遮②，是法国大使！—— 这帮浑小子，有眼无珠，他们哪能知道你是谁！"

此时此刻，作为儿子，我感到谁也不会像我这样怨恨自己的母亲。我强忍怒气，试图向她轻声说明，她这样做会毁了我，给我的名誉造成无可挽回的损失，同时想再次设法把她推往汽车后面。可是，突然，她的脸上显现出惊恐的神色，嘴唇开始

---

① 乔治·纪纳曼(1894—1917)，法国传奇式空军英雄，牺牲前曾获得五十四次空战胜利。

② 加布里埃尔·邓南遮(1863—1938)，意大利诗人、剧作家和小说家。

微微颤动。我于是又一次听到了那句令人心碎的话，那句长期以来一直烙在我心里的话：

"啊？你的老妈妈给你丢脸了?!"

刹那间，那装出来的刚强外表，那故意摆出的大丈夫架势，一下子垮掉了。我举起一条胳膊围住她的双肩，另一只手向伙伴们做了个含意明确的手势：中指竖在大拇指上方来回摆动。我后来知道，全世界士兵都明白这个手势的含意，只有英国和拉丁语国家不一样：用两个手指，而不是一个 —— 这是习惯问题。

我用手臂拥着她的双肩，再也听不见那些笑声，看不见那些嘲弄的眼神了。我这时唯一想到的是：我要去迎接艰巨的战斗，去为她履行我儿时许下的诺言，那就是跟我学步时代就知道的强大而残酷的敌人进行争夺世界主权的战斗，赢得胜

我这时唯一想到的是：我要去迎接艰巨的战斗。

利后光荣地返回故乡，使母亲获得应有的评价，使她做出的牺牲得到应有的报偿。

二十多年过去了，现在一切都已了却。我躺在太平洋岸边大苏尔这块岩石上，静穆寂寥的海洋里，只听得见海豹的叫声。偶有巨鲸浮出海面，喷射水柱，在浩瀚的洋面上，这水柱是那样渺小，那样微不足道。今天，虽说看上去一片空旷，可我只要抬起眼睛，就能看到那群蜂拥而来的敌军，他们朝我俯下身子，寻觅他们失败和屈服的遗迹。

母亲第一次告知我这些敌人时，我还是个孩子，还没有听过《白雪公主》《穿靴子的猫》《七个小矮人》和《卡拉波丝仙女》等童话。从那以后，这些敌人一直徘徊在我身边，再也没有离去。母亲把他们叫出来，挨个指给我看，低声念出他们的名字，同时把我紧紧地搂在怀里。我当时还不大明白事理，但是已经预感到，将来总有一天，我要为她去跟他们拼搏。时间一年年过去，我越来越看清了他们的面貌。他们每进攻我们一次，我的意志便经受一次锻炼，变得更加坚强不屈。今天，饱经沧桑的我已经精疲力竭，在大苏尔的沉沉暮色中，我还能清晰地看见他们的面目；尽管太平洋的波涛在轰鸣，我还能听见他们的声音。他们的名字我随口就能道出。当我正视他们时，我日渐昏花的眼睛又重新迸发出少年时代的光芒。

首先是蠢神托托什。他有猴子般的红色臀部和极低的原始智力，热衷于疯狂的空想。一九四〇年，他成了德国人的宠儿和谋臣。今天，他又一步步钻进纯科学领域，经常俯在学者们的肩头。他在地球上的影子随着每次核爆炸而变得十分高大。他的拿手好戏是给愚蠢披上天才的外衣，并在我们中间招募杰出人才，以确保我们自己的毁灭。

还有绝对真理之神梅尔扎夫卡。他头戴皮帽，手执马鞭，鲁莽粗野，站在死尸堆上，兴高采烈地咧嘴狂笑。他是我们最老的主人和统治者，长期以来主宰着我们的命运，于是成了大富大贵之人。每当他以绝对真理的名义，或以宗教、政治或道德的名义，开始折磨、压迫和屠杀的时候，人类的半数会感恩戴德地向他屈膝，他

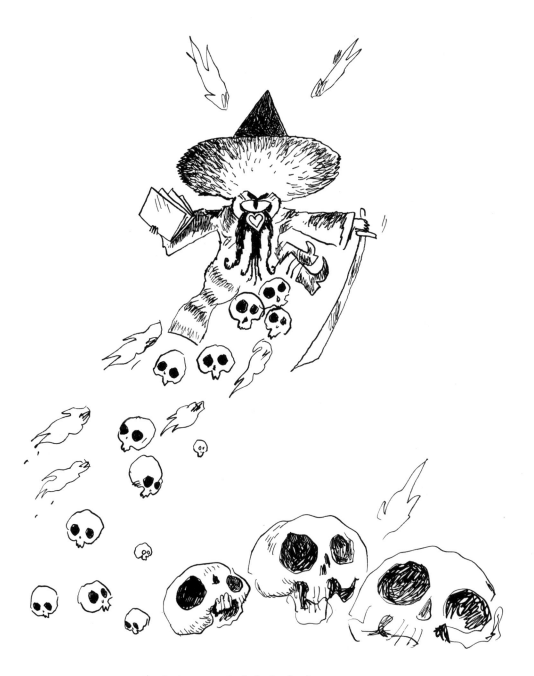

绝对真理之神梅尔扎夫卡

蠢神托托什

于是感到无比兴奋，因为他心里明白，绝对真理并不存在，它只是一种使人就范的手段。就在此时此刻，在大苏尔乳白色的天空中，他的胜利的欢笑从远处向我滚滚袭来，压过了海豹和鸬鹚的叫唤，连我的太平洋兄弟的涛声也无法将它掩盖。

还有菲洛什，那是卑劣、偏见、轻蔑和仇恨之神。他从人类住宅的门房里探出身子，叫喊着："丑恶的美国人，丑恶的阿拉伯人，丑恶的犹太人，丑恶的俄国人，丑恶的中国人，丑恶的黑人！"他是策动群众运动和战争的能手，制造迫害和私刑的专家，巧舌如簧的辩证学家，各种意识形态训练的鼻祖，宗教裁判所的大法官，圣战爱好者。他虽然长着鬣狗般的脑袋和扭曲的短爪，毛发满患疮痂，但他却强健有力，很能迷惑人。所有的兵营里都能遇见他。他热衷于看管地球，用最狡猾最巧妙的手段与我们争夺世界。

此外，还有一些别的神。他们更加神秘、阴险，更加鬼鬼祟祟，也更难被人发现和识别。他们数量众多，在我们中间有大批同伙。母亲对他们非常熟悉，在我童年的时候，她常常来到我的卧室，和我谈起他们。这样的时刻，她把我的脑袋紧紧贴在她的胸前，同时压低说话的声音。我于是渐渐加深了对这

卑劣、偏见、轻蔑和仇恨之神菲洛什

些在世上作威作福的暴君的认识，比最熟悉的日常事物还要清楚。他们巨大的影子至今还俯向我，我一抬头就能看见他们闪闪发亮的铠甲。他们的投枪，连同天上的每一道光线，都仿佛在向我瞄准。

如今我们彼此成了宿敌。这里叙述的故事，就是我与他们战斗的经历。母亲曾是他们手中心爱的玩物。我从童年时代就许下诺言，要使母亲摆脱他们的奴役。随着岁月的流逝，我渐渐长大，盼望有朝一日能伸手撕下那块把世界遮得暗无天日的帷幕，让它露出智慧和仁慈的容颜。我下过决心，要和荒谬而醉心于权势的诸神争夺世界支配权，把世界归还给勇敢而友爱地居住在那里的人们。

把世界归还给勇敢而友爱地居住在那里的人们。

母狗哺乳幼崽时那种平静的神态

第 二 章

记得是在十三岁的时候，我第一次意识到自己的天职。

我当时是尼斯中学四年级学生。母亲在内格列斯库旅馆开了一个所谓走廊橱窗，摆着一些豪华商店的代销商品。每卖出一块头巾、一条腰带或一件衬衣，她都能抽百分之十的佣金。有时候，她偷偷地非法涨一点儿价，把赚头装进自己的腰包。她一天到晚守候着可能光临的顾客，烦躁地一支接一支地吸着高卢牌香烟。那时候，我们每天的面包全靠这份靠不住的买卖。

她已经单身生活了十三年，没有丈夫，没有情人。她这样勇敢地奋斗着，每月挣几个小钱维持我们的生活：付房租，买黄油、鞋子、衣服和午餐用的牛排 —— 这牛排，她每天把它放在一个盘子里，郑重其事地摆到我的面前，就像是她与对手较量后夺得的胜利果实。我放学回家，坐到这个盘子跟前；母亲站在那里看着我吃牛排，显出母狗哺乳幼崽时那种平静的神态。她自己一点儿也不吃。她对我说，她只爱吃素菜，忌食肉类和油脂。

有一天，我离开饭桌后，去厨房喝水。

母亲坐在一张凳子上，膝盖上放着刚才煎过牛排的那只平底锅，手里拿着一些面包，细心地在油乎乎的锅底上擦拭，然后贪馋地送进嘴里。尽管她动作迅速，很快把锅子藏到了毛巾底下，但在这刹那之间，我明白了全部真相，明白了她吃素的真正动机。

我在那里待了一会儿，一动不动，怔怔地发愣，恐怖地盯着从毛巾下露出来的那口锅，望了望母亲不安而负疚的微笑，接着大哭起来，拔腿跑出了厨房。

它渐渐转化为一种需要，

一种大概永远无法用办人或艺术来缓解的需要。

我们当时住在莎士比亚大街。街的尽头有一条陡峭的路堤，耸立在铁路上方。我跑到那里躲藏起来。我想向下一跳，卧到铁轨上，从此掩埋掉我的耻辱和无能。可这一念头刚掠过脑际，立刻又冒出一个愤世嫉俗的决心：改变这个世界，使它有朝一日成为一个幸福、公正、能与母亲媲美、使母亲能在其间昂首挺立的天地，这决心咬啮着我的心，使我浑身发烫，热血沸腾。我把脸埋在胳膊里，让自己在痛苦中受煎熬。我的眼泪经常能使我把烦恼转为舒畅，但这次却没有给我以任何慰藉。一种难以忍受的无能为力的感情，无脸当男子汉的感情，几乎沦为残废者的感情，苦苦地折磨着我。随着我逐渐长大，童年时代的这种感情创伤和模糊的向往非但没有淡去，反而益发强烈了，它渐渐转化为一种需要，一种大概永远无法用女人或艺术来缓解的需要。

我在草丛中哭泣的时候，忽然望见母亲出现在斜坡高处。我不知道她怎么会找到这个地方，因为过去谁也没有来过这里。我见她弯下腰，钻过铁丝网，向我走来，灰白的头发反射着阳光。她走到我的身边，坐下来，手里还是夹着那支永不离开的高卢牌香烟。

"别哭了。"

"不要管我。"

"别哭了，原谅我吧！你已经是大人了。我让你难受啦。"

"我跟你说了不要管我。"

一列火车隆隆驶过铁路。我忽然觉得是我的忧伤产生了这轰鸣声。

"我以后不这样做了。"

我稍稍平静了一点儿。我们俩坐在斜坡上，胳膊倚着膝盖，眼睛望着另一边。有只山羊系在一棵树上，那是一棵金合欢。金合欢开着花，天空湛蓝湛蓝的，太阳闪烁着金光。我忽然想到：世界在捉弄人们。这是我的第一个成人观念，我记得很清楚。

母亲把那盒高卢牌香烟递到我面前。

"想抽吗？"

"不。"

她试图像对待大人一样对待我。也许她着急了。她已经五十一岁，这是艰难的年龄：只有我这么一个孩子是她的生命支柱。

"你今天写作了吗？"

一年多来，我一直在"写作"。我写诗，涂涂抹抹已经用掉了好几个练习本。为了给自己一种发表的幻觉，我用印刷体字母一笔一画地誊写出来。

"写了。我在写一首哲理长诗，关于灵魂的显形和游离。"

她点点头，表示赞同。

"学校里功课怎么样？"

"数学得了零分。"

母亲沉吟半晌。

"他们不了解你。"她说。

我很同意她的看法。自然科学老师总给我吃零蛋，我认为这是他们的极端无知。

"他们这样做会后悔的。"母亲说，"他们一定会感到惊讶：你的名字有朝一日会用金字镌刻在学校的墙上。我明天就去找他们，对他们说……"

我哆嗦了一下。

"妈妈，我不许你去。你会让人笑话我的。"

"我要跟他们说说你最近写的诗。我过去是名演员，我会朗诵诗。你将来一定是邓南遮！是雨果！你一定能得诺贝尔奖！"

"妈妈，我不让你去跟他们说。"

她没有听我说话。她在那里怔怔地出神。

不一会儿，她的唇边浮出一丝幸福的微笑，天真而满怀信心，她的眼光仿佛已

这位灰白头发的妇人和那个还在抹泪的孩子……

穿透未来的雾层，蓦然看见她成年的儿子穿着礼服，满载着光辉的成就和荣誉，缓步登上先贤祠①的台阶。

"所有女人都会拜倒在你的脚下！"她斩钉截铁地说，一边向天空挥舞手上的香烟。

从文蒂米利亚②开来的十二点五十分的火车在烟雾中驶过。扒在车窗口的旅客大概会感到纳闷：这位灰白头发的妇人和那个还在抹泪的孩子，为什么那样专心致志地仰望着天空，他们在瞧什么呢？

母亲忽然显出关切的神情：

"得起个笔名才好。"她坚定地说，"一位伟大的法国作家不能用俄国人的名字。如果你是小提琴演奏家，那倒无所谓；可是，作为法国文学大师，那就说不过去了……"

"法国文学大师"的桂冠已经戴到我的头上。半年来，我每天花好几个钟头的时间遴选笔名，用红墨水写在一本专用练习本上。今天早晨，我还想选用"于贝尔·德·拉法雷"，可是，半小时以后，我又把它改成"罗曼·德·龙斯沃"了，我觉得它更具有故乡的魅力。我对自己的真名罗曼感到很满意，但可惜已经有了一个罗曼·罗兰，而我又不想跟任何人分享我的荣誉。这件事实在很伤脑筋，难办的是一个笔名怎么也表达不出你所感受的一切。最后我终于认为，作为文学表达手段，光有笔名是不够的，还必须写出书来。

"如果你是小提琴演奏家，卡谢夫这名字倒很不错。"母亲微笑着重复说。

"小提琴演奏家"这档子事，给她带来莫大的失望，我自己也感到很内疚。这中间有个命运的误会，母亲一点儿也没有领悟。母亲满怀信心地期待着我，想找一条最佳捷径使我们俩"出人头地"—— 她从不回避陈旧的套语，这与其说是词汇的平

---

① 是的，我知道。—— 原注

② 文蒂米利亚，意大利边境城市，与法国交界。

"小提琴演奏家"这档子事，给她带来莫大的失望。

一场美梦就这样破灭了。

庸，不如说是随俗，是顺应这个社会的价值观和衡量价值的标准。从这类俗语里能找到现成的公式，反映着现行社会秩序和某种超越这种说法的陈规陋习的羁绊。最初，她抱着这样的希望，希望我是一个神童，一个海菲兹和梅纽因①的混合体，这两个人年纪轻轻就获得了极高的荣誉。母亲自己也一直幻想成为一位大艺术家。我刚七岁的时候，我们经过波兰东部，在维尔诺②一家商店里买了一把旧提琴。接着，母亲便郑重其事地带我去见一个人。此人无精打采，头发很长，穿一身黑衣。母亲低声下气地称他"大师"。以后，我鼓着勇气，每星期独自去他那里两次，带着那把装在紫色丝绒衬里的赭石色盒子里的提琴。我对这位"大师"只留下这么一点儿印象 —— 我每次拿起琴弓，他便大惊小怪地叫喊："哎！哎！哎！"同时立刻用双手捂住耳朵。这种情景我至今记忆犹新。我认为这是一个在下层社会因找不到普遍和谐而感到极度痛苦的人。我在三星期的受业中，想必也在这不和谐中扮演了重要角色。第三个星期末，他愤愤地把提琴和琴弓从我手中夺了过去，对我说，他要告诉我母亲，叫我不必再上这里来了。他对母亲说了些什么，我一点儿也不知道。不过，在这以后好几天里，母亲一直长吁短叹，用责备的眼光打量我，有时候又满怀怜悯的激情，把我拥在她的怀里。

一场美梦就这样破灭了。

---

① 海菲兹 (1901—1987)，梅纽因 (1916—1999)，都是著名的美国俄裔小提琴家。

② 维尔诺，今立陶宛共和国首都维尔纽斯，一九二〇至一九三九年属波兰。

母亲便在一家女子理发店的后堂替人美容。

每天下午，她还去胜利大街的一家狗舍，

给那些高贵的狗美容。

第 三 章

那时候，母亲替别人制作帽子。顾客最初是用通信方式招来的，每张广告都用手写，上书："巴黎大时装公司前女经理为消遣而代客设计家用便帽。名额有限，欲订从速。"几年后，也就是我们到尼斯后不久的一九二八年，我们住在莎士比亚大街一个两居室的套间里，母亲想重操这份旧业。由于准备工作遇到困难，起步需要时间——事实上她一直没有起步，母亲便在一家女子理发店的后堂替人美容。每天下午，她还去胜利大街的一家狗舍，给那些高贵的狗美容。以后，她又相继干过很多行当：在一些旅馆里开设橱窗；到豪华的大饭店挨门兜售首饰，从中提取佣金；与人合伙在布法市场摆蔬菜摊；做买卖房地产和旅馆的生意，等等。总之，由于她的操劳，我需要的吃穿从来没有短缺过：中午的餐桌上总有牛排，尼斯人从来没有看见我穿过破衣烂衫。由于我压根儿没有音乐天赋，无法履行向母亲许下的诺言，所以感到极为内疚。直到今天，我一听见梅纽因或海菲兹的名字，还会从心底泛起一股懊丧的情绪。三十多年后，我任法国驻洛杉矶总领事时，命运之神让我把法国荣誉军团大十字勋章授予海菲兹。他当时住在我的领事管辖区。我把勋章佩戴在小提琴家胸前，然后念授勋颂词："海菲兹先生，我以共和国总统的名义授予您荣誉军团大十字勋章。"我忽然向天空抬起眼睛，听见自己高亢而清晰的声音：

"这不可能，但又有什么办法！"

小提琴家感到有点儿诧异。

"您说什么，总领事先生？"

我连忙按照惯例，和他行贴面礼，继续进行这个仪式。

　　我知道，由于我没有音乐天赋，母亲感到非常失望。她后来再也没有在我面前提起这件事。应该说，她讲话一般比较随便，这样的克制表明她内心埋藏着深深的忧伤。她自己没有实现艺术抱负，她把这方面的希望完全寄托在我身上。我已下过决心，要去做我能做的一切，以便通过我的努力，使她成为一名受人欢呼的著名艺术家。我在绘画、戏剧、歌唱和舞蹈之间长期犹豫以后，有一天终于选择了文学。我觉得，对世界上那些不知去哪里栖身的人来说，文学似乎是他们最后的庇护所。

　　就这样，学习小提琴那段事，我们再也不提了。我们重新开始寻找通向荣誉的新路。

我觉得，

对世界上那些不知去哪里栖身的人来说，

文学似乎是他们最后的庇护所。

"尼金斯基！尼金斯基！你将来一定是尼金斯基！"

每星期三次，我提着丝织软鞋，被母亲携着手，到萨夏·吉格洛夫练功房去。到了那里，我抬起腿，极其认真地在横杆上练习两个钟头。母亲坐在一旁，有时候，她双手交叉，嘴角绽露赞赏的微笑，欢呼起来：

"尼金斯基[1]！尼金斯基！你将来一定是尼金斯基！瞧吧，我说得保准没错！"

然后，她陪我到更衣室。我脱衣服的时候，她待在一边，用警惕的眼神望望周围，对我说："萨夏·吉格洛夫道德败坏。"这一指责立刻被证实了：当我淋浴的时候，萨夏·吉格洛夫踮着脚尖走了进来。我当时天真未凿，以为他想咬我，便惊慌地喊起来。那位吉格洛夫急速穿过健身房狼狈逃跑，愤怒的母亲挥舞着手杖在他身后紧追不舍的情景，至今还历历在目。—— 这也就是我的舞蹈家生涯的终结。

---

① 尼金斯基(1890—1950)，俄罗斯著名舞蹈家。

那时候，维尔纽斯还有两所舞蹈学校，不过，母亲已经吸取了教训，不想再冒险了。她想到儿子有可能成为一个不爱女人的男子便受不了。我当时才八岁多一点儿，她就开始为我杜撰将来在情场上的"功绩"，开始设想叹息和眼神，情书和誓言，月光下阳台上悄悄地拉手，白色的军官制服和华尔兹舞，以及那窃窃私语和苦苦哀求。她坐在那里，垂下眼帘，搂着我靠在她身上，嘴上浮现出有点儿内疚但却异样年轻的微笑，向我说着各种赞赏的话语。她那出众的美貌过去无疑使她有权领受这种赞赏，而这方面的体味，她可能还没有完全忘却。我懒洋洋地依偎着她，边听她说话，边舔着面包片上的果酱，显出漫不经心的神态，但却怀着浓厚的兴趣。我实在太年轻，不懂得她是在借此为自己驱赶女性的孤独，驱赶自己对温情和关怀的希求。

小提琴和舞蹈的学习就这样结束了。数学上的一窍不通又使我无法成为一个"新的爱因斯坦"。这一次，我想自己试试身手，想发现自己身上某种被埋没的才能，这种才能也许能实现母亲的艺术期望。

几个月来，我养成了玩水彩颜料盒的习惯，上学时，我总把这个盒子带在身边。

我常常手握画笔，一画就是几个小时，对这些红颜色、黄颜色、绿颜色、蓝颜色，简直着了魔，有一天 —— 那时我已经十岁，学校的美术老师来找母亲，说出了他的想法："夫人，您的孩子有绘画才能，可不能忽视啊！"

这个发现在母亲身上引起的反应完全出人意料。可怜的母亲也许过分囿于本世纪初的一些传说或有产阶级的成见，不管出于什么原因，她头脑里一直认为绘画只能使人终生潦倒，不会带来好的结局。她大概听说过梵高①和高更②的凄惨生涯，被吓怕了。我记得当时她走进我的卧室，脸上带着恐慌的神情，在我面前坐下来，显得那样垂头丧气，用无比忧虑和无声的恳求眼光望着我。她的脑海里一定连续闪现

---

① 梵高(1853—1890)，荷兰画家，生前深陷于精神疾病中，最终自杀。

② 高更(1848—1903)，法国画家，后期疾病缠身，贫困潦倒。

……向我说着各种赞赏的话语。她那出众的美貌过去无疑使她有权领受这种赞赏。

着所有《波希米亚人》①的画面，闪现着所有下等画家无法逃避酗酒、穷困、肺结核的命运的情景。最后，她用一句摧心裂肺的话作了总结 —— 这句话并不全错，但却令人无限感慨：

"你也许有这方面的天才，但是，他们会让你饿死的！"

我不知道"他们"指的是谁，可能她自己也不十分了然。然而，从那一天起，我基本上被禁止再动那盒水彩颜料了。也许我具有一点儿粗浅的儿童才能，但她却马上跟一个极端联系起来。现在她认定我是一个人才，但却是一个该死的人才！水彩颜料被可悲地藏了起来。后来，当我再次找到它，用它画画时，母亲从卧室里走出来，又立刻折回去，像一头焦虑不安的动物，在我周围转来转去，痛苦而沮丧的眼神盯着我的画笔。我完全气馁了。从此以后，我便和水彩颜料诀别了。

从那以后很长一段时间里，我为这件事埋怨她。甚至时至今日，我有时还突然感到错过了一次按志趣选择事业的机会。

就这样，我从十二岁起开始写作。不管怎么说，这是出于一种模模糊糊但又无法推托的需要。我阅读大量文学杂志，那里面有诗歌、故事和用亚历山大体②写的五幕悲剧。

对于文学，母亲一点儿没有反对，头脑里丝毫没有绘画留给她的那种近乎迷信的偏见。相反，她看文学很顺眼，把它当作华美殿堂里一位高贵的夫人。歌德十分荣耀，托尔斯泰是伯爵，雨果当过共和国总统 —— 我不知道她是从哪里听来的，但她坚持这样认为。然而，刹那间，她的脸色又变得阴沉了：

"不过，你得当心身体啊！当心花柳病！莫泊桑精神错乱而死，海涅瘫痪了……"

她满面愁容，默默地抽了一会儿烟。显然，文学也有它的危险性。

---

① 《波希米亚人》，又译《艺术家的生涯》，是由普契尼作曲的四幕歌剧，根据法国剧作家亨利·缪杰的小说改编，描述了巴黎艺术家们贫困潦倒的生活。

② 指法国十二音节的诗。

"那种病开始的时候，皮肤上先起疱疹。"她说。

"我知道。"

"你答应我注意身体。"

"我答应你。"

那时期，我的爱情生活还仅限于当女仆玛丽埃特登上踏凳时，用狂热的眼光瞅她的裙子底下。

"也许，你最好年纪轻轻就结婚，跟一个善良温柔的姑娘结婚。"母亲说，语气显得有点儿勉强。

不过，我们两人都很明白，这完全不是母亲对我的期待。世界上最漂亮的女人，有名的芭蕾舞女演员，第一流的女明星，拉歇尔①、杜丝②、嘉宝③一类人物，这才是她心目中配得上我的人儿。不过，对她的提议，我没有意见：如果那张该死的踏凳更高一点儿，或者，更理想的是，玛丽埃特也能领会到，立即开始这一进程对我来说是多么重要……我十三岁半，已经有不少事要干了。

就这样，音乐、舞蹈和绘画被相继淘汰，剩下的只有文学了，尽管有花柳病的危险。为了使幻想有一个现实的开端，必须先拟定一个笔名——一个与世界期待的杰作相称的笔名。我成天关在卧室里，在纸上涂写着奇奇怪怪的名字。有时候母亲探进头来，想知道我是否有了灵感。我们从来没有想到，辛辛苦苦花在这上面的时间，如果用来创作所谓的杰作，肯定有益得多。

"怎么样啦？"

我拿起那页纸，向她展示这一天的文学成就。我对自己的努力并不满意。我总觉得没有一个名字——不管它多么华丽，多么响亮——能达到我要为她寻求的那

---

① 拉歇尔（1821—1858），法国女演员，致力于复兴法国古典悲剧。

② 杜丝（1858—1924），意大利著名女演员，长于饰演易卜生和邓南遮戏剧中的角色。

③ 嘉宝（1905—1990），美国著名女影星。

种完美程度。

"亚历山大·纳塔尔。阿尔芒·德·拉托尔。泰拉尔。法斯科·德·拉菲内耶……"

就这样一页一页地写下去。写了一大串名字后，我们互相瞧了瞧。两人都摇摇头。不该是这类名字，完全不该是这类名字。实际上，我们两人心里明白，我们需要的名字，别人早已选择了："歌德"有人用过，"莎士比亚"也一样，"雨果"更不用说了。然而，恰恰这些名字才是我想为她寻找的，才是我想奉献给她的。有时候，当我穿着短裤，坐在桌子后面，向她抬起眼睛时，我觉得这个世界小得不足以容纳我的爱。

"要找一些像加布里埃尔·邓南遮这样的名字，"母亲说，"邓南遮使那个杜丝经受很大的痛苦。"

她讲这句话时带着尊敬而钦佩的语气。在母亲看来，杰出人物使女人受苦是很自然的事。她希望我在这方面也能大有作为，期待我在征服女性上取得成功。显然，她把这一点看作男人在世上成就事业的重要方面。在她眼里，这件事与荣誉、勋章、高级军衔、香槟酒、大使馆举行的招待会一样重要。当她和我谈起沃伦斯基和安娜·卡列尼娜①时，她用骄傲的眼光看着我，用手抚摸着我的头发，大声叹息，嘴上绽出充满天真幻想的微笑。这位昔日那样标致，长期以来却过着独身生活的女性，可能在潜意识里需要某种身心上的补偿，需要儿子去替她完成这种补偿。她提着她的手提箱，自称是一个穷愁潦倒的俄国贵族太太，去豪华的大旅馆向有钱的英国人兜售最后几件"家用首饰"。这些首饰是珠宝商委托代销的，从中能抽百分之十的佣金。她整天这样挨家挨户奔走，一个月中很少能做成一件以上的买卖。经历了一天的屈辱和疲惫后，回到家里刚刚摘下帽子，脱下那件灰色大衣，点燃一支烟，便高

---

① 沃伦斯基和安娜·卡列尼娜均系俄国作家托尔斯泰的小说《安娜·卡列尼娜》中的人物。

高兴兴地微笑着坐到穿短裤的孩子跟前。孩子已费了一天脑子，琢磨着某个合适的笔名。这个笔名要华丽响亮，充满希望，能充分表达他的心声，让母亲听起来感到高尚而清晰，要使未来的荣誉发出令人信服的回声。可是，他现在还没能为她做到这一步，他为此感到懊丧和烦恼。

"罗兰·德·尚特克莱尔。罗曼·德·米索尔……"

"起一个不带介词①的名字，也许更好一些。万一再来一次革命……"母亲说。

我把这一连串华丽而响亮的笔名一个个念出来。这些名字将表达我所感受的一切，我想向她奉献的一切。她专心地倾听着，显得有点儿焦虑不安。我清楚地意识到，没有一个名字能使她完全满意，没有一个名字能十全十美地配得上我。也许她只是想对我的前途表示鼓励和信任；也许她已经知道，我因自己还是个孩子，不能为她做任何贡献而多么苦闷；也许她在无意中发现了我忧郁的眼神，我从阳台上望着她每天早晨拄着拐杖，吸着烟，提着那只"家用首饰"箱，沿着莎士比亚大街向远处走去的情景，这时候，我们两人都在想：那别针，那怀表，那镀金鼻烟盒，今天能否遇上买主？

"罗兰·冈佩阿道尔。阿兰·布里萨尔。于贝尔·德·龙普雷。罗曼·科尔泰斯。"

从她的目光中，我清楚地看出，这些名字都不合适。我于是认真地思忖：我究竟最终能否使她满意。很久以后，我从广播里听到戴高乐将军的著名号召②，第一次听到戴高乐这个名字时，我立刻愤激起来：十五年前，我为什么没能创造出这么个好名字 —— 夏尔·戴高乐！这个名字当时肯定会得到母亲的喜爱，尤其是，如果只写一个l③。生活中，很多机会就这样错过了。

---

① 指置于姓氏前表示贵族身份的介词"德"(de)。
② 一九四〇年六月十八日，戴高乐在伦敦发表广播演说，号召法国人抵抗德国侵略。
③ 戴高乐名字中有两个l字母，如果只写一个，有旗杆的意思。

第 四 章

我沉浸在温柔的母爱中，它在这个时期给我带来了出乎意料的幸运。

当生意做得不错，几件"家用首饰"的出售能给家里顺顺当当安排一个月的生活时，母亲优先考虑的是上理发店，然后到皇家饭店屋顶凉台看茨冈乐队的演出，再就是雇一名女仆，打扫室内卫生 —— 她最讨厌擦地板。有一次她不在家，我试着自己去擦，她回来发现我趴在地上，手里拿着一块抹布，她的嘴唇立刻开始颤动，眼泪顺着脸颊流了下来。我花了一个钟头的时间安慰她，对她说，在民主国家，家务劳动很光荣，做这类事并不丢脸。

玛丽埃特是个小腹平坦、骨盆宽大的姑娘，有一双狡黠的大眼睛，两腿健壮结实。我每天在学校里看到数学老师的脸时，她那丰满的臀部就会顽固地浮现在我的眼前。这种诱人的幻象便是我上课时聚精会神地盯着老师那张脸的原因。我张着嘴，整堂课上目不转睛 —— 不用说，他讲的话，我一句也没有听进去。当这位好心的老师转过身去，往黑板上写代数式的时候，我也努力把恍惚的眼神移到黑板上去，于是立即从这块黑色背景上认出了我梦想中的东西 —— 黑颜色从此总能对我产生最佳效果。老师看我全神贯注，感到非常满意，有时候便向我提一个问题。我支支吾吾，愣愣地转动着眼珠，向玛丽埃特的臀部投去一束温和而抱怨的眼光，直到听见法吕先生恼火的话音，才清醒过来。

"我真不明白！"老师大声嚷着，"所有的学生，你显得最专心，可以说，有时候，你简直吊在我的嘴唇上，可是，你却在腾云驾雾！"

确实是这样。

黑颜色从此总能对我产生最佳效果。

然而，我无法向他解释我从他的脸上看见了什么，而且看得那样真切。

总之，玛丽埃特在我的生活中占据越来越重要的位置 —— 早晨醒来就开始，几乎一整天都是这样。这个地中海女神从地平线上出现后，我的心便跳跃着去和她相会。我一动不动地躺在床上，情怀烈烈，无法排遣。最后我发觉，玛丽埃特也以某种好奇的目光在注意我。她有时候朝着我，两手按在胯部，定睛向我凝视，露出略带幻想的微笑，然后叹一口气，摇摇头，说：

"哎，您母亲啊，她真是打心眼里爱您！您不在的时候，她张口闭口，唠叨的就是您一个人，说是所有漂亮的女人都会爱上您，所有美好的艳遇都在等着您，还有这个，那个……最后，说得我都有点儿想入非非了。"

我感到不太自在。这个时刻，我的思绪中，母亲排在最末位。我横躺在床上，姿势很不舒服：屈着膝盖，双脚搁在被子上，脑袋顶着墙壁。我不敢动弹。

　　"她向我谈起您，把您当作迷人的王子，嗬……我的罗曼长，我的罗曼短……我知道，这仅仅是因为您是她的儿子。可是，最后，我感到自己很可笑……"

　　玛丽埃特的嗓音对我产生了奇特的效果，它完全不同于别人的嗓音。首先，它不像是从喉咙里发出来的，但我不知道它是哪里来的，散发到哪里去，反正不是到我的耳朵里去。这真奇怪！

　　"这甚至叫人摸不着头脑，让人猜想您是否有什么与众不同的地方。"

　　她待了一会儿，然后叹了口气，开始擦地板。我全身动弹不得，从头到脚变成一段坚硬的木头。我们两人谁也不再说话。有时候，玛丽埃特回头朝我这边扫一眼，叹着气，又开始擦地板。我看着这堆被我涂涂抹抹的纸，这堆一钱不值的废纸，心里很难受。我知道应该做些什么，但却被死死地钉在原地，无法动弹。玛丽埃特干完活，走了。我望着她离去，觉得我肋部的一斤肉随之而去，而且永远不再回来了。我想我这辈子算完了。罗兰·德·尚特克莱尔、阿尔泰米斯·柯依诺尔、于贝尔·德·拉罗什·鲁日都在放声吼叫，他们完全找错了对象。可是，我当时还不知道"女人的愿望就是上帝的愿望"这句箴言：玛丽埃特继续向我投来好奇的目光，蕴含女性的好奇，可能还夹着几分默默的妒意。母亲对我的温情脉脉的赞扬，以及在她面前把我的前程描绘成一幅光辉灿烂的埃皮纳勒①画面，诱发了她的这种好奇和嫉妒。奇迹终于产生了。我还记得这张面对我的狡黠的脸，这个有点儿嘶哑的嗓音。当我还在某个美好的世界飘然遨游的时候，这个声音便摩挲着我的脸，对我说：

"哎，你可不能告诉她啊。我实在忍不住要讲。我知道她是你的母亲，不管怎么说，这样的爱毕竟是美好的……可最终会引起你过分的期待……你这辈子不可能有别的女人会像她那样爱你。这是肯定的。"

这是肯定的。但我当时不知道。快四十岁的时候，我才开始明白。这样年轻，这样早，就得到这样的爱，这并不好。这会使你养成坏习惯。你会以为这是理所当然，会以为这样的爱在别处也同样可以得到、享受到。你仰望着，期待着，怀着希望，企求达到目的。有了母爱，从童年开始，生活便向你展现一幅美妙的画面，但却永远是一幅画面，你以后不得不终生品尝冷漠。从此以后，每当一个女人把你搂在怀里，把你紧贴在她的胸口时，你不会感到别的，只会感到哀伤。你会像一条被人遗弃的狗，跑到你母亲墓前大声喊叫。你不会再得到别的，永远不会。可爱的胳膊搂在你的脖子上，甜蜜的嘴唇向你倾诉着爱情，但你仅仅是顺水推舟。你早早地来到泉水边，把泉水已经全部喝干了，当你又感到口渴时，你到处寻找，却枉费心机，再也找不到一口水井，看到的只是海市蜃楼。你从童年开始就沉浸在爱河里，有了这样的体验，以后每到一个地方，你就会进行有害的对比，就会白白耗费时间去等

———————

① 埃皮纳勒，法国城市名，以生产民俗图片而闻名。

待你往昔经历的东西。

我不是说，母亲们不能爱自己的孩子，我只是说，母亲们最好把爱让别人分享。如果我母亲当时有个情人，我一生中不致在每一股清泉旁忍受干渴之苦。不幸的是，对我来说，我也把自己看成了真正的稀世珍宝。

第 五 章

跟玛丽埃特的那段插曲，以出乎意料的方式结束了。一天早上，我大模大样挟着书包去上学，不一会儿，又飞快地折回来，会见我的美人。她早上八点半到我家来。这时候，母亲已经出门，提着那个小箱子，去戛纳①的马尔蒂纳旅馆向英国人推销"家用首饰"。我们没有什么可担心的了。然而，事情很不凑巧，那天公共汽车司机罢工，母亲只好返回来。她刚进家门，就听到了喊叫声。她以为我阑尾炎发作，急忙跑来抢救 —— 她脑子里常常想到这种病，这是希腊悲剧新的微不足道的翻版。我刚刚平静下来，处于一种恬静的几乎完全无动于衷的状态。这是人生的伟大成就之一。我当时十三岁半，感到自己完全掌握了生活，掌握了命运。我置身于天上诸神中间，超然地望着自己的脚趾 —— 只有它才使我回想起昔日遨游过的人世间。这是一个超凡入圣的瞬间，在我爱好沉思的青少年时代，我那追求高雅超脱的灵魂常常引导我去寻觅这样的瞬间。这样的时刻，那种面对逆境而悲观绝望的想法，那种觉得做人无所作为的念头，在实实在在充满光明、智慧、幸福和美丽的人生面前，会像阳光下的雪人一样，消融得无影无踪。当我正处于这瞬息欣悦的时刻，对于母亲的突然出现，也像对于任何别的事物的突然出现一样，我的态度是平静的。我向她亲切地微笑。玛丽埃特的反应则有点儿不同。她发出一声尖叫，从床上跳了下来。接着是一场大吵大闹。我从奥林匹斯山②上心不在焉地向下观望。母亲手里还握着手杖，她扫视了灾难性的现场，便立刻扬起胳膊，动起手来。手杖不偏不倚狠狠地

---

① 戛纳，法国地中海沿岸城市，距离尼斯三十二公里。

② 奥林匹斯山，希腊名山。希腊神话中的诸神都住在这座山的顶上。

混战中回荡着母亲那激烈而悲凉的吼声。

落在我那数学老师的脸上。玛丽埃特喊叫起来，试图保护身上这可爱的部位。小小的卧室可怕地乱成一团。混战中回荡着古俄语"库尔法"①的声音 —— 母亲那激烈而悲凉的吼声。

　　应该说，母亲具有极为高超的骂人天赋。几句随意挑选的句子，凭着她诗一般

① 婊子之意。—— 原注

忧伤的天性，便能卓越地再现高尔基的《底层》或者更为朴实的《伏尔加河上的纤夫》的气氛。这位一头白发，仪态高雅，受到"家用首饰"的买主高度信任的女性，能毫不费力地在刹那间让听众想起由喝醉酒的马夫、庄稼汉和大兵构成的整个神圣俄罗斯的画面，以无可争辩的杰出才能运用话语手势，把历史故事勾画得活灵活现，听众为之瞠目结舌。这种场面似乎有力地证明了，她年轻时确是一名如她所说的出色的戏剧艺术家。

不过，我还从来没有弄明白这一点。当然，我一直知道母亲曾是"戏剧艺术家"——在她一生中，每当她说出这几个字的时候，口气总是那样骄傲！我现在还记得我五六岁时跟在她身边的情景。在大雪覆盖的寂静中，我们坐在响着凄清铃声的雪橇上，随着她的巡回剧团到处漂泊。有时候，雪橇带着我们离开某个冰冷的工厂，她为那里一个地方苏维埃的工人们"演了契诃夫的戏剧"；有时候，雪橇从某个兵营出来，她为那里的革命士兵和水手"朗诵了诗歌"。在莫斯科，我可以随便进入剧场，走进她的小小的演员化妆室，坐到地上，玩弄那些五彩缤纷的布条，想要把它们协调地搭配起来——这是我在艺术表达上的初次努力。我甚至还记得，她当时演的戏叫《花匠的狗》。我最早的童年记忆就是戏剧布景、一种特别好闻的木头和颜料的香味，以及一个空荡荡的舞台。我蹑手蹑脚地走上舞台，钻进一座假森林里探险。我突然发现前方是一个巨大的黑魆魆的剧场，一时被惊得目瞪口呆。今天，我的眼前还呈现着那些化过妆的脸，脸上涂着离奇的淡褐色，眼睛周围是黑白相间的圆圈，这些脸都朝着我微笑。母亲上台的时候，一些穿着奇形怪状衣服的男人和女人搂住我的膝盖，把我抱起来。我还记得有个苏联水手把我举得高高的，骑在他的肩头，让我能看见母亲在舞台上扮演罗莎——《希望的沉沦》中的一个角色。我甚至还记得她的艺名，这是我学习俄语时最初念的几个单词，它们被写在她化妆室的门上：尼娜·鲍里索夫斯卡娅。看来，在一九一九到一九二〇年间，她在俄罗斯剧团这个小圈子里，情况仿佛很不错。母亲刚开始搞艺术时，著名电影演员伊万·莫

伊万·莫修金

修金认识了她。然而在这件事情上，他始终有点儿含糊其词。他来尼斯拍电影时，有时把我叫到"大蓝"滨海浴场的平台上，看看我"长成什么样了"。在那里，他扬起那副卡格里奥斯特罗①式的眉毛，用黯淡的目光凝视着我，说："你母亲本应进戏剧学院，可惜环境没能让她发挥才华，而且，年轻人，自从有了你，除了她的儿子，什么都引不起她真正的兴趣啰！"我还知道，她是俄罗斯草原上，确切地说是库尔斯克②的一个犹太钟表匠的女儿，年轻时非常漂亮，十六岁离开家庭，以后结婚，离

---

① 卡格里奥斯特罗 (1743—1795)，意大利冒险家。

② 库尔斯克，俄罗斯城市，在哈尔科夫以北。

婚，再结婚，再离婚……除此之外，我知道有一张脸常常贴着我的脸，一个悦耳的嗓音，低吟，说话，歌唱，欢笑——那种无忧无虑的欢笑，有时简直是欣喜若狂，我在自己周围窥伺、期待、寻觅这种欢笑，却始终枉费心机；我还知道一种铃兰的香味，一头波浪般的深色长发倾泻到我脸上，在我耳边飒飒作响；我知道某个国家的奇特故事——这个国家后来便成了我的祖国。不管进不进戏剧学院，反正她有才华，因为她用一整套东方叙事艺术和一种使我从不怀疑的信念向我介绍了法国。直到今天，我有时还在期待着法国——这个令人心旷神怡的国家。虽然我已经听别人谈了那么多，但我还是不了解她，我永远不可能了解她——因为，从我幼年时代起，母亲怀着激情和灵感向我描绘的法兰西，对我来说已经成了一部完全游离于现实之外的奇异童话，一部充满诗意的杰作，一部任何人为的经历所无法达到和揭示的杰作。母亲通晓法语，只是带有浓重的俄国口音。这是事实，连我也至今保留着这种口音的痕迹。但她从来不想给我解释她是在哪里学的，是在生活的哪个阶段，向谁和怎样学的。"我在尼斯和巴黎待过。"——这是她肯向我说出的全部回答。在她那个冰冷的演员化妆室里，在那套与其他三家演员合住的、有个名叫阿涅拉的年轻女仆照料我生活的房子里，在以后载着我们奔向西方的与斑疹伤寒结伴的运送牲畜的列车里，她总是跪在我的面前，搓着我冻僵的手指，娓娓动听地跟我讲述那片遥远的土地——那里有世界上最真实最美丽的故事；所有的人享有自由和平等；艺术家受到最尊贵的家庭的邀请；雨果当过共和国总统。挂在我脖子上的驱赶斑疹伤寒虱子的特效药——那串樟木项链的气味刺激着我的鼻孔。我将成为著名的小提琴家、杰出的演员、伟大的诗人，成为法国的加布里埃尔·邓南遮，成为尼金斯基、左拉。人们把我们扣留在波兰边境里达的检疫所里进行隔离。我沿着铁路在雪地上行走，一只手被母亲携着，另一只手提着便壶——从莫斯科出发后，我一直舍不得把它扔掉，跟它结成了朋友。有人给我剃头。母亲躺在一张草褥上，眼睛茫然地望着远方，继续谈论我的前程。我困得要命，硬把眼睛睁得大大的，想努力看清她所见到的东另一只手提着便壶——从莫斯科出发后，我一直舍不得把它扔掉，跟它结成了朋友。

西。巴雅尔骑士①，茶花女，所有商店里都能买到黄油和白糖，拿破仑·波拿巴，莎拉·伯恩哈特②……我终于睡着了，头枕在她的肩膀上，便壶还夹在我的腋下。以后，很久以后，在我接触法国现实十五年以后，我们当时已经搬到尼斯居住，她的脸上已经起了皱纹，头发全白了，老了 —— 我不得不说出这个字眼，而她却什么也不在意 —— 她还带着同样信任的笑容，继续向我讲述随着她的行李一起带来的这个神奇的国家。我就是在这样一个展示一切崇高形象和良风美俗的理想博物馆里长大的。但是，由于我没有母亲那样超群的天赋，没能像她那样到处都看到自己心灵的色彩，我最初只是揉揉眼睛，惊愕地观察周围的一切，后来成年了，为了匡正这个世界，我向现实展开了一场壮烈而绝望的搏斗。这场搏斗与我如此温情地热爱着的母亲所抱的纯朴幻想吻合在一起了。

是的，母亲有才华。我从来没有怀疑过这一点。

----

① 巴雅尔骑士(1475—1524)，法国军官，在查理八世、路易十二和弗朗索瓦一世时代立过赫赫战功。
② 莎拉·伯恩哈特(1844—1923)，法国舞台剧和电影女演员。

在冈贝塔街马路对面，住着高利贷者阿格罗夫，他是个讨厌的敖德萨管家①。他面色苍白，身体肥胖，精神倦怠。我们为了"凑股"买一辆雷诺牌出租车，向他借了一笔钱，但是没有付给他百分之十的月息。有一天他便冲着我说："你母亲现在成了贵妇人，而我认识她的时候，她还在下等咖啡馆里，在那种给大兵表演歌舞杂耍的咖啡馆里当歌女。她嘴上说的那些话就是从那里学来的。我不觉得受到侮辱，这样的女人侮辱不了一个体面的商人。"我那时只有十四岁，还不能在经济上帮助母亲，但这是我最强烈的愿望。不过，我感到欣慰的是，我给了这位体面的商人两记响亮的耳光。这是我漫长而光辉的打耳光生涯的开始。这一举动使我很快在本地街区出了名。母亲赞叹我的行动。从那天开始，每当她不管有理没理，觉得受到侮辱时，她便来向我申诉，对遇到的事件提出一成不变但却并非总是准确无误的看法，然后说："他以为没有人保护我，可以侮辱我而不受到惩罚，那可就大错特错了！你去，给他两记耳光！"我心里明白，所谓受到侮辱，十之八九是臆想的。母亲总觉得人家处处侮辱她，而实际上有时候是她因神经过度疲劳而无缘无故地先冲撞人家。我讨厌这种场面，经常不断的争吵令我反感，使我难以忍受，但我仍然履行我的职责。母亲一直单身生活着，奋斗着，已经十四年了，她没有任何别的企求，唯一的希望是能使自己受到"保护"，感到身边有男性力量的存在。我于是鼓起勇气，忍受羞耻，去寻找被指名的某个倒霉的钻石商、肉店老板、烟铺掌柜或古董商。对方看到一个全身战栗的小伙子走进店堂，双手握拳，逼到他的跟前，用气得发抖的——一种从孝顺心理迸发出来的不甚雅观的愤怒的声音说："先生，您侮辱了我的母亲，现在该瞧我的了！"刹那间，这个倒霉家伙立刻挨上了耳光。我于是在冈贝塔街一带出了名，人们把我看作小流氓。可是，谁也无法想象，我对这种行径感到多么厌恶，它带给我说不出的屈辱和痛苦。其中有一次，我明知母亲对人家的指责没有道理，

---

① 敖德萨，乌克兰共和国港口城市。此处"管家"指多嘴多舌的人。

想劝她几句，没想到老人家一屁股坐到我的面前，像是被钉子钉住了。她的眼睛涌出了泪水。她责怪我忘恩负义。她怔怔地坐在那里，惊愕地望着我，仿佛全然丧失了力量和勇气。

我于是默默地站起来，去跟人家斗殴。我怎么也忍受不了一位女性因缺乏某种自知之明 —— 我只能这样说 —— 而遭受折磨时的眼光，我怎么也不忍看到一个生命 —— 人或动物 —— 被遗弃时的情景。母亲的神态使我们两人之间产生一种说不出的默然的悲凉，使我怎么也不能忍受。这是她的天才。于是，阿格罗夫刚闭上嘴，就立即挨了一记耳光。他只能骂上一句："小流氓，街头艺女跟亡命之徒养的小杂种！

我于是默默地站起来，去跟人家斗殴。

我相信人间的荣誉。

只有这种东西才这么粗野！"这句话，立刻使我明白了我非同一般的出身。不过，这于我并没有产生什么影响。对我来说，临时地和短暂地是什么东西或不是什么东西，实在无关紧要，因为我知道自己已经下定决心，要把我最杰出的成就奉献给母亲，作为对她的报答。我心里一直很清楚，我没有别的使命，从某种角度说，我只是为别人而活着，主宰人们命运的神秘而公正的力量把我投放到这个天平上，让我通过一生的克己和牺牲来使天平获得平衡。我相信隐藏在生活最深处的神秘而公正的法则，相信人间的荣誉。当我看到母亲那张惊慌失措的脸，便打心眼里增强了对自身命运的特殊信念。在最最艰苦的战争岁月里，我始终怀着不可战胜的信念面对危险，相信自己不会出什么岔子，因为我是她美好的结局①。在人类千方百计强加于世间万物的度量衡体系中，我一直把自己看作她的胜利。

①　原文为英语。

这个信念不是平白无故产生的，毫无疑问，它完全体现了母亲的信念，母亲把这一信念移植给了这样一个人：自从他来到世间，她就是为他而活着，在他身上寄托着自己全部的希望。记得我八岁的时候，母亲就把我的前程想象得灿烂辉煌，然而实际发生的却是那永远留在我记忆之中的丑恶可笑的场面。

第六章

我们当时侨居在波兰的维尔诺。母亲总爱说这是"路过"，以后要到法国去定居，我要在那里"长大、学习、成材"。她在一位女工的帮助下，靠制作女帽挣钱度日，我们的住宅也就成了"巴黎女帽店"。贴上假商标，通过巧妙的改头换面，那些帽子真的会被认为出自当时巴黎高级服装师保尔·普瓦雷之手。母亲提着这些女帽盒子，不知疲倦地去挨家挨户兜售。一位女性，年纪尚轻，大大的绿眼睛，脸上显现着一股百折不挠的母亲的毅力。这股毅力，任何怀疑都无法影响它，更不用说动摇它。我和阿涅拉待在家里。一年前我们从莫斯科出发时，阿涅拉便跟随着我们，和我们一起来到这里。当时的物质条件极其可怜，最后一批"家用首饰"——那是一批真品——早已卖掉。维尔诺气候很冷，雪沿着肮脏的灰色墙基慢慢升上来，越积越厚。帽子生意很清淡。母亲兜售回来时，房东有时候在楼梯口等她，对她说如果不在二十四小时内付清房租，我们就要被赶到街上去。于是，在一般情况下，房租便在二十四小时内付清了。究竟怎样付的，我从来不知道。我所知道的只是：房租一直照付，炉子里总生着火，母亲拥抱我，目光蕴含激情，充满骄傲和胜利。这一切，我至今仍然记忆犹新。我们当时确实已经山穷水尽。母亲跑遍整座风雪弥漫的城市，回家后把那些帽盒放到一个角落，坐下来，点上一支烟，望着我，喜气洋洋地微笑着。

"遇到了什么事，妈妈？"

"什么事也没有。过来拥抱我。"

我走过去，拥抱她。她的脸颊很凉。她搂着我，目光从我肩头上方望出去，凝视着远处某件东西，显出赞叹的神情。不一会儿，她开口说：

"你将来一定是法国大使。"

我完全不懂她讲些什么，但是我赞同她的看法。我虽然只有八岁，却已经下定决心：母亲要我做的事，我一定做到。

"嗯。"我漫不经心地回答。

阿涅拉坐在炉边，尊敬地望着我。母亲擦了擦喜悦的泪水，把我紧紧地搂在怀里。

"你会有一辆小汽车。"

她冒着零下十度的严寒，刚刚从城里步行回来。

"只是还得耐心等待，没有别的。"

木柴在陶炉里噼噼啪啪地作响。屋外是厚厚的积雪，它把世界凝结在寂静之中。有时候，只有雪橇的铃声偶尔打破这片宁静。阿涅拉歪着脑袋，正在为这一天的最后一顶帽子缝制"巴黎，保尔·普瓦雷"的商标。现在，母亲的脸色恬静、愉快，没有一丝忧虑，疲倦的痕迹自行消失了。她的目光飘游在一个美丽的国度里，我不由自主地朝着她观望的方向转过头去，试图发现这片正义得到伸张，母亲们得到报答的土地。母亲跟我讲法国，就像别的母亲给孩子讲《白雪公主》《穿靴子的猫》一样。我虽然做了巨大努力，却始终不能完全摆脱法国 —— 这个童话般的、具有无比英雄气概和完美道德的国度 —— 的形象。世界上还有为数不多的人相信童话，我也许就是其中之一。

可惜，母亲不是一个能把这种令人快慰的梦幻一直藏在肚子里的人。她心里有什么想法，会立即向你和盘托出，唠唠叨叨，张扬出去，而且还总是渲染得有声有色。

加里
1970

我们周围有几家邻居，他们都不喜欢母亲。维尔诺的小市民比起其他地方的人来，没有什么更值得羡慕的地方。一个外国女人在那里进进出出，手里提着那些箱子盒子，自然会被认为是神秘的可疑分子。很快就有人报告了警察局。那时候，波兰警察对俄国难民戒心很重。母亲被指控窝藏赃物。其实，她完全能轻易地驳斥这种诽谤，然而这时候，她心头长期积郁的羞愧、烦恼和愤怒一下子爆发出来，酿成一场激烈的挑衅。她守着那堆乱糟糟的帽子 —— 直到今天，女式帽子依然是我小小的憎恨对象 —— 哭泣了好几个小时，然后拉住我的手，对我说了声"他们哪里懂得在跟谁打交道"，便携着我走出屋子，来到楼梯上。接下来便是我一生中最痛苦的时刻之一 —— 我经历过几次这样的时刻。

母亲去各家各户按门铃，敲门，叫所有的房客都集中到楼梯平台上。先是互相辱骂一通 —— 她无疑一直占上风，然后她把我拉到她身边，让我紧紧地靠着她，对着众人用手指着我，骄傲地高声说道 —— 这声音至今还回荡在我的耳畔：

"见鬼！你们这些平庸的小市民，卑鄙的可怜虫，你们还不知道自己在跟谁打交道！我儿子将来是法国大使，是荣誉军团骑士勋章获得者，是伟大的戏剧家，是易卜生①，是加布里埃尔·邓南遮！他……"

她搜索某种能完全压倒对方的词句，某种能证明人间成就的至高无上的决定性的论证：

"他将在伦敦置办服装！"

直到现在，我的耳边还响着那些"平庸的小市民"的哄笑声，我写这几行字的时候，我的脸还在发烧。他们的声音，我听得清清楚楚，他们的嘲讽、憎恶、轻蔑的脸，还浮现在我的眼前 —— 但我并不怀恨：那是一张张人脸，人们熟悉这样的脸。为了使这篇纪事更加清晰，也许最好先在这里作一个说明：我今天已经是法国总领

---

① 易卜生(1828—1906)，挪威剧作家。

"他将在伦敦置办服装!"

事,解放十字勋章和荣誉军团勋章获得者。我没有当上易卜生或邓南遮,但不是没有尝试过。另外,不容置疑的事实是,我在伦敦置办了服装,虽然我讨厌英国款式,但是没有别的选择。

维尔诺的格朗特-波乌朗卡大街十六号一幢老式房子的楼梯上,一阵阵哄笑声向我袭来。我觉得在我一生中,没有任何东西比这笑声对我起过更大的作用。我就在这笑声的推动下走到了现在这一步。不管是好是坏,是这笑声造就了我。

母亲在七嘴八舌的辱骂声中昂首挺立,紧紧搂着我,没有丝毫难堪或屈辱的表情。她知道。

虽然我讨厌英国款式,但是没有别的选择。

　　接下来的几个星期,我的生活很不开心。我虽然只有八岁,但很懂得什么是滑稽可笑 —— 当然,母亲对此负有一定的责任。但我也慢慢习惯了。我渐渐地,然而却是稳步地学会了向公众松开裤子而丝毫不觉得尴尬。这是那些善意的人们教育的结果。我早已不怕人嘲笑了,我现在知道,人是不能被嘲笑的。

她知道。

但是，当我们站在楼梯平台上，被一片嘲讽、挖苦和谩骂声包围的这几分钟里，我真像一头羞愧惶惑的动物，巴不得立刻钻到地底下去。

那座房屋的院子里，有个木柴贮藏库。木柴高高地堆成两层，中间的空隙是我心爱的掩蔽所。我使出几招绝技，翻越到里面。潮湿而芬芳的木柴筑成一圈围墙，把我保护起来，给我一种美妙的安全感。我带上一些心爱的玩具，在里面一待就是几个钟头，谁也找不到我，感到无限快活。家长们不让自己的孩子靠近这柴垛，因为它随时有倒塌的危险：只要移动一捆柴，或者偶尔触动哪个部位，整个柴垛就会塌下，把你埋在里面。我机敏地从一些狭窄的通道钻到垛里，那里面便是我的天地。虽然一不小心就会有塌方的危险，我却感到像在家里一样安全。我巧妙地挪动一些木柴，为自己构筑走廊、洞穴和秘密通道，做成一个与人的世界迥然不同的动物世界。我像白鼬一样钻进去，蜷缩着身子藏在里面。虽然潮气逼人，裤裆慢慢湿透，脊背发凉，我却毫不在乎。我确切地知道抽掉哪几块木柴就能开出一条通道，通过后，又把它们仔细地重新垒好，于是感到比以前隐藏得更加巧妙了。

那天，我便向我的木柴宫殿跑去。我做得没有一点儿破绽，也就是说，没有让人认为我在仇人面前撇下母亲不管。事实是，我们两人一直待在一起，我们是最后离开那个地方的。

我熟门熟路，很快找到了秘密走廊，通过后，又把木柴一块块重新堆好。我来到这个建筑物的中心，上方有一层五六米厚的堆积物，靠着这个保护层，我相信谁也不会发现我。于是我开始号啕大哭，哭了很长时间。然后，我仔细观察上方和周围，想寻找几块这样的木柴：一旦把它们抽掉，顷刻间整个堡垒就会向我砸下来，从而结束我的生命。我怀着激情，抚摸着一块块木头。我还记得当时它们友好而信赖的接触，记得我湿漉漉的鼻子，也记得一想到自己将永远不再被人侮辱，永远不再经受痛苦而顿时从内心感受到的平静与安宁。这时候，我准备抬起腿和背，去推动那些木条。

我已经摆好了姿势。

忽然，我想到，衣袋里还有一块罂粟糕，那是当天早上从住宅大楼一家糕点铺的后堂偷来的。当时店主正在接待顾客，没有注意后堂。我先吃完罂粟糕，然后重新摆好姿势，长叹一声，准备用力推去。

一只猫救了我的命。

猫的脑袋突然从木条之间伸出来，呈现在我的眼前。我们互相惊异地对视了一会儿。这是一只又癞又秃的雄猫，一身橘子酱色的皮毛，耳朵已被撕成碎片，有一张竖着胡子、既凶狠又懂事的脸 —— 那些老雄猫有了各方面的丰富经历后，大都会有这样的脸。

它聚精会神地注视我片刻，然后不加犹豫地开始舔我的脸。

对我表示这样的友善，究竟出自什么动机，我一点儿没有考虑。我的脸上和裤子上还留着一些罂粟糕的残粒，那是被刚才的泪水沾住的。这亲热的举动也许由此而产生，不过，它的动机对我来说无关紧要。热乎乎的粗糙的舌头在我脸上引起的

一只猫救了我的命。

猫的脑袋突然出现。

这亲热的举动也许由此而产生。

快感使我笑了起来。我闭上眼睛，让它尽情地舔着。不管在当时还是在以后我的一生中，我都没有去探究这种亲热表示到底有什么含义。我只知道有一张友善的嘴和一条热乎乎的专心一意的舌头，那舌头似乎饱含温情和怜悯，在我脸上来回移动。我于是感到满足和快乐。

猫倾注完了它的感情。我也感到畅快多了。世界仍在向人们提供机会和友情，它没有忽视这一点。此刻猫在蹭我的脸，发出呼噜呼噜的声音。我也试着学它的声音。我们俩争先恐后地呼噜着，乐滋滋地待了好一会儿。我伸手从衣袋底部掏出一点儿糕点碎末给它吃，它表示十分感激，把身子靠到我的鼻子上，竖起尾巴，还咬咬我的耳朵。总之，我重新感到，活着是值得的。五分钟后，我爬出了这座木柴建筑，两手插在口袋里，嘴上吹着口哨，向家里走去。那只猫跟随在身边。

此后，我常常这样想：生活中，要想被真正无私地爱，最好在口袋里装一些糕点碎末。

当然，"法国大使"这个词，在以后漫长的岁月里，不管我走到哪里，始终盘旋在我的脑子里。有一天，我拿了一大块罂粟糕，踮着脚尖正准备离开的时候，店主密什卡终于抓住了我。全楼的人于是都发现，我身上某个众所周知的部位还没有获得外交豁免权。

生活中，要想被真正无私地爱，最好
在口袋里装一些糕点碎末。

第 七 章

母亲向格朗特－波乌朗卡大街十六号的房客宣布我的伟大前程，这一戏剧性的做法引起了人们的哄笑，不过其中也有例外。

有位房客叫皮埃凯尔尼先生 —— 这名字的波兰文意思是"恶魔"。我不知道他的先辈为什么给他起了这么个不寻常的名字，不过，这个名字一点儿也不适合他。皮埃凯尔尼先生平时小心翼翼，干干净净，活像一只忧郁的耗子，在别人面前，他总是谨小慎微，敛声屏气，尽量不引人注目，仿佛迫于某种压力才勉强出现在这地面上。他是一个容易受感动，而且完全可信赖的人。母亲把一只手放在我的头上，按照《圣经》规定的严格姿势，发表预言，而且表示绝对相信。这使他有点儿心慌意乱，局促不安。每当他在楼梯上遇见我，他总要停住脚步，严肃而尊敬地注视我，其中一两次，他还鼓起勇气，拍拍我的脸蛋，然后送给我两打铅兵和一座硬纸板城堡。他甚至把我请进他的房间，给我吃很多糖果和拉哈－洛库姆①。我敞开肚子，大吃一顿。接着，这个矮小的人儿便在我对面坐下来，一边摸着下巴上一撮被香烟熏得焦黄的胡须。后来，有一天，这只和蔼善良的耗子终于吐露出了藏在背心底下的哀婉动人的请求、心灵的呼声和难以满足的非分之想：

"当你成为……"

他看了看周围，觉得有点儿尴尬，也许意识到自己的天真，却又无法克制自己。

---

① 拉哈－洛库姆，一种阿拉伯糕点。

"当你成为 …… 你母亲所说的那种人 ……"

我全神贯注地望着他。那盒拉哈－洛库姆刚刚打开。我本能地想：既然母亲这么说过，我自然会有这种辉煌的前途。

"我将成为法国大使。"我泰然自若地说。

"再吃一块拉哈－洛库姆。"皮埃凯尔尼说，把那个盒子推到我面前。

我吃着。他轻轻咳嗽了几下。

"这类事情，母亲们是有预感的。"他说，"你也许真的能成为一个名人，甚至会在报上或书里写文章 ……"

他俯身凑近我，一只手放到我的膝盖上，压低了声音：

"那么，当你遇上那些重要人物、那些大人物的时候，你千万跟他们说一声 ……"

耗子的眼睛顿时迸发出奇异的雄心勃勃的光芒。

"别忘了，千万告诉他们：在维尔诺的格朗特－波乌朗卡大街十六号，住着皮埃凯尔尼先生 ……"

他的目光蕴含着无声的哀求，深深渗入我的目光里。他的手还搭在我的膝盖上。我吃着拉哈－洛库姆，目不转睛地严肃地望着他。

大战快要结束时，我来到英国，继续我四年前的战斗。伊丽莎白女王陛下，也就是当今女王的母亲，来到哈特福德桥广场检阅我的空军中队。我与机组人员一起，肃立在飞机旁，接受检阅。女王走到我跟前，停住脚步，向我微笑 —— 这和善的微笑理所当然使她受到大众喜爱。她问起我是法国哪个地区的人，我只说了"尼斯"二字，以便不让和蔼的陛下费解。然而，就在这时，我仿佛看见那个矮小的人儿正在激动不安地向我做手势、跺脚、揪自己的胡子，他在竭力提醒我注意。我还想加以克制，但是那句话已经跳上我的嘴唇，我于是下决心去实现这只耗子的狂想，我拉开清晰的大嗓门，对女王说：

我已经赚回了我的拉哈－洛库姆。

"维尔诺的格朗特－波乌朗卡大街十六号，住着一位皮埃凯尔尼先生……"

女王陛下优雅地点了点头，继续她的检阅。洛林空军中队司令，我亲爱的亨利·德·朗古尔走过我的身边，狠狠地瞪了我一眼。

不管怎样，我已经赚回了我的拉哈－洛库姆。

现在，善良的维尔诺耗子早已在纳粹的焚尸炉里结束了脆弱的生命，与他同时丧生的还有几百万欧洲犹太人。

然而，只要遇上世界上的大人物，我仍然继续认真履行我的诺言。从联合国讲台到法国驻伦敦大使馆，从伯尔尼联邦大厦到爱丽舍宫，无论是在戴高乐和维辛斯基①面前，或是在达官贵人和历史创造者当中，我没有一次不提起这个矮小的人儿，我甚至对着广阔的美国电视网，多次愉快地向千千万万的电视观众说："维尔诺的格朗特－波乌朗卡大街十六号，住着一位名叫皮埃凯尔尼的先生，上帝陪伴着他的灵魂。"

可是，过去的事情毕竟过去了。这个矮人的尸骨早已从焚尸炉里掏出来，变成做肥皂的原料，去满足纳粹分子的卫生需要了。

直到现在，我还是那样爱吃拉哈－洛库姆。在这期间，母亲一直把我看作拜伦勋爵②、加里波第③、邓南遮、达达尼昂④、罗宾汉⑤和理查一世⑥的混合体。现在，我不得不十分注意我的体形，我没有完成她期待于我的所有功绩，但终于没有让自己发胖。我每天做柔软体操，每星期练两次跑步 —— 我跑着，跑着，啊，一直跑着！我击剑，射箭，射击，跳高，翻筋斗，举重，还拿三个球耍杂技。一个人到了

---

① 维辛斯基(1883—1954)，原苏联国务活动家，曾任外长和常驻联合国代表。

② 拜伦(1788—1824)，英国诗人。

③ 加里波第(1807—1882)，意大利民族英雄。

④ 达达尼昂，大仲马的小说《三个火枪手》中的传奇式英雄。

⑤ 罗宾汉，传说中中世纪英国抵抗外族入侵的绿林好汉。

⑥ 理查一世(1157—1199)，英国国王。

四十五岁，还相信母亲说过的所有的话，这显然有点儿天真，但是，我却无法摆脱这一点。我没有能够匡正世界，战胜愚蠢和邪恶，使人们获得尊严和公正，但是，我毕竟在一九三二年尼斯乒乓球比赛中赢得了胜利，而且，每天早晨下床前，还做十二下俯卧撑，所以我没有理由灰心丧气。

铺着毛皮的客厅　　　1975

和猎獾犬潘乔

第八章

几乎就在同一时期，我们的生意有了转机："巴黎款式"获得巨大成功。为了应付订货，我们立即雇了一名女职员。母亲不用再去挨家挨户推销：顾客自动上门，纷至沓来。后来，她索性在报上登出广告，宣布她的铺子"经与保尔·普瓦雷先生特别协商，决定今后由他亲自监理"，成为他独一无二的代理行。除了经营帽子，还加工连衣裙。店铺门口挂出一块金字招牌，用法文写着"新巴黎高级时装店"。母亲办事说到做到，从不半途而废。我们取得了初步成绩，但还没有达到最佳效果，还缺少奇迹般的力量，需要**天外救星**①把这初步成绩转变为压倒对手的决定性胜利。她坐在客厅里那张玫瑰色长沙发上，两腿交叉重叠着，嘴上漫不经心地叼着一支香烟，富于灵感的目光在空间里搜索，寻觅着一个大胆的计划。这时候，她的脸上渐渐显现出一种我从幼年起就十分熟悉的表情，那是一种智谋、胜利和天真的混合物。我蜷缩在她对面的一张沙发上，手里拿着一块罂粟糕 —— 这一块是正正当当得来的。有时候，我扭转头，朝她凝视的方向望去，但我什么也没有看见。母亲正在酝酿她的计划。这情景对我来说具有某种传奇般振奋人心的魅力。我忘掉了罂粟糕，张着嘴在那里愣愣地出神，心里满怀骄傲和钦佩。

应该说，即使在维尔诺这座小城里，在这个既不属于立陶宛，又不属于波兰或俄国的连新闻照片都还没有出现的省份里，母亲酝酿的谋略也是极其大胆的，它足

---

① 原文为拉丁语，意思是从机关中跑出的神。在古希腊戏剧中，当剧情陷入胶着时，会使用机关将扮演神的演员送至舞台上，解决难题，给故事一个圆满的结局。

她制造出一个保尔·番瓦雷。

以把我们引上发迹的道路。

果然，过不多久，维尔诺"上流社会"从一份收到的通知中得悉，保尔·普瓦雷先生专程从巴黎赶来，于当日下午四时抵达格朗特－波乌朗卡大街十六号，出席"新高级时装店"的落成仪式。

我说过，母亲一旦做出抉择，就会勇往直前，一鼓作气干到底，甚至会干得过头。确定的日子来到了，大群大群漂漂亮亮肥肥胖胖的女士拥进了店堂。她没有宣布"保尔·普瓦雷先生因要事不能前来，请大家原谅"，她不是耍这类小聪明的人。她决心要大干一场，制造出一个保尔·普瓦雷。

在俄罗斯从事"戏剧生涯"的时候，她认识了一个没有才华没有希望的巡回演出队老队员，法国歌唱演员阿列克斯·古贝尔纳蒂。古贝尔纳蒂在职业上多次碰壁，最后来到华沙一个剧场里当假发师，无声无息地打发着日子，由每天喝一瓶白兰地改喝一瓶伏特加。母亲寄给他一张火车票。一星期后，阿列克斯·古贝尔纳蒂光临"新店"客厅，成了巴黎高级时装设计师保尔·普瓦雷。他趁这个机会大出风头：穿上一件奇特的苏格兰披风和一条小方格紧身裤 —— 这裤子紧得可怕，当他弯腰向女士们行吻手礼时，两片尖尖的臀部就会显现出来，一条大花结领带挂在突出的喉结下。他伸开四肢，舒舒坦坦地仰靠在沙发上，两条长腿撂在刚刚打完蜡的地板上，手上举着一杯汽酒，扯开假嗓子，谈论巴黎豪华而令人陶醉的生活，列举近二十年舞台上消失的明星，一边不时用激动的手指抚摸自己的假发 —— 帕格尼尼①式的假发。遗憾的是，将近傍晚的时候，汽酒发挥了效力：他让大家安静后，便向客人朗诵《雏鹰》的第二幕。他于是渐渐显出原形，开始油腔滑调尖声尖气地唱起酒吧小调，那有趣而又有点儿令人迷惑的叠句至今还驻留在我的脑际："啊，你想得到他，你想得到他，你想得到他 —— 你终于得到了他，我的小绒

① 帕格尼尼 (1782—1840)，意大利小提琴家。

母亲需要的是奇迹。

球。"他一边唱，一边用脚跟和枯枝般的手指打拍子，与市乐队指挥的妻子挤眉弄眼。这时候，母亲出于慎重，把他带进阿涅拉的卧室，让他躺到床上，然后关上门，上了两道锁。当天晚上，他披上苏格兰披风，带着被嘲笑的艺人的灵魂，乘火车返回华沙去，嘴里嘟嘟哝哝，责怪别人对他无情无义，对他的天赋太不理解。

我穿着一套黑丝绒礼服，参加这个开张仪式。我的眼睛一直没有离开这位神气十足的古贝尔纳蒂先生。大约二十五年后，我写作《宽敞的衣帽间》时，他成了这部小说的人物萨夏·达尔兰东的原型。

我不认为这个小小的骗局只是出于做广告的需要。母亲需要的是奇迹，她一生都在梦想仙杖一挥，至高无上尽善尽美的景象便呈现在眼前，让那些怀疑者和讽刺挖苦者瞠目结舌，狼狈得无地自容，使普天下的卑贱者和穷人得到公正的待遇。我现在才明白，我们店铺开张的前几星期里，当她待在那里，眼睛茫然望着空中，脸上显出充满灵感的着迷神情，她看到的是什么景象：那是保尔·普瓦雷先生出现在她那一大群顾客面前，举起手，请大家安静，然后当众指定她为维尔诺的唯一代理人，并对她的审美观、才能和艺术修养进行赞扬。但是，不管怎样，她非常清楚，奇迹是不容易出现的，老天爷还要忙别的事。于是，她稍感负疚地笑了笑，便开始想方设法创造这个奇迹，采用一点儿强迫手段，来左右命运之神 —— 然而，应该说，命运之神比母亲更有罪过，更该请求别人宽恕他。

总之，据我所知，这场骗局一直没有被戳穿。"新巴黎高级时装店"轰轰烈烈地开办起来。几个月内，全城所有富裕的顾客都来店里做衣服，金钱像潮水般流进商店的账房。铺面装潢一新，地上铺了好几块柔软的地毯。我悠闲地坐在一张沙发上，吃着拉哈-洛库姆，一边观看那些漂亮女士当着我的面脱换衣服。母亲总要我穿着丝绒或绸子衣服待在那里，在这些人面前展示自己。母亲有时还把我领到窗前，叫我抬头仰望天空，以便让顾客欣赏我的蓝眼睛。人们摸我的脑袋，问我的年纪，说一番赞赏的话。这时候，我舔着拉哈-洛库姆上的糖汁，兴致勃勃地观看这些对我

……以便让顾客欣赏我的蓝眼睛。

来说十分新鲜的事物，包括各种类型的女人的躯体。

我还记得有个维尔诺歌剧院的女歌手，她的名字或艺名叫拉哈尔小姐。我那时候八岁多一点儿。

母亲和服装设计师为了对"巴黎款式"作几次最后修改，拿着衣服从客厅出去了。我单独和拉哈尔小姐待在一起。她把衣服几乎全脱光了，我舔着拉哈－洛库姆，凝神注视她身上的每一个部位。拉哈尔小姐可能已从我的眼睛里觉察出某种她所熟悉的东西，便突然抓起连衣裙，穿上了。由于我还在端详她，她便跑着躲到梳妆台镜子背后去了。我感到很生气，立刻绕过梳妆台，坚定地站到她的面前，叉开两腿，挺起肚子，继续漫不经心地舔我的洛库姆。母亲回来时，发现我们两人面对面呆呆地冷冰冰地站着，谁也不说一句话。

我记得母亲把我领出客厅，满怀骄傲的激情，把我搂在怀里，仿佛我终于为实现她的期望而开始迈出了第一步。

遗憾的是，打那次以后，再也不准我进入客厅了。我常常这样想：要是我的眼光不那样直率，稍微巧妙一点儿，我也许至少还能在那儿待半年。

我终于为实现她的期望而开始迈出了第一步。

要是我的眼光不那样直率，稍微巧妙一点儿，我也许
至少还能在那儿待半年。

第 九 章

我们的事业兴旺发达。我开始享受它所带来的成果：我有了一位法国家庭女教师，我穿上了缀有花边或丝绸襟饰的漂亮丝绒套装，这是专门为我裁制的。为了应付恶劣的天气，我穿上一件奇特的松鼠皮大衣，上面有成百条灰色小尾巴向外翻卷，引得过路人发笑。人们给我讲课，教我学习举止礼仪，教我怎样吻女士们的手，向她们致意的时候要向前行一种屈膝礼，把一条腿并在另一条上，还教我怎样向她们献花。吻手和献花这两项，母亲特别重视，一定要我学会。

"不学会这些，你什么也干不成。"她这样对我说，口气很神秘。

每逢某些高贵的女顾客光临店铺，我的家庭女教师便刷干净我的衣服，给我涂发蜡，扯好袜子，精心地在下巴下面打一个巨大的丝绸襟饰，然后让我到客人那里去。这种事每星期有一两次。

我从一位女士面前去到另一位女士面前，行着屈膝礼，把一条腿并在另一条上，吻她们的手，眼睛尽量向高处光亮方向望 —— 母亲就是这样教我的。女士们彬彬有礼地赞赏一番，其中态度特别热情的，在买"最新式巴黎时装"时，能享受较大的折扣。至于我，除了使我无限热爱的母亲高兴外，没有别的奢望了。我甚至不等别人要求，就自动向光亮方向抬起眼睛 —— 至多为了好玩而颤动一下耳朵，这是我从院里伙伴那儿刚学来的一个小小的秘密花招，然后又去吻女士们的手，弯曲双膝，并拢脚跟。这一切结束后，我便愉快地跑到木柴库后面，戴上一顶纸糊的三角帽，抓起一条棍棒，开始保卫阿尔萨斯－洛林，向柏林进军和征服世界，这样一直玩到下午吃点心。

我甚至不等别人要求，就自动向光亮方向抬起眼睛。

我常常在入睡前看见母亲走进我的卧室。她俯身向着我，忧郁地微笑着，说："把眼睛抬起来……"

我抬起眼睛。母亲俯身向着我，待上好半天，然后，她用胳膊搂住我，让我紧紧地贴着她。我觉察到她的泪水浸润在我的脸颊上。我猜想其中必有什么神秘的事情，这令人不安的泪水不是为我而淌下的。有一天，我终于开口询问阿涅拉 —— 买卖做大了以后，阿涅拉已经当上"人事经理"，领着丰厚的报酬。她讨厌我的家庭女教师，因为家庭女教师把我和她分开了，她于是想出各种办法，使那位被她唤作"小姐"的人难堪。有一天，我扑到她的怀里，问道：

"阿涅拉，为什么妈妈望着我的眼睛哭？"

阿涅拉显得有些为难。从我出生起，她就待在我们家里，她知道我们家的一切底细。

"那是由于你眼睛的颜色……"

"那又怎么样？我的眼睛怎么啦？"

阿涅拉深深地叹了一口气。

"你的眼睛使她回想起了什么。"她支支吾吾，没有说清楚。

过了好多年，我对这个回答才慢慢找到一点儿头绪。有一天，我终于明白了。母亲已经六十岁，我二十四岁。有时候，她用无限忧郁的目光注视我的眼睛。我知道她的满腹叹息不是因我而起的。我不去打扰她。

上帝见谅：我成年后，有时候甚至故意向光亮处抬起眼睛，并保持这一姿势，以诱发她的回忆 —— 我一直为她去做我能做的一切。

我一直为她去做我能做的一切。

101

为了培养我成为上流人士，母亲让我受了一切应受的教育。她亲自教我波尔卡和华尔兹，她只会跳这两种舞。

顾客们离去后，店堂里灯火通明，气氛欢悦。我们卷起地毯，桌上摆一台留声机，母亲坐到新近买的一把路易十六式安乐椅上。我走近她，向她鞠躬，拉起她的手，开始！一二三！一二三！我们在地板上蹦跳。阿涅拉不以为然地瞧着我们。

"站直身子！注意节拍！下巴再抬高一点儿，要用骄傲的神态看着女士，注意露出令人着迷的微笑！"

我骄傲地抬起下巴，露出令人着迷的微笑，一，二三！一，二三！我在锃亮的地板上蹦跳。然后，我送母亲到她的安乐椅上，吻她的手，向她鞠躬。母亲优雅地点头，向我表示感谢，一边摇着一把扇子。她叹息，有时候深深吸一口气，满怀信心地说："你一定能在马术比赛中获奖。"

她可能已经看到我穿着白色军官制服，在安娜·卡列尼娜脉脉含情的目光中，越过了某个障碍。在她那充满激情的想象中，出现了某种令人惊讶的旧日事物和古老的浪漫色彩。我以为她这样做，是试图在她身边创造一个她自己从未经历过，只在一九〇〇年以前的俄国小说中所描写的世界 —— 她读的文学作品都是那个时代的。

每星期三次，母亲携着我的手，领我上斯维德洛夫斯基中尉的骑马场去。中尉亲自向我教授骑马、击剑和手枪射击的高超技艺。中尉身材修长，个子较高，看上去很年轻，面孔瘦骨嶙峋，蓄着一大绺利奥泰①式的白色唇髭。我八岁，肯定是他最年轻的学生了。我费了九牛二虎之力，才举起那支他递给我的大手枪。

练半小时花剑后，再练半小时射击和半小时骑马，然后做体操和进行呼吸训练。母亲坐在一个角落里，吸着烟，满意地注视着我的进展。

----

① 利奥泰(1854—1934)，法国元帅。

我和别的射击手一起站在横杆前。

斯维德洛夫斯基中尉讲话时声音阴沉。除了"瞄准目标"和"击中靶心",他似乎没有什么别的生活爱好。他无限钦佩母亲。我们在射击场总是得到他的照顾。我和别的射击手 —— 预备役军官、退休将军、潇洒而闲散的青年等一起站在横杆前,一只手撑在胯间,另一只手握住沉重的手枪,搁在中尉的胳膊上,吸一口气,屏住呼吸,扣动扳机。接着,那块硬纸板靶子被拿到母亲跟前。母亲察看上面的小孔,对照上一次的成绩,满意地吸了口气。当我获得优秀成绩时,她便把靶子装进手提包,带回家去。她常常对我这样说:

"你将来会保护我,嗯?还得再过几年……"

她做了个大大的含意模糊的手势,一个俄国人的手势。斯维德洛夫斯基中尉摸着自己又长又硬的胡子，吻过母亲的手，啪的一声并拢脚跟，说：

"我们要把他培养成骑士。"

他亲自给我上击剑课，让我背着背包到乡村长时间地行军。人们还教我学拉丁文和德文 —— 当时英文还不存在，或者至少被母亲认为是一种下等人说的商业语言。我那时候还跟一位格拉迪丝小姐学西迷舞①和狐步舞。家里来客人的时候，人们常常把我从床上拉起来，穿好衣服，抱到客厅里，让我朗诵拉封丹的寓言诗。接着，我便按照规矩，向大吊灯抬起眼睛，吻女士们的手，把一条腿并到另一条后面。做完这些才能退场。这种时候，我就不能去上学了。学校里教课不是用法语，而是用波兰语，所以我也不太感兴趣。不过，我倒是一直上数学、历史、地理和文学课，那些课程的老师频繁更换，他们的名字、面孔，乃至教课方式，没有在我的记忆里留下任何印象。

有一次，母亲对我说：

"今晚，我们去看电影。"

当天晚上，我穿上那件松鼠皮大衣 —— 要是天气暖和些，我就穿一件白色风衣 —— 戴一顶窄边水手软帽，被母亲携着手，溜溜达达走上城里木块铺就的人行道。她十分留意要我有良好举止。我总是跑在前头，为她开门，然后一直扶着门，让她通过。有一次，在华沙，从一辆有轨电车上下来时，我想起女士们总应该走在前头，便殷勤地从她身前让开了。母亲当着车站上二十多人的面，立刻向我发了一通脾气：我被告知说，骑士应该率先下车，然后向女士伸出手，搀扶她下来。至于吻手，直到今天，我还没有摆脱这一习惯。在美国，对我来说，这一习惯往往引起误会。我跟一位美国女郎握手，十之八九要把它放到我的嘴唇上，对方连忙说声"谢谢"，感到很惊讶，或是把这一举动看作某种特殊感情的表露，不安地把手抽了回去。更叫

---

① 西迷舞，一种扭肩摆腰的美国舞。

令晚，我们去看电影。

人尴尬的是，如果对方是一位成年妇女，她便会向我投来狡黠的一笑。哎，我怎么对她们解释，我只是按母亲说的去做啊！

我不知道是由于跟母亲一起看的这样一部电影，还是由于看电影后母亲的态度，影片给我留下了十分奇特而难以磨灭的印象。我的眼前还晃动着那位主角的形象：他穿一身黑色的切尔克斯①制服，戴一顶皮帽，两道眉毛像翅膀般向两边张开，惨淡的目光从银幕上注视着我。这时候，大厅里的钢琴师断断续续地弹着一首忧伤的小曲。从电影院出来，我们手拉着手，步行穿过这座冷落的城市。我时而感到母亲的手指几乎是在痛苦地紧握我的手指。我向她抬起头，看见她在流泪。到家后，她帮我脱掉衣服，坐在我的床边上，对我说：

"抬起你的眼睛。"

我向灯光抬起眼睛。她俯身向着我，待了好一会儿，然后绽出一丝奇异的微笑，

---

① 切尔克斯人，西北高加索民族。

哎，我怎么对她们解释，我只是拚母亲说的去做啊！

一丝胜利者和占有者的微笑，把我拉过去，紧紧搂在她的怀里。我们看那场电影后不久，人们为城里上流社会的孩子举行一次化装舞会，我自然受到邀请。那时候，母亲支配着当地的时装款式，我们的穿着都很讲究。请柬一发到我们手里，缝纫车间就开始专门为我的服装而忙碌了。

我只想说，我参加舞会时，穿的是一套切尔克斯军官制服，戴着皮帽，佩着短刀和子弹带，有关的排场一应俱全。

第十章

有一天，我得到一份意想不到的礼物，它好像是从天上掉下来的。那是一辆儿童自行车，高矮正适合我的身材。没有告诉我是哪位神秘客人送来的。我提了好些问题，都没有得到回答。阿涅拉对着这辆车，凝视了好一会儿，最后只对我愤愤地说了这么一句话：

"是从远处弄来的！"

母亲和阿涅拉商量了很久：对于这件礼品，接受下来还是退还原主。她们不准我参加讨论。一想到这么美好的东西有可能从手中溜走，我心里就感到忐忑不安。我稍稍推开一点儿客厅的门，突然听见几句不太明白的对话：

"我们已经不需要他了。"

这是阿涅拉的话，声音很严峻。母亲待在一个角落里哭泣。阿涅拉继续火上加油：

"他现在想到我们了，太晚了！"

接着是母亲有点儿异样的恳求的声音 —— 她平常从来不说恳求的话 —— 她几乎怯生生地说：

"不管怎么说，他总是好意啊。"

阿涅拉马上接过话头：

"他早该想到我们了。"

我当时唯一感兴趣的是，弄清楚能否留住这辆自行车。母亲最后同意了。由于她有给我请老师的习惯 —— 书法老师（上帝可怜见！如果他能看到我写的字，这个可怜人一定会从他的棺材里站起来），词汇学老师，仪态举止老师（在他面前，我同样没有显示出什么天分，从他全部的教育中，我只记住了端茶杯时小指不能向外跷），还有击剑、射击、马术、体操等等老师，现在有了一辆自行车，我也就立即有了一位自行车老师。经过几次不可避免的摔跤和折磨，我便神气活现地蹬着这辆儿童自行车，出现在维尔诺石砌的街道上了。在我前面领路的，是一个忧郁的细高个青年，他戴着一顶草帽，是当地有名的运动员。他不让我单独骑车上街。

一天早晨，我和教练在外面兜了一圈，回来时看见一小群人围在楼房入口处，对着一辆硕大的黄色敞篷轿车赞赏不已。这辆车停在楼下门廊前，车里有个穿制服的司机，握着方向盘。见到这样的奇迹，我怔怔地站在原地，说不出一句话。那个时代，维尔诺街头还很少见到汽车，即使有那么几辆，也与我眼前出现的这件精致的产品无法相比。一个小伙伴——鞋匠的儿子用恭敬的语气在我耳边悄悄说了一句："是来你家的。"我立刻撂下自行车，跑着前去打听。

阿涅拉给我开了门。她没说一句话，抓住我的手，把我拉向她的卧室。一进卧室，她立刻开始给我梳妆打扮。缝纫车间的那些姑娘赶来增援，她们在阿涅拉的指挥下，忙着给我洗、刷、擦肥皂、喷香水、穿衣服、脱衣服、换衣服、穿鞋子、梳头、涂发蜡，忙得不可开交。这等热情的待遇，我再也没能领受，我多么希望与我一起生活的人能这样对待我！我下班回来，常常独自坐到扶手椅上，点燃一支雪茄，等待有人前来服侍，但却总是枉然。尽管我自我安慰地想道，如今王位全都摇摇欲坠了，但是我内心的小王子仍然为此感到吃惊。最后我站起来，只好自己脱鞋、脱衣服，自己洗澡，连擦背的人也没有。人们太不理解我了！

阿涅拉、玛丽亚、斯泰芙卡和哈琳卡在我身边忙了大半个钟头。我的耳朵被刷子刷得又红又肿，脖子上系一个大大的白绸子领结，白衬衫，蓝裤子，再加一双缀有蓝白饰带的皮鞋，然后我被领到客厅。

客人伸着两腿，坐在一张沙发上，使我惊异的，是他奇特的目光：明亮而坚毅，但却像动物似的显得有些不安。两道眉毛仿佛使眼睛长上了翅膀。他嘴唇紧闭，嘴角上露出略带嘲讽的微笑。我在电影里见过他两三次，所以一下子就认出了他。他带着某种好奇心，冷漠而不动声色地注视了我好一会儿。我局促不安，耳朵发烫并嗡嗡作响，身上的花露水气味刺得我直打喷嚏。我模模糊糊觉得正在发生什么重要的事情，但又一无所知。我初出茅庐，刚刚接触上流社会。客厅里布置的那副气派使我晕头转向，不知所措。客人凝视的目光，神秘的微笑，还有那对我沉默的欢迎，以及母亲不同往常的仪态，都使我感到窘迫和狼狈。我从来没有见过母亲的脸色那么苍白，那么严峻和僵硬，仿佛戴了一副面具。就在这时候，我干了一件无可挽回的蠢事：我像一只训练得过分熟练、演出时难以收住自己动作的狗一样，向客人身边的那位女士走去，向她躬身屈膝，把一只脚跟靠到另一只脚跟上，吻了她的手，

伊万·莫修金

然后又趋近客人，晕头转向，竟然也吻了他的手。

这个愚蠢的行动却造成了可喜的效果，客厅里冷冰冰的拘谨气氛顿时被驱散了。母亲把我拥进怀里，穿杏黄色连衫裙的棕发女士也过来拥抱我。客人把我抱到他的膝盖上。我知道自己丢了脸，在那里呜呜咽咽，客人便提出带我去乘汽车兜风。一听这句话，我立刻收住了眼泪。

我后来在蓝色海岸①的"大蓝"滨海浴场常常遇见这位伊万·莫修金。我在那里跟他一起喝咖啡。有声电影问世前，他是一位著名的电影明星。他有很重的俄国口音，但又不想改掉它，这就给他的事业带来了困难，他于是慢慢被人忘却了。他给我提供过好几次机会，让我在他演的影片里当配角，最后一次在一九三五或一九三六年，是一部描写走私犯和潜水艇的电影，故事结尾是他的船被哈里·博尔击沉，他自己在硝烟弥漫中死去。我的工资是每天五十法郎，这是一笔可观的收入。我在电影中只表演靠着舷墙观望大海。这是我一生中演过的最美好的角色。

战后不久，莫修金在极度痛苦和被人遗忘中死去。他直到最后一息仍然保持着他那惊异的目光和特有的神态：沉默，庄重，略带高傲和讥讽，悄然看破一切。

我有时候还去电影资料馆走走，重新看看他演的老电影。

他在电影里总是饰演浪漫的英雄和高尚的冒险家：或是用剑和枪克敌制胜拯救王国；或是穿着白色军官制服跃马扬鞭，在马背上劫掠美女；或是为沙皇效命而受尽折磨却没有一句怨言。每到一个地方，女人们都对他趋之若鹜，倾慕不已。我看完这些电影，想起母亲对我的期待，不禁打起寒战。

客人当天晚上就走了。他把那辆黄色的帕卡德牌汽车和穿制服的司机慷慨地留给我们使用一星期。天气晴朗，离开城市沉闷的街道，去立陶宛森林里逛逛，真是一件惬意的事。

---

① 蓝色海岸，法国南部地中海沿岸地区。

母亲可不是那种一阵春风就使她头晕目眩、手足无措的女人。她有摆身份的意识，有报复的欲望，有挫败仇敌的不可动摇的意志。那辆汽车就充当了实现这唯一目的的工具。每天上午十一点左右，母亲给我穿上最漂亮的衣服，她自己的穿着则很有分寸，司机打开车门，我们登上汽车。敞篷车在城里缓慢地行驶两小时，把我们送到所有"上流社会"人士出入的场所：鲁迪尼基咖啡馆，植物园，等等。对那些在母亲提着纸盒串门叫卖的时代曾经怠慢、傲视或伤害过她的人，她一个不漏地向他们打招呼，同时露出高傲的微笑。

说到这里，我要向那些和我有同样经历，像我一样幼年过分受宠爱的八岁的孩子们，提几点切实的忠告。我想他们也和我一样苦于受到冷遇，在太阳下一待就是好几小时，试图找回自己所熟悉的某种温暖。我建议他们去热带地区长期逗留，或是享受融融的炉火，要不，喝酒也是一种办法。我还向他们介绍我朋友中一个八岁孩子是怎样解决这个问题的。他也是独生子，现在是他的国家驻某国大使。他请人做一件电热浴衣，睡觉时还在床上铺上电热褥子和电热被子。我想不妨可以试试，我不认为这样会使你忘记母爱，但毕竟是一种可取的办法。

有一点微妙之处，坦率地说出来，也许现在正是时候。我的说法可能会引起某些读者的反感或失望，某些时髦的精神分析学家①可能会把我当作一个违反人性的儿子：对于母亲，我从来没有过乱伦的恋情。我知道，不肯这样看待问题会立即引起行家们笑话，谁也不能担保自己没有潜意识。我还要马上补充一句：甚至像我这样愚钝的人，也恭顺地拜倒于恋母情结。恋母情结的发现和阐述，给西方带来了荣誉，它无疑与撒哈拉的石油一样，是我们对隐蔽的宝藏最富成果的探索。我还要说，由于意识到自己有点儿亚洲人的血统，为了使自己能与宽厚地容纳我的发达西方社会相适应，我常常努力从色情角度回忆母亲的形象，以便使我的无可怀疑的恋母情

_____

① 暗指弗洛伊德(1856—1939)，奥地利精神分析学家，在二十世纪的欧洲产生过极大影响。

结自由奔放，充分展映在文化光辉下，从而证明我是有勇气的。如果把我列在精神开拓者的行列中，我必定能为大西洋文明做出贡献。但是，我在这方面没有成功。我的祖先是鞑靼人，我无疑属于那些剽悍的鞑靼骑士一类。这些骑士 —— 如果确实名不虚传 —— 对强奸、乱伦，以及冲破任何我们讳莫如深的禁忌，都不会有丝毫犹豫。这里，我并不想为自己辩白，但我认为可以加以说明。对于母亲，我之所以从来没有肉体上的欲望，主要并非碍于我们之间的血缘关系，而是因为她已经上了年纪，而对我来说，性关系总是与青春年华和鲜润的肌体相连的。我承认，我的东方血统使我对妙龄少女特别易动感情。随着岁月的推移，我的这一偏爱 —— 说出来不好意思 —— 反而愈加强烈了。有人对我说，亚洲古波斯帝国的省区总督几乎都是这样。对于母亲，我确实从来不觉得她年轻，因此，我对她只怀有柏拉图式的感情。我不比别人傻，我知道这样的表白肯定要被那些欢蹦乱跳吞噬灵魂的寄生虫 —— 我们大多数精神治疗学家现在已沦落到这步田地 —— 作颠倒的解释。例如，如果你过分追求女性，这些洞察幽微的精神治疗学家就向你解释：你实际上就是潜在的同性恋者；如果你厌恶接触男性的身体 —— 我会承认这是我的情况吗？—— 这说明你多少有点儿这方面的嗜好；如果把这一铁的逻辑演绎下去，那就是说，如果你极其厌恶接触尸体，你就在潜意识里染上了恋尸症，不管男人女人，你都会不可抑制地被这种美妙的僵尸所吸引。今天，精神分析学与我们任何别的理念一样，具有一种总体反常形态，它企图把我们囚禁在它自己错乱的桎梏中。它占据了由迷信退让出来的地盘，巧妙地运用莫名其妙的语义，制造分析材料，用精神威吓和讹诈的手段加以推销，活像那些强行对你施加保护的美国诈骗犯。所以，我不跟这些江湖骗子和精神有点儿失常的人计较，他们到处替我们操心，用某种反常的夸张来解释我对母亲的感情。鉴于自由、博爱和人的最高尚的愿望已被他们糟蹋到这般田地，我看不出子女对父母的纯洁的爱在他们病态的头脑中怎么能跟别的东西一样不被歪曲！

我只能从这样一个角度与他们的诊断达成谅解：我从来没有透过地下墓穴和万劫不复的地狱的可怕微光看待被假伦理学断言为性奔放的乱伦。我认为，在我们日益严重的堕落中，这种罪过只占极次要的地位。在我看来，所有疯狂的乱伦，比起发生在广岛和布痕瓦尔德①的事情，比起行刑队，比起警察的恐怖和折磨，要可容忍得多，比白血病和由于学者们的努力而引起的各种可怕的遗传基因的后果更要好得多。谁也没有告诉过我人的性行为中的好坏标准。一位有名的物理学家向文明世界提出继续进行核爆炸，在我看来，他那可憎的面目比乱伦的想法不知要丑恶多少倍，两者无法相提并论。在当代精神、科学、意识形态等一切反常现象中，性的反常唤起我内心深处最大的谅解。一个女孩为了挣钱向别人撇开大腿，如果把她那小小的生意与那些学者出卖头脑、设计遗传性中毒和原子恐怖相比，我要把这个女孩看作善良的姐妹，诚实的自食其力者。与这些人类的叛徒所投身的邪恶的灵魂、意识和企图相比，体现在我们躯体三处小小的括约肌上的性行为 —— 不管是不是为了金钱，不管有没有乱伦 —— 就像孩子的微笑那样可爱，像天使般纯洁无邪！

　　在结束这一循环论证前，我最后还要说一句，我并非不知道，缩小乱伦的严重性会被轻易地解释成一种曲折反映出来的潜意识，这种潜意识使人对那些既感到厌恶又觉得甜蜜的东西习以为常。我这样不遗余力，按着这古老的维也纳华尔兹节拍走了三圈，现在又回到我这微不足道的爱的主题上来了。

　　我只想说一句，促使我写下这篇记叙的，是我那种普普通通、诚挚而且很容易辨识的柔情，我爱我的母亲，不深，不浅，没有超出人类共性。我真诚地认为，我青年时期想把世界投掷到她脚下的抱负，在很大程度上是无个人色彩的。不管我们之间关系的性质如何，复杂还是简单 —— 每人可以用自己的尺度和心灵去随意判

---

①　布痕瓦尔德，德国村镇，在魏玛城东北方，一九三七至一九四五年间纳粹曾在这里建立集中营。

断 —— 至少有一件事，在今天，在对我的生活历程注视最后一眼的时刻，我觉得是清楚的：所有这一切中，对我来说，更多地是体现一种想要胜利地照亮人们前程的强烈愿望，而不是仅仅关心所爱的某个人的命运。

第十一章

我第一次恋爱时，已经快九岁了。我的全副身心被一种强烈的激情所吞噬，这一激情彻底毒害了我的生活，差点儿送掉我的性命。

她八岁，名叫法朗蒂娜，我能一口气把她说得活灵活现。如果我有美妙的嗓音，我要不停地歌唱她的美丽和温柔。她有棕色的头发，明亮的眼睛，长得实在可爱。那天，她穿一件白色连衣裙，手里拿着一个球。我是在木柴仓库那边看见她的，她就在那荨麻开始生长的地方。荨麻把那片一直延伸到隔壁果园墙下的土地都覆盖住了。我难以描绘当时的激动心情：我只知道我的腿发软，心跳得那么厉害，连眼睛都有点儿模糊了。我下了最大决心，要立刻并且永远引诱她，要使她的生活中永远没有第二个男人的位置。为了征服她，我按母亲教过我的方法去做：我漫不经心地靠在柴垛上，向光亮方向抬起眼睛。可是，法朗蒂娜不是那种能被诱惑的女孩。我待在那里，眼睛朝向太阳，眼泪都流下来了，而这个冷酷的小姑娘却无动于衷，一直玩着她的球，对我没有表现出丝毫兴趣。我的眼珠快要从眼眶里跳出来，只觉得周围乱冒金星。法朗蒂娜连一眼都没有瞧我。这种满不在乎的冷漠使我陷入极大的窘境。要是在母亲的客厅里，大批漂亮的女士准会对我的蓝眼睛赞不绝口，而此刻，可以说，我一下子就弹尽粮绝，茫然不知所措了。我只好擦去眼泪，无条件投降。我把刚才从果园里偷来的三个青苹果向她递过去。她接了苹果，毫不在意地对我说：

"雅内克为了讨我喜欢，把他收集的邮票全都吃了。"

就这样，我的受难开始了。在这以后几天里，我为法朗蒂娜吃了好几把蚯蚓，

法朗蒂娜不是那种能被诱惑的女孩。

我为我的心上人吃了一只橡胶鞋。

大量的蝴蝶，一公斤带核的樱桃，还有一只老鼠。我才九岁，要比卡萨诺瓦①年轻得多，而我已成了古今最著名的情郎之一，为爱情做出了英勇的壮举。据我所知，历史上还没有人能完成这样的壮举 —— 我为我的心上人吃了一只橡胶鞋。

这里，我要作一点补充说明。

我知道男人说到自己的恋爱壮举时，总要大肆吹嘘，如果你想听，他们会把一切细节和盘托出，把自己的男子气概吹得天花乱坠。

我并不要求别人相信以下这段经历：为了我的恋人，我还吃了一把日本扇子，十公尺棉丝，一公斤樱桃核 —— 法朗蒂娜为我做好准备工作，她先吃了果肉，然后把核扔给我，另外还有三条金鱼，这是我们从她的音乐老师的玻璃鱼缸里捉来的。

上帝知道我一生中为女人吞下了些什么东西，但是我要说我从来没有遇上过这么难以满足的女人。她是梅萨丽娜②加拜占庭的狄奥多拉③。折腾这一阵后，可以说

---

① 卡萨诺瓦(1725—1789)，意大利冒险家，以浪漫事迹闻名。

② 梅萨丽娜(20—48)，罗马帝国公主，克劳狄一世皇帝的第三个妻子，以腐化淫荡著名。

③ 狄奥多拉(500—548)，拜占庭帝国皇后，出身于舞女和妓女，聪颖而且野心勃勃。

我已经了解了爱情的全貌。我受到了磨炼，从此以后，我便乘势朝这条路走去。

我可爱的梅萨丽娜才八岁，而她在肉体上的苛求却是我一生中见所未见的。在院子里，她跑在我前面，用手指着各种东西，叫我去捡，一会儿是一堆树叶，一会儿是沙子或一个旧瓶塞。我一声不吭老老实实按她的吩咐去做，因自己能有所作为而感到庆幸。有时候，她停下脚步，采一些雏菊。我看她手里的花束越来越大，心里感到很惶恐，但还是在她专注的目光下 —— 她知道男人在这种时候总想弄虚作假 —— 吞下了这束雏菊。我以为能从她眼里看到钦佩的光芒，但始终没有如愿。她没有表示赏识或感激，径自蹦蹦跳跳走开了。过了一会儿，她又折回来，拿着几只蜗牛，放到我的手心里。我低声下气地吃了蜗牛，连壳也全吃了。

那个时代，大人还没有向孩子进行性教育。这是一个神秘的领域。我当时以为，这样就是在做爱。也许我的看法是对的。

法朗蒂娜为我做好准备工作。

折腾这一阵后，可以说我已经了解了爱情的全貌。

我当时以为，这样就是在做爱。也许我的看法是对的。

最伤心的是，我没能打动她的心。我刚刚吃完蜗牛，她就满不在乎地对我说：

"约赛克为我吃了十只蜘蛛，直到妈妈叫我们喝茶他才停止。"

我打了寒战：我一转身，她就欺骗我，去跟我最要好的朋友相会。但是，我也只好把这苦水咽进肚里。我已经有点儿适应了。

"我可以吻你吗？"

"可以。不过，别把我的脸弄湿了，我不喜欢那样。"

我吻了她，没有弄湿她的脸。我们跪在荨麻丛后面，我吻了她很多次。她漫不经心地转动着手指上的指环。

"多少次了？"

"八十七次。能吻一千次吗？"

"一千是多少？"

"不知道。可以吻你的肩膀吗？"

"可以。"

我吻了她的肩膀，但还不够。我明确感到还有别的部位，更主要的部位，没有接触到。我的心跳得厉害。我吻了她的鼻子、头发、脖子，但越来越觉得总是欠缺什么，觉得不满足，总想接触更多、更多，最后，被强烈的爱所驱使，我坐到草地上，脱下一只胶鞋，说：

"如果你要我吃，我可以为你吃。"

啊！如果她要我吃！她当然要我吃，她是个真正的小妇人！

她把指环放到地上，坐在自己的脚跟上。我只指望能从她的眼睛里看出一线钦佩的光芒，而不要求更多的东西。我拿起小刀，切割橡胶。她瞧着我干。

"你就这样生吞下去？"

"对。"

我吞下一块，然后又吞下一块。她终于以钦佩的眼光注视起我来。我感到自己成了一个真正的男子汉。是的，我又学会了一件事。我继续吞食橡胶，虽然有点儿咽不下去，但硬着头皮坚持着。最后，我的额头渗出了冷汗，甚至到这时候我还不停止，强压住恶心，咬牙硬挺着，跟过去多次显示自己是个男子汉时所做的那样。

我病得很厉害，被送进医院，我躺上担架时，母亲哭着，阿涅拉叫喊着，店里那些姑娘都在嘀嘀咕咕，而我却感到很自豪。

童年时代的这段恋情启发我写出二十年后的第一部小说《欧洲教育》，也为我提供了另一部小说《宽敞的衣帽间》中某些情节的素材。

很长一段时间内，在到处奔波中，我总是随身带着一只被切割过的儿童胶鞋。我到了二十五岁、三十岁、四十岁，这只鞋还在，我还带在身边。我一直准备再次贡献自己的一切，但这种情况没有发生。最后，我把这只鞋抛到了一边。美好的事只能经历一次。

我和法朗蒂娜的关系维持了将近一年。她使我彻底变了样。我必须经常对付一些情敌，以显示和证明自己的优势。手撑地面倒立行走，到商店里偷东西，打架，到处进行自卫。最头痛的是对付那个男孩，我忘了他叫什么名字。他能在手里耍五个苹果，而我呢，试耍了几个小时都没有成功，苹果滚了一地。有时候，我垂头丧

这只鞋还在。

气地坐在一块石头上，感到活着都没有意思了。不过，我还是面对了生活。到现在，我还会耍三个苹果。我常常在大苏尔的山丘上，对着太平洋和广阔的天宇，向前迈出一条腿，耍了起来。我能拿出这一手，说明也不算等闲之辈了。

冬天，我们乘着雪橇，从山丘高处滑下来，法朗蒂娜眼睁睁看着我从五米高的地方跳到雪地上，摔坏了肩膀，那是因为我不会像尚那样站在雪橇上下坡。这个小流氓尚，我恨透他了，我一直搞不清他和法朗蒂娜到底是什么关系，甚至直到今天都不知道。我宁可不去想它。他大约比我大一岁，快十岁了。他接触女性很有经验。我知道的那些，他都比我干得好。他长着一张野猫那样凶狠的脸，动作十分灵巧，能把一口痰准确地吐到五米之外的目标上。

他会打呼哨，只要把两个手指放到嘴里，就能发出非常响亮的声音。这一招，我到今天都没有学会。以后，我只看到过我的朋友杰姆·德·卡斯特罗大使和奈利·德·伏格伯爵夫人能吹出同样尖厉的声音。多亏法朗蒂娜，我才懂得了，我在家里所享受的母爱和环绕我的全部温情与外界等待我的一切毫无联系，什么东西都不可能舒舒服服地事先得到安排和保障。尚天生喜欢侮辱人，他给我起了个绰号，叫"嫩芽子"，虽然说不出什么理由，但我总觉得这个绰号很刺耳。为了去掉这个绰号，我不得不多次表现出男子汉气概和勇敢精神。于是，我很快引起了这个街区的商人的恐惧。我可以毫不夸张地说，我打碎窗户玻璃，偷窃盒装蜜枣，按别人家的门铃……这一切，院里哪个孩子都不能跟我相比。我还轻而易举地学会了用生命去冒险。这在以后的战争中被正式采用和提倡，对我很有用处。

我特别记得有一种叫"玩命游戏"，尚和我在大楼五层一个窗口上玩，大伙都瞧得目瞪口呆。

法朗蒂娜在不在，我们并不关心，然而这场决斗就是为她而安排的，这一点我们两人心里都有数。

到现在，我还会要三个苹果。

游戏玩法很简单，但我确实认为，与它相比，那著名的"俄国轮盘"①只是一种微不足道的中学生消遣品。

我们走上大楼最高层，在楼梯间上打开朝向院子的一扇窗子。我们坐到上面，把腿伸向外边，尽量悬向空中。窗户外端有一块锌板窗台，宽度不过二十公分。玩的方法是向对方的背猛击一掌，但又要掌握住分寸，使他刚好能从窗户滑下，坐到狭窄的窗台上，两腿悬在空中。

这种要命的游戏，我们不知玩了多少次。

一旦我们在院子里发生冲突，或者出现什么没来由的激烈对抗，我们便彼此瞧上一眼，不说一句话，上到大楼五层，玩起这种"游戏"。

这种决斗具有离奇的拼命性质，但玩的时候又须表现出诚实的品格。你那可恨的敌人这时候完全听凭你的支配。你推他的时候，只要稍微掌握不好或用心不良，就会使他在五层楼下送命。

我还清清楚楚记得我坐在窗户上，两腿悬在空中，对方的手放到我的背上准备推我的情景。

尚今天已经成了波兰共产党的一个重要人物。十年前，在巴黎的波兰大使馆客厅里举行的一次招待会上，我曾遇见过他。我一下子就认出了他。很奇怪，这家伙没怎么变样。他当时三十五岁，还是那么苍白清瘦的脸，猫一样轻柔的举止，细长的眼睛透出冷酷和嘲讽的光芒。我们碰到了一起，各自都有身份，代表着自己的国家。我们彼此客客气气，没有提起法朗蒂娜这个名字。我们一起喝伏特加。他谈了他在抵抗运动中的经历，我讲了几句我在空军中的战斗。我们又喝了一杯酒。

"我受尽了盖世太保的折磨。"他对我说。

"我受了三次伤。"我对他说。

---

① 一种俄国式决斗法。决斗者所用左轮手枪的弹巢中只有两颗子弹，而且不知道子弹在弹巢中的位置。

我们互相注视了一会儿，然后一致同意放下酒杯，向楼梯走去。我们上了三楼，尚给我打开窗户：不管怎么说，我们是在波兰大使馆，我是使馆请来的客人。我已经举腿跨出窗户，这时候，大使夫人 —— 一位迷人的、配得上用她本国最美的爱情诗予以赞美的女士 —— 突然从一间客厅里出来。我立即收回我的那条腿，含着亲切的微笑，向她躬身致意。她抓住我们两人的胳膊，把我们领向餐桌。

我怀着某种好奇心这样想：在冷战高潮时期，如果发生这件事，也就是说，人们在一条人行道上发现从波兰驻法国大使馆的窗户里跳下一名波兰高级官员或一名法国外交官，世界新闻界会进行怎样的报道？

没有提起法朗蒂娜这个名字。

第十二章

　　我印象中的格朗特－波乌朗卡大街十六号院子，是个巨大的竞技场。为了未来的战斗，我曾在那里勤学苦练。一道可以进出车辆的古旧的大门通向这个院子，院子中央有一大堆砖瓦，那是立陶宛和波兰军队交战期间游击队炸毁一座军工厂后留下的。稍远处，就是前面说到的那个木柴仓库，还有长着荨麻的荒地，我一生中只在那里进行过获得真正胜利的战斗。院子尽头便是邻家果园的高高的栅栏。两边沿街的房子都背向这个院子。右侧排着几间谷仓，我常常爬上屋顶，揭掉几块木板，钻到里面去。人们租下这些谷仓，用来存放家具。那里面有很多箱子、柜子，我撬开锁，把它们轻轻地打开，然后倒翻在地，这时会立刻闻到一股樟脑的气味。一大堆古旧过时的物品呈现着奇异的生命，在一种探索宝藏和经历劫难的气氛中，它们陪伴着我度过了美好的时光。每一顶帽子，每一双鞋子，每一个纽扣盒和奖章盒，都在向我叙述一段陌生而神秘的经历，一段他人的经历。一条毛皮长围巾，几件假珠宝首饰，一些戏剧服装 —— 一顶斗牛士帽子、一顶高筒礼帽、一条舞蹈演员穿的破旧发黄的短裙，几面有缺口的镜子 …… 仿佛都向我投来无数逝去的眼神；一件燕尾服，几条饰有花边的裤子，一些撕破的女用头巾，一套缀有红、黑、白三色饰带的沙皇军队制服，一些乌贼墨染的摄影册，还有那些明信片、洋娃娃、木马 …… 人类由于遇难、死亡而在身后遗落的所有这些旧东西，都是他们经历无数次颠沛流离后在生命旅程中留下的稀奇古怪和微不足道的痕迹。我待在那里，坐在光秃秃的地上，面对这些古旧的地图册、破损的钟表、化装舞会用的黑色半截面具、卫生用品、塔夫绸蝴蝶花束、晚礼服，以及宛若被遗忘的手一样的旧手套，我面对着这一切，脊背发凉，怔怔地出神。

一天下午，我爬上谷仓屋顶，揭开木板，准备跳进我的王国，突然，我发现在那些衣服、毛皮长围巾和木制模特之间，躺着一男一女，正在不停地动作。我马上意识到他们是在干什么事，不过，这却是我平生第一次见到这种嬉戏。我害臊了，重新盖好木板，只留出一条小缝，以便进一步观看。那男的就是糕点商密什卡，女的叫安托尼娅，是大楼里的一个女佣。我承认我感到非常惊奇，同时也上了完整的一课。他们两人干的事远远超出了我的伙伴们关于这方面的过分简单化的传说。我全神贯注地观看着，想弄明白他们之间究竟是怎么回事，为此好几次差点儿从屋顶上掉下来。后来，我把这事告诉小朋友们时，他们异口同声说我撒谎，几个最老实的对我说，从高处往下看，看到的一切都是反的，这就是我错误的根源。可是，我却看得真真切切，所以竭力争辩，坚持我的看法。最后，我们决定去仓库屋顶上轮流值班。值班人员拿一面从门房那里借来的波兰国旗，一旦发现那对情人，就摇动旗帜。伙伴们得到信号后，就立即爬上去观看。那天担任侦察的是小马列克·吕卡，那个长着一头像小麦一样的金黄头发的瘸腿男孩。当他平生第一次看到谷仓里发生的事情时，完全被那震撼人心的场面吸引住了，压根儿忘了摇动旗帜，大伙儿感到十分扫兴。不过，他倒是原原本本进行描述，逐点证明我说的这个稀奇的过程，而且，他讲得有声有色，还用手势做模拟表演 —— 这就大大提高了我在院子里的威信。我们讨论了好半天，想弄清楚这种奇特行为的动机。最后，还是马列克自己提出了一种假设，我们认为很合乎情理：

"他们也许不知道怎么干，所以要从各个方面试试？"

第二天，轮到药剂师的儿子放哨。下午三点钟，当孩子们正翘首仰望，或在院子里玩耍，觉得已经没有什么希望时，忽然看到那面波兰国旗在屋顶上展开，胜利地摇动起来。几秒钟后，六七个狂热的男孩奋不顾身地向联络信号冲去。那块木板被小心翼翼地揭开后，全体伙伴都上了极有教育意义的一课。糕点商密什卡那天干得非常出色，他那骁勇的天性似乎已经猜到有六个小天使正在欣赏他的杰作。我一直爱吃美味的糕点，但是打那以后，我再也不用原来的眼光去打量他的糕点了。这位糕点商是一位艺术大师，在他面前，华沙的蓬斯、伦伯尔梅耶、鲁尔斯等著名艺术家都将黯然失色。当然，我们那时候年纪很小，不知拿什么来作比较。如今我已游历了很多地方，增长了很多见闻，倾听过那些尝过最美味的美国冰淇淋、品味过著名的威尼斯弗洛里安咖啡馆①花色小蛋糕、吃过精致的维也纳的果馅卷和萨赫蛋糕②的人的讲述，我本人也逛过两大洲不少最讲究的茶室，我仍然认为密什卡不愧为一位杰出的糕点大师。那天，他给我们上了含有深刻道德意义的一课，他使我们变得谦虚，使我们永远不会声称自己发明了火药。如果密什卡不是待在欧洲东部一座偏僻的小城里，而是来巴黎开设糕点铺，他今天定是个胸前挂上了勋章的大名鼎鼎的富翁，巴黎最漂亮的女郎将会前来品尝他的糕点。他在糕点这个领域里将是无敌的，然而，我觉得，令人遗憾的是，他的产品没有打开更大的销路。我不知道他是否还在人间，某些迹象告诉我，他大概年纪不大就死了。不过，不管怎样，在这里请允许我 —— 一个小小的作家 —— 怀着尊敬的心情，向这位艺术大师致意。

我们观赏的这一景象是那样令人激动，从某种角度说却又是那样令人不安，致使我们中间年纪最小的小卡奇克 —— 他还不到六岁 —— 害怕得哭出声来。由于担心惊动糕点商，怕他发现我们，我们每个人不得不轮流牺牲宝贵的几分钟，去用手捂住小卡奇克的嘴，不让他喊叫。

最后，密什卡终于尽了兴，地上只留下挤坏的大礼帽、压扁的羽毛长围巾和惊呆的木制模特。这群疲倦的男孩也就默默地从屋顶下去了。那时候，人们给我们讲

---

① 弗洛里安咖啡馆，又译花神咖啡馆，是威尼斯著名的豪华咖啡馆。
② 原文为德语。果馅卷是一种油酥点心，内馅多为水果或奶酪；萨赫蛋糕是一种含杏子酱的巧克力蛋糕，两者都是奥地利的代表点心。

他使我们变得谦虚，使我们永远不会声称自己
发明了火药。

少年斯塔斯①的故事。斯塔斯躺在两条铁轨中间，一列火车从他上面经过，当他从
铁轨上起来时，头发全都变白了。然而，密什卡经过后，我们中间谁都没有发现自
己的头发变白，所以我认为那则故事全是虚构的。我们从屋顶上下来后，好长时间
彼此没有说一句话，大家都在沉思，带着几分沮丧的心情，谁都不做鬼脸，也不嬉
笑打闹或做各种滑稽动作，而这一切都是我们惯常的喜好。大家站在院子中间，围
成一个小圈，脸色都很严肃，在奇特而恭敬的沉默中，彼此面面相觑，好像刚从某
个神圣的殿堂里出来。这意想不到的新发现，这蕴藏在人体内的奇妙力量的迸发，
使我们产生一种神秘的近乎超自然的感情。我们好像都被这种感情慑住了，不知
不觉地经受了第一次宗教体验，连小卡奇克也对这一奥秘感到惊异。

---

① 斯塔斯(1813—1891)，比利时化学家。

第二天早晨，我看见小卡奇克蹲在树丛后面，褪下裤子，专心观察自己的生殖器，皱着眉头，陷入深深的沉思。他几次用拇指和食指把它轻轻夹起来，向上提，小指向外跷起，如同我端茶杯时，礼仪教师不让我做的那样。他没有发现我向他走来。我在他耳边"嗨"了一声，他两手提起裤子，撒腿就跑。我现在好像还看到这样的情景：他像一只直立的兔子，慌慌张张穿过院子，一溜烟消失得无影无踪。

这位艺术大师的形象一直留在我的脑海里，我常常想到他。最近，我观看一部关于毕加索的电影，当我看到这位大画家的画笔在画布上疾驰，创造着人间奇迹时，我眼前立刻浮现出那位维尔诺糕点师傅的形象。做一个艺术家，并保持自己完整的灵感和坚信能够创造杰作，这是很不容易的。不断地占有世界，追求风格和效果，努力臻于完美，向往登峰造极，永远立于不败之地，以达到某种彻底的满足 —— 我瞧着艺术大师的画笔狂热地追求着绝对。面对这位永恒的斗士的身躯，我的心头涌起一阵巨大的悲哀：任何新的胜利都无法阻止他的失败。

然而，更加困难的是任命运摆布。我开始艺术生涯以来，多少次手握着笔，躬背屈膝，伏在高空秋千架上，脚朝天，头朝地，在空中晃动。我咬紧牙，全身肌肉紧张，额上渗着汗珠，想象力和意志力已经完全枯竭，但是，还必须注意保持风格，给人以轻松潇洒的印象。在最紧张的时候，要显得轻松自如；在最厌烦的时候，要显得高兴，露出可爱的微笑，继续在空中飞翔，不要过快下降，以免使人感到你因缺乏灵感、勇气和才能而草草收场。最终飞翔回来时，你的四肢奇迹般地安然无恙，但高空秋千又来到你的身边，稿纸又变得空白，你又将开始新的一轮。

尽管我参观过很多博物馆，看过很多书，在高空杂技中做过很大努力，今天，对艺术的向往和对杰作的孜孜追求，与三十五年前趴在屋顶上观看世界上最卓越的糕点师傅的作品时一样，仍然是一个难解的谜。

第十三章

　　我这样初步接触艺术的时候，母亲也在做一系列探索，想从我身上发现某种潜在的才能。小提琴和舞蹈先后被淘汰了，绘画也被撇在一边。接着，人们教我唱歌，请来当地歌剧院的大师关心我的声带，判断我是否能成为在金碧辉煌的布景前受观众热烈喝彩的未来的夏里亚宾①。经过三十年的犹豫，我今天只好极其遗憾地承认，我和我的声带完全无法协调。我的耳朵和嗓子都不行，我一点儿不明白为什么会是这样，但必须承认这是事实。我特别缺乏和我相配的低音，我的嗓音也许给了昨天的夏里亚宾和今天的鲍里斯·克里斯托夫②。这不是我生命中唯一的缺陷，但却是一个重大的缺陷。我说不清是在什么时候，通过什么医学手法实施这一替换的。事实已经如此。谁想了解我真正的嗓音，可以买一张夏里亚宾的唱片，特别是可以听一听穆索尔斯基③的《跳蚤之歌》，那完全是我的声音。他们只要想象我站在舞台上，发着男低音"哈！哈！哈！跳蚤！"就行了。我相信他们一定会同意我的看法。可惜，当我一只手按在胸口上，一只脚向前迈出，高高地昂起脑袋，充分发挥我的歌唱能力的时候，从我嗓子里涌出的，却是一股使我自己都感到惊讶和懊丧的泉流。如果我没有这方面的志趣，那倒也罢了，但我偏偏又有这种爱好。这一情况我对谁也没有说过，包括我的母亲。可是，老藏在肚子里也不是滋味。我是真正的夏里亚宾，我是一名没有受到赏识的杰出男低音悲剧歌唱家，我一生都要保持这一头衔。我记

---

① 夏里亚宾（1873—1938），俄国歌唱家。

② 鲍里斯·克里斯托夫（1914—1993），保加利亚歌剧演唱家。

③ 穆索尔斯基（1839—1881），俄国作曲家。

得有一次，纽约大都会剧院演出《浮士德》，我就坐在鲁道尔夫·宾身边，就在他的经理包厢里，两手叉在胸前，扬着梅菲斯特①式的眉毛，嘴上挂着神秘的微笑。那时候，舞台上一名替角正在替我演出，想到身边坐的是世界上最伟大的歌剧院经理之一，而他却不知道这一实情，我感到实在有趣。如果那天晚上鲁道尔夫·宾对我神秘的魔鬼般的表情感到惊讶，那么现在他可以在这里找到答案。

母亲是个歌剧迷，她对夏里亚宾崇拜得五体投地，对此我简直无法形容。母亲用温存而迷惘的眼光望着我，在这一眼光的启发下，我立即跑进那个木柴仓库，摆好架势，吸足一口气，从腹腔深处吐出震惊世界的"哈！哈！哈！跳蚤！"我这样做了不知多少次，我那时才八九岁。唉！可惜我的嗓音已经移植到了他人身上。

没有人会比儿童时期的我更加虔诚、更加热情地试图唤醒自己的歌唱天赋。如果我能有一次，哪怕只有一次，在巴黎歌剧院，或更普通一点儿的米兰斯卡拉剧院，面对灯光耀眼的剧场正厅和得意扬扬地坐在包厢里的母亲，登台扮演《鲍里斯·戈都诺夫》②的主角，我认为这样才对得起她和她所做出的牺牲。但是这种情景一直没有出现。我为她做出的唯一贡献是一九三二年赢得了尼斯乒乓球锦标赛冠军。我只赢得过一次冠军，从那以后一直屡战屡败。

歌唱学习从此也彻底告吹了。一位老师甚至挖苦地叫我"神童"，声称他生平从未见过听觉这样差的孩子。

我常常在留声机上放夏里亚宾的《跳蚤之歌》，激动地聆听我真正的嗓音。

就这样，母亲不得不承认我没有表现出特有的才华和潜在的天赋，最后，像很多别的母亲一样，她认为我只有一条出路：搞外交。她确定了这个想法后，感到很兴奋。世界上最美好的事情总该属于我，我应该当法国大使 —— 她完全是这样想的。

---

① 梅菲斯特，欧洲中世纪关于浮士德的传说中的魔鬼。

② 《鲍里斯·戈都诺夫》，俄国作曲家穆索尔斯基的歌剧。鲍里斯·戈都诺夫是十五世纪末、十六世纪初莫斯科的沙皇。

我只赢得过一次冠军，从那
以后一直屡战屡败。

母亲对法国的热爱和崇敬一直使我无限惊奇。请大家不要误会，我自己对法国
也始终怀着亲切的感情，这是自然的，我是被这样教育出来的。孩子，到立陶宛森
林里听一听法兰西的传说，从你母亲的眼睛里看一看一个你不了解的国家，从她的
微笑和优美的嗓音里去认识这个国家。晚上，当你坐在炉火旁边，木柴在炉子里歌
唱，室外的大雪在你周围悄悄地飘落时，你听一听法兰西，她就像《穿靴子的猫》那
样被讲给你听；睁大你的眼睛，看一看每一个牧羊女，听一听她们的歌声；对你这群
玩具铅兵说，在这些金字塔上，四十个世纪在注视着他们①；戴上你的纸糊双角帽，

① 拿破仑在远征埃及时曾这样鼓励部下："士兵们，在这些金字塔上，四十个世纪在注视着你们！"

去攻克巴士底狱，用你的木剑砍下起绒草和荨麻，给世界以自由；从拉封丹的寓言诗中学习怎样读书 —— 所有这一切，到了成人的年龄，你就再也无法摆脱，即使在法国待上很长时间，也无济于事了。

当然，会有这样的一天：从立陶宛森林里看到的高度理性的法兰西形象与纷乱而充满矛盾的法国现实产生激烈的冲突。但这一天来得晚了，太晚了，我已经长大了。

我只听到过两个人用同一声调谈论
法兰西：母亲和戴高乐将军。

我整个一生中，只听到过两个人用同一声调谈论法兰西：母亲和戴高乐将军。他们两人的外表和其他方面截然不同，但是，当我听到六月十八日的号召时，我毫不犹豫地对将军的召唤做出了反应，就像对维尔诺的格朗特－波乌朗卡大街十六号这位老妈妈叫卖帽子的声音做出的响应一样。

从八岁开始，特别是在家庭境况变坏的时候 —— 家庭境况实际上很快就变坏了，母亲总是走过来坐到我的面前，脸色憔悴，两眼深陷，以无限赞赏和骄傲的神态，久久地望着我。然后，她站起来，双手抚摸着我的头，仿佛还想更加仔细地看看我的脸，说：

"你将来是法国大使，这是你母亲说的。"

不过，有一点使我感到纳闷：她为什么不说我将来能当共和国总统呢？也许她说话留有余地，不超过我能为她做到的程度。也许她认为，在安娜·卡列尼娜和警卫队军官的世界里，共和国总统并非真正属于"上流社会"，而衣冠楚楚的大使则更为高雅出众。

有时候，我躲在我的芳香扑鼻的木柴仓库里，思考着母亲对我的期待。这时候，我开始悄悄地哭泣，哭泣很长时间：我真不知道该怎么办。

接着，我返回屋子，心情十分沉重。我继续学一首拉封丹的寓言诗：这就是我能为她做的全部事情了。

我不知道母亲对外交官职业是怎么想的。然而有一天，她急匆匆地走进我的卧室，坐到我的对面，立即做起长篇发言。我姑且把这篇发言称作《向女士赠礼的艺术》。

"要记住，你亲自拿上一小束花，比派人送去一大束花要亲切得多。不要相信那些拥有很多件裘皮大衣的女人，她们盼的就是再增加一件这种大衣，不到万不得已不要接触这类女人。选择礼物要有所区别，要考虑对方的爱好：如果她没有受过什么教育，不爱好文学，就送她一本漂亮的书；如果是一个严肃、谦虚、有教养的女人，就送她一件贵重物品，一瓶香水，一块头巾。记住，送穿着用品时，先要注意对方头发和眼睛的颜色。那些小东西，别针啦，戒指啦，耳环啦，要跟眼睛的颜色相配；连衫裙、大衣、披肩等要和头发的颜色协调。头发和眼睛颜色相同的女人，穿着打扮比较容易，花钱也就少了。但是，要特别记住……"

她交叉着两手，不安地望着我：

"要特别记住，我的孩子，你要特别记住一件事：千万不能接受女人的钱！千万千万！这是大事，你向我发誓，把手放在你母亲的头上发誓……"

我发了誓。她又继续说下去，面带很不寻常的忧虑神色：

"你可以接受礼品，接受东西，比如钢笔、皮夹子，甚至手表，都可以要，但绝不能要钱 —— 永远不能！"

我继续学一首拉封丹的寓言诗：这就是我
能为她做的全部事情了。

《马赛曲》

　　上流社会的一般教养，在我身上并没有被忽视。母亲高声地为我朗读《茶花女》，当她的眼眶润湿时，她的声音也就哽咽了，她于是不得不中断朗读。现在我已经知道了谁是她心目中的阿芒①。她还对我朗读其他有教益的读物，总是带着漂亮的俄国口音，我记得最清楚的有戴鲁莱德②、贝朗瑞③和雨果的作品。她不仅为我读诗，还摆出她昔日"戏剧艺术家"的姿态，站在客厅里灿烂的大吊灯下，做着手势，感情充沛地用夸张的语调进行朗诵。我特别记得其中有句："滑铁卢，滑铁卢，滑铁卢，阴沉的原野！"真叫我感到恐怖。我坐在椅子上听母亲朗诵，母亲站在我面前，

----

　①　小说《茶花女》中的男主人公。
　②　戴鲁莱德(1846—1914)，法国诗人和政治家，激进的民族主义者。
　③　贝朗瑞(1780—1857)，法国歌谣诗人。

手里拿着那本诗集，一条胳膊高高举起，所引起的联想竟使我的脊背发凉。我睁大眼睛，并住膝盖，望着这阴沉的原野。我相信拿破仑本人要是在场，也会被深深触动的。

我的法国教育的另一个重要内容，当然是唱《马赛曲》了。母亲和我一起唱这首歌。她坐在钢琴前，我站在她的身旁，一只手按住胸口，另一只手伸向街垒。我们彼此对视着。一唱到"公民们，拿起武器！"时，母亲把两手重重地落在琴键上，我便带着威武的神态，挥舞起拳头；当唱到"让肮脏的血浇灌我们的田野"时，母亲在琴键上敲上最后一下，便待着一动不动，两手悬在空中，我跺一下脚，神色坚定，毫不妥协。我学着她的姿态，双手握拳，脑袋向后仰 —— 我们便这样纹丝不动地待了好一会儿，直到最后的和弦在客厅里完全消失。

第十四章

　　我出世不久，父亲就离开了母亲。每当我提起他的名字 —— 我很少这样做 ——
母亲和阿涅拉便迅速交换一下眼色，立即把话题岔开。然而，我从这儿那儿听到的
片言只语中，知道其中有些难以描述甚至痛苦的情节。我很快意识到最好不谈这方
面的事。

　　我知道，与我同姓的那个男子有一个妻子和几个孩子。他经常外出旅行，还去
过美国。我遇上过他好几次。他外表温和，有两只善良的大眼睛和一双保养得很好
的手。跟我在一起时，他很和气，但总有点儿不太自在。当他用忧郁的目光和似乎

跟我在一起时，
他很和气，但总
有点儿不太自在。

我倚在楼梯的栏杆
上，不知待了多久
时间。

有点儿责备的神情看我的时候，我总是垂下眼睛。也不知道为什么，我总觉得跟他玩过什么恶作剧。

只有在他死后，他才真正进入我的生活，而且使我永远不能忘怀。我知道他是在大战期间死的，他是作为犹太人，跟他妻子和两个孩子一起，在瓦斯炉里被处决的。我料想那两个孩子当时已有十五六岁。但是直到一九五六年，我才听到他惨死过程中的一个令人发指的细节。我当时在玻利维亚当临时代办，由于出版了一部题为《天根》的小说，我来巴黎领龚古尔文学奖。这期间有很多人给我写信，其中有一封向我披露了这位对我来说是如此陌生的人的死亡经过。

原来他并不是如人们过去对我说的在瓦斯炉里被处决的，他是在离瓦斯房入口处几步远的地方，在执行极刑的路上吓死的。

给我写这封信的人就是那个瓦斯炉的看守、接待员 —— 我不知道该怎么称呼他，也不清楚他担任的究竟是什么职务。

他写这封信也许是为了让我高兴。信里说，我父亲还没有到达瓦斯房，在进门前就直挺挺地倒在地上，吓死了。

我手里拿着这封信，愣了好半天。然后，我走向新法兰西杂志社的楼梯。我穿着在伦敦裁制的服装，挂着法国代办的头衔，戴着我的解放十字勋章和荣誉军团玫瑰花形勋章，还有龚古尔文学奖，倚在楼梯的栏杆上，不知待了多长时间。

正好加缪①经过这里，看我情绪不好，就把我拉到他办公室去了。

以这种方式死去的那个男人，对我本是个陌生人，但是从那一天起，他永远地成了我的父亲。

我继续背诵拉封丹的寓言，以及戴鲁莱德和贝朗瑞的诗歌，阅读一部叫作《伟人生平事迹》的作品，那是一本很厚的书，蓝色的封面上印着保尔和维吉妮②在海上

---

① 加缪 (1913—1960)，法国小说家、剧作家和评论家。
② 法国作家贝纳丹·德·圣皮埃尔的小说《保尔和维吉妮》中的主人公。

遇险的金色木刻图案。母亲很喜欢保尔和维吉妮的故事，她说这个故事很典型，常常反复给我朗读维吉妮宁愿淹死也不肯解下裙子这一段。每次读完这个感人的章节，她总要满意地用鼻子深深地吸一口气。我听得很专心，但对内容却不以为然，总觉得保尔没有尽到责任。我就是这样认为的。

为了教我能在我的行列中体面地处世，我还被要求学习一本厚厚的《法国名人传》。母亲亲自向我高声朗读。她读了几段关于巴斯德①、贞德②和龙斯沃的罗兰③的事迹后，便把书放到膝盖上，深情地望着我，目光中蕴含殷切的希望。只是有一次，当她发现作者对历史作了意想不到的修改，特别是把波罗金诺战役④说成是法国人的胜利时，她生气了。这时候她的俄罗斯灵魂复活了。她读完这一段，待了一会儿，觉得不是滋味，然后合上书，用愤慨的口气说：

"这不对！波罗金诺战役，那是俄国的一次伟大胜利。可不能这样歪曲！"

我对贞德、巴斯德、维克多·雨果和圣路易⑤，还有太阳王⑥和大革命⑦，都无限赞美。我要说，在这个对母亲来说值得五体投地崇拜的世界 —— 法国，一切都凝聚在同一个颂扬声里，她把玛丽·安托瓦内特⑧和罗伯斯庇尔⑨，夏洛特·科黛⑩

---

① 巴斯德(1822—1895)，法国杰出的化学家和生物学家。
② 贞德(1412—1431)，法国民族女英雄。
③ 罗兰，法兰克王查理大帝的外甥，抗击外族入侵的传奇英雄。
④ 波罗金诺战役，一八一二年俄法战争中最大战役之一。一八一二年八月二十六日，库图佐夫指挥的俄军，在莫斯科西部波罗金诺村附近堵击拿破仑一世统率的法军。双方伤亡惨重，俄军达成战略目的，逐渐掌握战争的主动权。
⑤ 圣路易，即法国国王路易九世(1214—1270)。
⑥ 太阳王，即法国国王路易十四(1638—1715)。
⑦ 指一七八九年法国资产阶级革命。
⑧ 玛丽·安托瓦内特(1755—1793)，法国王后，路易十六的妻子，一七九三年十月十六日被送上断头台。
⑨ 罗伯斯庇尔(1758—1794)，十八世纪法国资产阶级革命时期雅各宾派的首脑。
⑩ 夏洛特·科黛(1768—1793)，法国女青年，杀害马拉的凶手。

和马拉①，拿破仑和昂吉安公爵②，全都心安理得地搅和在一起，作为一个整体向我介绍，脸上带着幸福的微笑。

我花了很长时间，才理清这堆埃皮纳勒画像，从法兰西的一百张面孔里挑选出我认为最值得热爱的人物。对这些人物如果不加区分，也就谈不上憎恶、愤怒、仇恨和回忆。这使我在很长一段时间里，成了一个典型的游离于法国之外的人。我只好等待长大，到了成人的年龄，才最终区别法国的是非。直到一九三五年左右，特别是慕尼黑会议发生后，我才慢慢地被愤恨、恼怒、厌恶、信仰、无耻、信任和企图砸碎一切的愿望所驱使，最后彻底抛弃了那个童话，接受这亲切而艰难的现实。

除了这种严格的道德和精神方面的培养训练（后来我很难摆脱它的影响），凡是有助于丰富一个上流社会男子的经验的教育，在我这儿都没有被忽视或遗漏。

只要有剧团从华沙来到省里，我们就订一辆出租马车去观看它的演出。母亲戴一顶簇新的宽边帽，打扮得漂漂亮亮，笑容可掬地领着我欣赏《快乐的寡妇》《马克西姆饭店的女郎》或是某种巴黎康康舞③。我穿着丝织衬衫和黑天鹅绒外衣，鼻前架着一副小小的望远镜，怡然自得地观看我未来生活的场面：我将是一名引人注目的外交官，在多瑙河畔特设的小客厅里喝着香槟酒，身边围着一群漂亮的女士；或者是政府交给我一项特殊使命，去引诱某国在位君主的妻子，以阻止筹建中的反对我国的军事联盟。

为了使我熟悉自己的未来，母亲常常从旧货店买来一些旧明信片，上面印着那些期待我光临的胜地。

因此，我很早就熟悉了马克西姆饭店的内部情形。我和母亲说好，将来一有机会，我就陪她上那里去。她很重视这件事，好几次对我说起，一九一四年战争前，

---

① 马拉(1743—1793)，十八世纪法国资产阶级革命的著名活动家，学者。

② 昂吉安公爵(1772—1804)，法国孔代亲王之子，被拿破仑处死。

③ 十九世纪巴黎流行的一种轻快的舞蹈。

她有一次去巴黎旅行，曾在那里吃过饭，感到又舒适又体面。

母亲爱买的明信片中，有的是阅兵图像，上面有威武雄壮的军官，骑着马，举着出鞘的指挥刀，正在检阅队伍；有的是穿着漂亮礼服的著名大使；有的是当代杰出的女性，如克雷奥·德·梅罗德①、莎拉·伯恩哈特、伊凡特·吉尔贝尔②等。我记得有一张明信片上，有一个头戴主教帽子、身穿紫袍的主教，母亲用赞赏的口气说："这些人穿得很好！"当然，所有明信片上都印着"法国名人"。然而，艾格龙③的明信片——我不知道它是怎样进入收藏册的——很快被抽掉了，原因是"他患肺结核"。我不知道母亲是怕他把肺病传给别人，还是在她看来这位罗马王的际遇不值得仿效。那些穷困潦倒的天才画家，那些被诅咒的诗人——特别是波德莱尔④，那些命运悲惨的音乐家，经过精心选择后都被排除在收藏册之外，因为根据众所周知的英国人说法，母亲绝不容忍荒唐的行为⑤：成就是应该在生前获得的。母亲带回家来最多的也是我最常见的明信片是维克多·雨果的像。当然，她认为普希金也是一位伟大的诗人，只是普希金三十六岁时在一场决斗中被杀死，而雨果却活到高龄，备受人们尊敬。在家里，我不管走到哪里，总能见到雨果的头像，他的眼睛一直注视着我。我说不管走到哪里，这是确确实实：这位伟人始终存在，对我的努力投以严肃的目光，当然，这种目光我在别处也已熟悉了。从我们收集的旧得发黄的明信片——这个小小的先贤祠中，母亲把下列人物断然排除在外：莫扎特——"他年纪轻轻就死了"；波德莱尔——"你以后会知道是什么原因"；柏辽兹，比才，肖邦——"都是一群倒霉的人"；奇怪的是，虽然母亲出于为我考虑，极度害怕莫泊桑的病，尤其害怕他的肺结核和梅毒，但似乎给予他某种谅解，把他的图片收进了集子，当

---

① 克雷奥·德·梅罗德（1875—1966），法国著名演员、舞蹈家。

② 伊凡特·吉尔贝尔（1865—1944），法国歌唱家。

③ 指拿破仑一世之子德·勒什泰德公爵。

④ 波德莱尔（1821—1867），法国诗人，象征派诗歌的先驱，《恶之花》的作者。

⑤ 原文为英语。

在家里，我不管走到哪里，总能见到雨果的头像，他的眼睛一直注视着我。

然还是觉得有点儿别扭，而且是经过一阵犹豫之后才接受的。母亲对他表现出明显的偏爱。在我出生前，莫泊桑没有遇上我的母亲，我对这一点感到由衷的庆幸，有时竟觉得自己脱了一次险。

　　就这样，这位漂亮的莫泊桑，穿着白衬衫，翘着小胡子，进入了我的明信片集子，在那里占据一个优越的位子，排列在年轻的波拿巴和雷卡米埃夫人①中间。我翻阅这个册子时，母亲常常俯身在我的肩头，用手指着莫泊桑的像。她全神贯注地望着他，轻轻地叹着气。

----

① 雷卡米埃夫人（1777—1849），法国名媛，作家夏多布里昂的女友。

"女人都特别喜欢他。"她说。

接着，她又仿佛无缘无故地补充一句，带着某种懊丧的口气：

"不过，你也许最好是娶一个好人家的姑娘，规规矩矩的。"

也许由于常常在这本画册里看这个可怜的莫泊桑的画像，母亲认为应该向我提出郑重的告诫，不能让一个上流社会的男人坠入人生道路上的陷阱。一天下午，我被叫去坐上一辆出租马车。马车来到一个名叫巴诺帕蒂克姆的讨厌地方，好像是一座可怕的疾病陈列馆。那些用蜡制作的标本向涉世未深的年轻人提出警告，向他们指明误入歧途的后果。我承认我的感触非常强烈：陈列馆把那些由于疾病的腐蚀而残缺或消失的鼻子展示在昏暗的灯光下，以引起尚在学校里的那些年轻人的思索。这些鼻子使我怕得要命，它们看上去还像是鼻子，但已成了寻欢作乐的悲惨的牺牲品。

这个可怕的陈列馆向我提出了严重警告，对我那种易冲动的天性产生了有益的影响：我一生中特别注意自己的鼻子。我知道拳击是维尔诺教会人士不主张我搞的体育项目，所以拳击场是我从来不去争夺冠军的地方，是我从不涉足的很少几个地方之一。我一直注意避免打架斗殴，可以说至少在这方面，我的导师们对我是满意的。

可是，我的鼻子已经不是过去的鼻子了。由于大战中一次意外的飞行事故，我不得不在皇家空军医院做了一次彻底的手术。不过，鼻子依然存在，我一直用它呼吸，经历了几个共和国。此时此刻，我躺在这蓝天和大地之间，重温昔日的旧情，怀念我那只埋葬在切尔西花园里的猫莫尔蒂梅，怀念我的猫尼古拉、汉弗雷和戈肖，怀念我的无种狗加斯东。他们离开我已经很久了，不过，只要我抬起一只手，摸一摸我的鼻尖，就会觉得我还有自己的伴侣。

我对司各特
很感兴趣

第 十 五 章

　　除了母亲向我推荐的那些有教育意义的读物外，我还读了所有能弄到手的书籍，更确切地说，我把手悄悄地伸到了当地的旧书摊上。我把书带回谷仓，然后席地而坐，浸沉在司各特①、卡尔·麦②、梅恩·里德③和亚森·罗平④的神秘世界里。亚森·罗平尤其让我入迷。根据封面与主人公的形象，我想了很多办法，让自己的脸做出威严、高傲而嘲讽的怪相。以儿童天生的模仿力，我做得很成功，直到今天，有时候还能从自己的表情、线条和神态中找到那个三流画家在这本廉价书封面上所绘画像的痕迹。我对司各特很感兴趣。有时候我躺在床上，捕捉着某种高尚的理想 —— 保护寡妇和拯救孤儿。寡妇总是那样美丽，她把孤儿关到隔壁房间后，便来向我表示感激。我喜爱的另一本书是斯蒂文森⑤的《金银岛》，它使我激动不已。一个木箱里装满了多布朗⑥、红宝石、翡翠和绿松石 —— 不知道为什么，我对钻石从来不大感兴趣 —— 这情景一直折磨着我，我确信这些财宝藏匿在某个地方，只要肯花力气，必定能够找到。直到今天，我还怀着这样的希望，作着这样的期待。我痛苦地相信，只要知道路子、地点和方法就行了。这种幻想给人带来的失望和苦闷，只有那些年老的吞火艺人才会完全理解。我的心头始终萦绕着发现巨大秘密的预感，

---

① 司各特(1771—1832)，英国小说家、诗人。

② 卡尔·麦(1842—1912)，德国作家，以写作异域探险故事而知名。

③ 梅恩·里德(1818—1883)，英国冒险小说家。

④ 法国小说家莫里斯·勒布朗(1864—1941)的系列侦探小说中的主人公。

⑤ 斯蒂文森(1850—1894)，英国作家。

⑥ 多布朗，西班牙古金币名。

只有那些年老的吞火艺人才会完全理解。

我走路时总觉得附近地里埋着宝藏。

走路时总觉得附近地里埋着宝藏。有时候我在旧金山漫步，在诺布山、俄罗斯山和电报山①徜徉，很少有人会猜想到这位头发花白的老人是在寻觅"芝麻开门"，猜想到他那看破红尘的笑容中隐藏着对这句秘诀的留恋，猜想到他相信奥秘，相信一句隐语、一个符号、一把钥匙。我长久地用目光探索天空，探索大地，我询问、呼唤、等待。当然，我做这一切的时候，要进行掩饰，装出漫不经心和彬彬有礼的样子。我谨慎小心，显得若无其事，但我一直在悄悄地窥视金银财宝，期待有只鸟儿飞到我的肩头，用人类语言对我说话，向我揭示秘密。

然而，我不能说我与仙术初次打交道是令人鼓舞的。

院子里有个比我年幼的孩子，我们都叫他"西瓜"，因为他吃西瓜的时候总把牙齿和鼻子扎进瓜瓤里，只露出一双迷茫的眼睛，从西瓜上方看人。他的父母在大楼里开一家蔬菜瓜果店，他们都住在地下室。他从地下室出来时，手里老拿着一块他爱吃的西瓜。他故意做出一种姿态，把头埋到多汁的瓜瓤里，引逗我们直流口水。这时候，他那双大眼睛便从那块我们垂涎的物体上方凝视我们。西瓜是本地最普通的水果，可是，由于每个季节城里都闹几起霍乱，所以家长禁止我们吃。我相信，童年时代被挫伤的感情，将在一生中留下难以磨灭的痕迹，而且永远无法弥补。我已经四十四岁，每当我的牙齿扎进西瓜的时候，我就滋生一种报复心理，一种极度满足的得胜心理，我的眼光便从这块芳香的水果上方越过去，寻找这位小伙伴的脸，向他表明我们终于平起平坐，而且我在事业中已经有所作为。不过，大吃这种美味的西瓜仍然不能修复我的感情，我的心底始终残留着懊恼的创伤，这一点怎么也无法回避，即使给我世界上所有的西瓜，也不能叫我忘却八岁时没有吃到的那一块。那时候，我是那么想吃。十全十美的西瓜将继续嘲弄我，直到我的生命终结，它将始终存在，始终可望而不可即。

---

① 旧金山的三个街区。

"西瓜"除了用品尝他的占有品的方式向我炫耀外，还对我产生过很大影响。他比我小一两岁。我总是很容易接受比我年幼的伙伴的影响，而年长的人倒不太能对我产生吸引力，我认为他们的作为与我没有什么关系，觉得他们明智的忠告与他们自己的行动脱节，好像树顶上枯黄的枝叶，看起来崇高庄严，其实已经得不到养分的供应。真理夭亡得很快。老人们教诲的东西，实际上是他们自己已经忘却的东西。带着仁慈目光的白胡子老人们不偏不倚的公正，我觉得就像被阉割的猫所显示的温和一样，不能令人信服。随着年龄逐渐增长，额头上出现了皱纹，精力越来越衰竭，我不会再跟自己弄虚作假。我知道，从实质上说，过去的我将一去不复返了。

就是这个小"西瓜"，他向我传授了魔术。他曾对我说，如果我学得好，我所有的愿望都能实现。我还记得我听到这句话时感到多么惊喜。只要找一只瓶子，先在里面撒上尿，然后依次放进猫的胡子、老鼠尾巴、活的蚂蚁、蝙蝠的耳朵，以及其他在市场上很难找到的二十几种配料，它们的名字今天我全忘记了。我立即开始寻觅这些必不可少的神奇的物品。胡子到处都有，饥饿的猫和老鼠院子里多得很，蝙蝠在谷仓里筑巢，往瓶子里撒尿更不成问题。可是，要把活的蚂蚁装进瓶子里去，这可不容易！又不能抓，又不能掐，一碰就跑开，加入到你想要抓的那些蚂蚁的队伍里去了。有时候，一只蚂蚁被迫爬进了瓶颈，当你再去找第二只时，它又爬了出来，于是又得重新开始，这真像是唐璜在地狱里干的差事。不过，有一次，"西瓜"看我这么费劲，也有点儿不耐烦了，而且他急于吃我给他的那块换取他的魔法的蛋糕，终于说法宝的配方已经完善，可以发挥效能了。

他便叫我说出自己的愿望。

我开始思索。

我坐在地上，瓶子放在两腿中间。我要让母亲戴上很多首饰。我要献给她一辆黄色的帕卡德牌汽车，连同一名穿制服的司机。我要为她盖一座大理石的宫殿，让要把活的蚂蚁装进瓶子里去，这可不容易！

维尔诺所有上流人士进去参观，钦佩得五体投地。但这些还不够，还有更重要的事。这些微不足道的小事与我刚刚在头脑中萌发的非同寻常的需要根本不能相比。这模模糊糊难以摆脱而又不好表述的奇特的幻想，在我心里萦绕和颤动。这是一种隐隐约约的看不清轮廓和内涵的幻想，一种初次悸动的着魔似的愿望。人类就是凭借这种愿望酝酿了巨大的罪孽，同时也创作了诗章，建造了博物馆和帝国。这种愿望的源泉也许存在于我们的基因之中，如同一种记忆和一种从已经消失的生活和永远逝去的时间中保留下的生活瞬间的怀念。我于是认识了绝对。我也许将怀着失去某个人一样的感情把深深的创伤埋藏在心底。我只有九岁，我不可能想到这正是我首次感受到《天根》—— 那是我三十多年后写的一部小说 —— 对我的拥抱。绝对对我来说便意味着无法达到的存在。由于我极度口渴，我已经不知道该拿什么来解渴。可能就在那一天，我作为一个艺术家诞生了。

绝对对我来说便意味着无法达到的存在。

我好像仍然穿着短裤，坐在荨麻丛中，手里拿着那只魔瓶。我做着几乎是惶恐而徒劳的努力，因为我预感到我的时间确实已经不多了，但我却没有找到任何能满足我的奇特需要的东西 —— 能配得上我母亲、我的爱和我想要献给她的全部东西。我刚刚萌发的想要创造杰作的愿望大概再也不会离开我了。渐渐地，我的嘴唇开始颤动，我的脸做出恼恨的怪相，我于是叫喊起来，喊声中充满愤怒、恐惧和惊讶。

从这以后，我改变了想法，我不再喊叫，而是开始写作。

有时候，我想获得某种具体的，并非虚无缥缈的东西，可是，我已经没有那只瓶子，所以也就不用再说什么了。

我把我的那件法宝埋在了谷仓里，为了能辨认位置，我在它上面放了一顶大礼帽。然而，我的心头总是留着幻想破灭的感觉。我再也没有想重新得到它。

从这以后，我改变了想法，我不再喊叫，而是开始写作。

学士街 1970

第十六章

过了没多久，由于环境的逼迫，母亲和我真的要借助我们周围能够找到的魔法来解决我们的困难了。

首先，我病倒了。猩红热刚刚好，又染上了肾炎。一些有名的医生接二连三来到我的床边，说我已经没有救了。我一生中被宣判过好几次"死刑"，有一次，人们还给我做了临终涂油礼，甚至派来一支穿着制服、戴着白手套、佩着短刀的仪仗队，守护我的躯体。

在我神志清醒的时刻，我感到很不安。

我强烈地意识到自己的责任。想到要把母亲孤零零地留在世上，我简直无法忍受。我知道她对我抱有多大的期望，而我却躺在床上，吐着黑血。想到今后已无法履行自己的义务，我痛苦极了，比胃病的痛苦还要剧烈。我快十岁了，沮丧地感到自己只是个碌碌无为的人。我不是海菲兹，也不是法国大使，我既没有音乐听觉，也没有歌喉，更严重的是，我将这样糊里糊涂地死去，在女人方面没有获得任何成就，甚至还没有成为一个法国人。直到今天，一想起那时候要死掉，还没有赢得一九三二年尼斯乒乓球锦标赛冠军时就死掉，还真有点儿不寒而栗。

我不能不履行我为母亲承担的责任。我认为，这一意识在我与疾病的斗争中起了巨大作用。每当我看到她那张俯向我的痛苦、衰老和憔悴的脸，我总想露出微笑，说几句连贯的话，来证明我在坚持，情况不是那么糟糕。

我做了种种努力。我请来达达尼昂和亚森·罗平当我的救兵。我对医生讲法语，结结巴巴地讲述拉封丹的寓言。我手握着一把想象中的剑，向前冲刺，杀！杀！杀！

我将这样糊里糊涂地死去，
在为人方面没有获得任何成
就，

甚至还没有成为
一个法国人。

我虽然没有死，却病得很厉害。

就像斯维德洛夫斯基中尉教我的那样。斯维德洛夫斯基中尉亲自来看望我，在我的床边待了很长时间。他把大手放在我的手上，一边使劲抖动着胡子。军人来到我的身边，增加了我抵抗病魔的勇气。我试图抬起胳膊，举起手枪打靶。我哼起了《马赛曲》，准确地说出了太阳王的出生日期。我赢得马术比赛的胜利。我甚至看到自己潇洒地站在舞台上，穿着天鹅绒衣服，脖子上系着一个巨大的白绸襟饰，面对赞叹不绝的观众，演奏我的小提琴。这时候，母亲在包厢里激动地流着眼泪，接受人们献上的鲜花。我夹着单片眼镜，戴着大礼帽，在鲁尔塔比耶的协助下 —— 应该承认这一点 —— 揭穿了凯赛尔的罪恶阴谋，拯救了法兰西。①我旋即赶赴伦敦，取了英国女王的首饰，然后马上返回维尔诺歌剧院，登台演唱《鲍里斯·戈都诺夫》。

人人都知道好心的变色龙的故事。把变色龙放在绿色地毯上，它就变成了绿色；把它放在红色地毯上，它就变成了红色；把它放在白色地毯上，它就变成了白色；把它放在黄色地毯上，它就变成了黄色；但是如果把它放在一块格子花呢的地毯上，可怜的变色龙便死掉了。我虽然没有死，却病得很厉害。

我进行了勇敢的战斗，终于赢得胜利。

我一生中赢得过很多次战斗胜利，但是，随着时间的流逝，我逐渐有了这样的想法：这些胜利的赢得是徒劳的 —— 人们不可能赢得战争。假如有一天人类能赢得战争，那就必须依靠外部援助，而这一援助目前还不存在。

所以，我要说，我是根据我国优良传统进行了战斗，奋不顾身，彻底忘我，完全是为了拯救孤儿和寡母。

我确实差点儿死掉。如果真的死了，倒可以让别人去谋求当法国的驻外代表了。

我最痛苦的记忆是：我在三名医生的监护下，被包裹在一块冰冷的毯子里。这小小的考验，一九四一年我在大马士革又经受了一次。那是在我得了恶性伤寒，引

---

① 此处指法国作家加斯东·勒鲁的间谍小说中的情节。

起胃肠大出血而奄奄一息的时刻发生的。会诊的医生们决定让我再体尝一次这样的乐趣。

这种有趣的疗法没有取得任何效果。于是，他们一致决定"剥除"我的肾脏被膜，不管这意味着什么。这时候，母亲作出了反应。这一反应与她对我的全部期望完全吻合。她表示强烈反对，态度十分坚决，毫不理会那位她出高薪从柏林请来的德国肾病专家的意见。我后来还听说她当时想到，肾脏与性机能有直接关系。医生们向她作了很多解释，保证孩子能很好地接受手术，并能保持性机能的正常，但这些解释无济于事。可以肯定，"正常"这个词使她感到担心，而且更坚定了她的态度。"正常"的性行为，这完全不是她对我的期望。可怜的妈妈！我觉得自己没实现她的愿望。

我保住了肾脏。德国专家坐火车走了。动身时，他一口咬定我活不了几天。然而，我一直没有死，而且后来还跟成批的"德国专家"打了交道。

每当我看到它的时候，我都感到轻松愉快，无牵无挂。

我的肾病痊愈了。烧一退，我就被抬上担架，然后乘火车，到了意大利的博迪盖拉，沐浴在地中海的阳光里。

这是我第一次接触大海，我感到无限兴奋。当我平静地躺在车厢铺位上的时候，我感到脸上掠过一阵清凉芬芳的香味。火车停靠到阿拉西奥车站，母亲已经关上了窗户，笑盈盈地望着我的眼睛。我从铺位上坐起来，向窗外眺了一眼，立即清楚地意识到已经到了目的地。我看见了蓝色的海洋，一片布满卵石的海滩，以及静静地泊在一边的渔船。我望着大海，心头忽然涌上一种莫名的感觉，一种无限的宁静：我已经到达了终点！从此以后，我对大海始终怀着朴实却又十分玄妙的想象。我不善于描绘大海，我所知道的仅仅是，它一下子解脱了我肩上的全部压力。每当我看到它的时候，我都感到轻松愉快，无牵无挂。

我在博迪盖拉的金合欢和柠檬树下恢复健康期间，母亲去尼斯做了一次短期旅行。她想卖掉维尔诺的时装店，然后到尼斯开一家新的。其实，她真正的想法是：我要是继续待在波兰东部的这个小城，无论如何也不能成为法国大使。

但是，六星期后，当我们重新回到维尔诺时，那家"巴黎高级新时装店"已经无法出售，甚至无法挽救了。为了医治我的病，我们已经破产了。在这两三个月内，母亲请了欧洲最高明的专家，欠下了一屁股债。我生病前的两年内，这家商店无疑是城里首屈一指的佼佼者，它的信誉比贸易额还要高，即便如此，由于我们开销超过收入，铺子是在前吃后空的恶性循环中勉强维持着。还应提到的是，母亲为我做了那么些不寻常的事，为我请了那么多老师。她还坚持硬撑门面，摆出兴旺的姿态，不让走漏任何有关商店濒临破产的消息，因为，在那股赶时髦的潮流中，商店成功的关键是顾客对它的信任，一旦商店露出某种艰难的迹象，那些女士就会撇撇嘴，走向别的铺子，或者会向你连续还价，加速商店的最后崩溃。母亲心里很清楚，为了保全面子，她要斗争到底。她很善于给顾客造成这样的印象：商店是在"接纳"她们，甚至"宽容"她们，而并不真正地需要她们，接受她们的订货是对她们的照顾。

于是，那些女士便竭力争取她的好感，从来不问价钱，唯一担心的是某件新连衫裙能否在一次舞会、一席盛宴或一场戏剧首演之前完工 —— 为此，这把期限的刀子每月都卡在母亲的脖子上，她必须去向高利贷者借钱，借新债还旧债，同时还要操心服装的最新款式，这方面不能落在竞争对手后面。在买主前应酬，没完没了地试穿，永远不能让可爱的顾客感到在受你支配，参加那些女士啰啰嗦嗦的"买 —— 不买"的讨论，脸上还要挂出笑容，不能让她们看出这种犹疑不决的华尔兹的结局将关系到你的生死存亡。

我常常看到母亲在一场极难伺候的试衣后走出试衣室，踏进我的卧室，坐到我的对面，默默地笑盈盈地望着我，仿佛正在从她的勇气和生命的源泉中重新汲取力量。她一句话也没有说，吸着烟，然后站起来，再次走向战场。

我们离开商店已有两个月。在这期间，店里的业务都交给了阿涅拉。我的病，加上我们的出走，给这家"巴黎时装新店"带来了最后的打击，它再也无法恢复元气了。这并不令人奇怪。我们回到维尔诺后，为使铺子起死回生，曾经做过一番绝望的努力，但最后终于失败。不久，我们便在竞争对手的兴高采烈声中宣布破产。我们的家产被查封。我记得有个肥胖的波兰人，秃着脑袋，翘着蟑螂似的小胡子，胳膊下夹着一个公文包，在店堂里踱来踱去，身边陪着两名同伙。他们活像果戈理①小说中的人物，长时间地摸弄壁柜里的连衫裙、沙发、缝纫机、布料和柳条模特。不过，母亲已经采取了谨慎措施，没有让这些债主和警官发现她的珍贵物品 —— 其中有一套她从俄国带来的皇家古银器，是收藏家的稀世之宝，据她说价值连城。她一直不肯动用这笔隐秘的钱财，从某种角度说，它是为我准备的保险金。为了我的"成长、学习和成材"，我们最终要到法国去定居，这笔钱要保障我们在那边好多年的生活。

---

① 果戈理（1809—1852），俄国作家。

这是母亲有了我以后第一次感到绝望。她面对着我，显出女性在失败后无可奈何的神情，向我寻求援助和保护。我已经快十岁了，正准备担当这一责任。我知道我的首要责任是表现得沉着、镇定、坚强和自信，显出毫不在乎的男子汉气概。现在是我在众人面前扮演骑士角色的时候了，这名骑士是斯维德洛夫斯基中尉精心培养的。警官没收了我的马裤和马鞭，我只好穿着短裤，赤手空拳迎战。我摆出傲慢的姿态，在他们鼻子下踱来踱去，穿过所有的房间。在这里，那些熟悉的家具和物品一件件消失了。我站在这帮人正要抬走的衣橱和五斗橱前，两手插在口袋里，挺着胸脯，轻蔑地吹着口哨，嘲讽地瞅着他们笨拙的动作。一个真正的小伙子，像岩石般坚强，完全有能力捍卫他的母亲，谁敢对她有丝毫挑衅，他就绝对不会客气。这场模拟表演完全不是做给警官看的，而是抚慰他的母亲，使她知道她不用担心，她在受到保护，这失去的一切，她的儿子会成百倍地偿还给她：地毯，路易十六式的蜗形脚桌子，大吊灯，还有挂在窗户之间墙上的桃花心木镜子。母亲看来受到了鼓舞，她坐在最后剩下的那把扶手椅上，用赞叹的目光望着我。地毯被卷走后，我吹起了口哨，吹了一段探戈，还在地板上跟一位假想的舞伴跳了某些格拉迪丝小姐教我的高级舞步。我滑行在地板上，紧搂着想象中的舞伴的腰肢，一边用口哨轻轻吹出"密龙加探戈，我梦一般美妙的探戈"。这时候，母亲手里夹着香烟，把头侧向一边，然后又侧向另一边，打着拍子。当她不得不将那把扶手椅让给搬运工时，她的神情几乎是愉快的，眼睛一直看着我，而我则继续在尘土飞扬的地板上做着一系列灵巧的动作，以充分显示出我一直在这儿。她那笔最宝贵的财富终于没有被搜去。

接着，我们进行了长时间的商量，研究以后怎么办，找什么出路。为了防止坏人窃听，我们说的是法语。我们站在空荡荡的客厅里，天花板上的大吊灯正在被卸下来。

我们不可能再待在维尔诺了。在这里，母亲那些最好的顾客，那些为了得到服务上的照顾曾经奉承和恳求过母亲的顾客，现在在街上遇到母亲时，都仰着脖子，

……她的儿子会成百倍地偿还给她。

我去这些地方"朝圣"，是为了怀念
"新时装店"的女经理。

扭过头去了。这种态度对她们来说十分自然和合乎情理：她们常常欠我们的钱，这样做正好一举两得。

我再也记不起这些高尚的女士的名字了，但我衷心希望她们还活在人间，不愁吃穿，希望共产主义制度教会她们一点儿人道精神。我不是一个记恨的人，我不会有什么别的想法。

有时候，我走进一些巴黎大时装店，坐到一个角落，看着进进出出络绎不绝的顾客。朋友们认为我游逛这种有趣的场所是由于不良习惯的驱使：欣赏那些漂亮的姑娘。其实他们完全错了。

我去这些地方"朝圣"，是为了怀念"新时装店"的女经理。

要去尼斯定居，但又凑不上足够的钱，母亲不肯变卖那套凝结着我的整个前程的珍贵银器。我们决定带着破产后剩下的几百兹罗提①先去华沙。不管怎么说，这是朝正确方向迈出的一步。母亲在那里有些亲戚和朋友。不过，她这样做，主要出于一个关键性的理由：

"华沙有一所法国中学。"她对我说，一边满意地用鼻子吸了口气。

没有什么好说的了。接下来就是收拾行李。其实这也是说说而已，因为行李也被扣押了。总算银器幸免于难，根据惯常的巧妙做法，我们把它卷在一个小包袱里了。

阿涅拉没有跟我们走。她到未婚夫那里去了。他是一名铁路员工，住在火车站附近一节没有轮子的车厢里。我们留下了阿涅拉。分别时，彼此哭得非常伤心，一次又一次地拥抱，这情景着实令人心碎。我从来没有这样大声号叫过。

我曾经好几次打听她的消息。但是，在这纷乱的世界上，一节没有轮子的车厢，可不是一个容易寻觅的地址。我真想对她说一句，请她放心：我没有得肺结核。因

---

① 兹罗提，波兰货币单位。

为这是她最为我担心的。她是一个年轻美丽的女子，体态丰满，有着褐色的大眼睛和黑色的长发。但这已是三十三年前的事了。

　　我们离开了维尔诺，并不感到遗憾。我在我的小包袱里带着拉封丹寓言诗，一本描写亚森·罗平的书和《法国名人传》。阿涅拉从这场灾祸中抢救出那套切尔克斯服装，那是我过去参加化装舞会时穿的，我也随身携带着。这套衣服对我来说已经太小了，我后来再也没有机会穿它。

第十七章

到了华沙，我们住在带家具出租的一套房间里，生活很艰难。有人从国外帮助母亲，不定期地寄给她一些钱。我们靠这些钱维持生活。我开始在那里上学。每天上午十点钟课间休息时，母亲给我送来巧克力，它装在一个保温瓶里，还有涂着黄油的面包片。她想尽各种办法摆脱困境。她当过首饰经纪人，做过皮货和古董买卖，而且，我认为，她是最先想出这种能赚取微薄利润的主意的人：她登出广告，说她买了一些牙齿 —— 我找不到合适的形容词，只能说是一些旧牙齿，这些牙齿镶有黄金或白金，母亲把它们转卖出去，从中得到一些利润。她用放大镜仔细观察这些牙齿，把它们浸在一种特殊的酸性溶液里，以便证实是不是所说的贵金属。她还经管房产，用广告介绍职业，还有其他很多很多事业，我今天不能一一记起来了。不管怎样，每天上午十点钟，她总是到学校里来，给我带来装在保温瓶里的巧克力和涂着黄油的面包片。

但是，在那儿，我们又遭到一次惨痛的失败。我没能进入华沙法国中学：学费太贵，超出了我们的支付能力。我于是上了两年波兰学校。直到今天，我还能用波兰语流利地说话和书写。波兰语是一种很美的语言，密茨凯维奇①一直是我最喜爱的诗人之一。我像所有的法国人一样，非常热爱波兰。

每星期五次，我乘坐有轨电车，到一个名叫吕西安·迪厄勒弗－柯莱克的人家里去。柯莱克是一位十分善良的人，他教我学习祖国语言。

---

① 密茨凯维奇（1798—1855），波兰诗人，民族解放运动革命家。

我在这里要做一个坦白交代。我很少说谎，因为我觉得，说谎是一种有着似甜非甜味道的无能的表现，它与我所企望的目标相距太远了。但是，如果有人问我在华沙上什么学校，我总是回答说：法国中学。这是一个原则问题。母亲尽了她的最大努力，我不能诋毁她辛辛苦苦取得的劳动成果。

然而，不要以为我光观望她战斗，而不帮她一把。我在那么多领域失败后，最后认为终于发现了自己真正的才能。在维尔诺跟法朗蒂娜一起的时候，我就开始耍球技，那是为了取悦她的漂亮眼睛。后来，我继续练这一手技，主要是为了母亲。由于我缺乏别的才能，便以此自慰。现在，在学校的走廊里，在同学们赞叹的目光中，我能耍弄五六个橘子，我还雄心勃勃想增加到七个，甚至八个，就像著名的拉斯特里一样，说不定还能耍到九个，成为空前绝后的最伟大的杂技演员。母亲理应得到这份荣誉。我把空余时间都放在这项练习上了。

我耍橘子、盘子、瓶子、扫帚，总之，一切能到手的东西。我向往艺术，想使它进一步完善，追求卓绝的举世无双的成就。我渴望精通它，想从这里打开一条微不足道的，然而却是火热的出人头地的道路。我觉得我的艺术快要达到娴熟的程度，一心向往着攀登顶峰。这是我第一次自觉地寻找艺术表现手段，第一次预感到能够达到完美的境界。我于是狂热地投身到这个领域中去。不论在学校里，在街上，或是上楼梯的时候，我都在耍弄着。我耍弄着走进卧室。站到母亲跟前时，六个橘子仍在空中飞舞，继续不停地在我手里回旋。我已经看到自己的辉煌前程，凭着我的才能，母亲将过上豪华舒适的生活。但是，就在这时候，渐渐显现了一个无情的事实：除了这六个球，再也无法增加一个了。我练了不知多少次。只有上帝知道我练了多少次！那个时期，我每天耍练七八个钟头。我模模糊糊感到，这是重大的一关，它关系到我的一生，我整个的梦想。能不能达到完美的境界，就看这一关了。可是，我的功夫终于白费了，这第七个球无论如何不听我的指挥，这非凡的技艺一直悬在空中，一直处于潜伏状态，一直可望不可即 —— 我始终没有掌握。我集中全部注意

除了这六个球，再也
无法增加一个了。

我的手永远抓不住那
最后一个球。

力，用最大的敏捷把球抛向空中，准确地轮回往复，但是那第七个球一抛出，整个
阵容立刻大乱。我沮丧地站在那里，还是不认输，不放弃这一努力。我重新开始，
又得到同样的结果。我的手永远抓不住那最后一个球。此后，在我整个一生中，我
一直试图抓那个球。将近四十岁的时候，通过观摩别人的高超技艺，我才慢慢懂得
了这一道理：最后的这个球是不存在的。

这是一个可悲的真理，但不应该向孩子们揭示，这就是为什么这本书不能让每
个人都阅读的原因。

我懂得了这一道理：最后的这个球是不存在的。

这就是为什么这本书不能让每个人都阅读的原因。

今天，我对下述情况已经不再感到惊奇：帕格尼尼把他的小提琴扔在一边，多年不去碰它，他躺在那里，目光茫然。我对此不再诧异：他彻悟了。

马尔罗①是我们当中最杰出的人物，很少有人耍球的技艺在他之上。我看他耍球时，为他的悲剧感到十分难过。这悲剧刻画在他的脸上，存在于他最杰出的成就中：他没有抓住最后一个球，他的全部著作反映了这一毋庸置疑的苦恼。

现在该是说出浮士德事件真相的时候了。在这方面，人人都在恬不知耻地说谎，歌德比别人更有天才，也就更善于粉饰这一事件，掩盖严峻的事实。也许我不该在这里道破真相，因为，如果有一件我不喜欢做的事，那就是摧毁他人的希望。可是，归根结底，浮士德真正的悲剧，不是他把自己的灵魂出卖给魔鬼。真正的悲剧是，没有魔鬼来收买你的灵魂。你的灵魂没有买主，没有人帮助你抓住这最后一个球，不管你付出多大代价。倒是有一大群投机商摆出阔绰的架势，自称买主。我不是说不能与他们妥协，在有利可图的时候可以妥协。他们给你成就、金钱、众人的捧场，然而，这些全是虚幻和徒劳的，即使如米开朗琪罗②、戈雅③、莫扎特、托尔斯泰、陀思妥耶夫斯基或马尔罗之辈，他们大概也是带着开过杂货铺的感受而死去的。

话虽这么说，我还是在继续练习球技。

有时候，我走出家门，来到高踞于旧金山湾的丘陵上。那里视野开阔，阳光充足。我便耍弄起三个橘子 —— 这是我目前掌握的全部本领。

这不是挑衅，而只是彰显自己的尊严。

我见过拉斯特里的卓越表演。他一只脚踩在一个瓶颈上，另一只脚曲向身后，上面旋转着两个铁环，同时在鼻子上顶一条木棍，棍端放一个球，球上再放一杯水，

---

① 马尔罗（1901—1976），法国作家。

② 米开朗琪罗（1475—1564），意大利文艺复兴时期的雕塑家、画家、建筑师和诗人。

③ 戈雅（1746—1828），西班牙画家。

他没有抓住最后一个球，他的全部著作反映了这一母题置题的苦恼。

没有魔鬼来收买你的灵魂。

他们大概也是带着开过杂货铺的感受而死去的。

这是我目前掌握的全部本领。

两手还耍着七个球。

　　我认为这是我所见到的技艺中无可争议的最完美的一瞬，是人胜利地主宰自己的一瞬。但是，拉斯特里在几个月后死了，绝望地死了，他离开舞台后再也没能回来抓住他的第八个球 —— 对他来说具有决定意义的唯一的最后一个球。

　　我相信，如果我那时俯身在他的床边，他会把这一切统统向我诉说。我当时只有十六岁，也许我能幸免这艰辛而充满失败的一生。

第八个球——对他来说具有决定意义的唯一的最后一个球。

这只是彰显自己的尊严。

　　如果从我以上说的话中得出结论，以为我不是一个幸运的人，那将是令人遗憾的错误。我不会同意这样的看法。我一生中遇到过并且还在遇到奇迹般的好运。譬如，从童年时代起，我就喜欢吃腌黄瓜，不是那种醋渍小黄瓜，而是真正的大黄瓜。独一无二的被人们称为俄国式的黄瓜，这种黄瓜在各地都能看到。我经常买上半公斤，坐到阳光明媚的海滨，或一个别的什么地方，一条人行道或一把长椅上，咀嚼起来。这时候，我感到非常幸运。我待在那儿的阳光下，心情平静，用动物般的眼

光望着周围的人们，周围的一切。我觉得生活确实美好，幸福是可以获得的 —— 只
要找到一种发自内心深处的志向，并且奋不顾身地去追求。

　　我怀着感恩的激情，想努力帮助母亲。这种努力又得到母亲的支持。她回家的
时候，带回来几块旧地毯或一盏准备贩卖的二手灯。她走进我的卧室，看我正在耍
弄那几个球，十分理解我为什么这样拼命练习。她坐下来，看着我玩，然后说：

　　"你将来一定是个杰出的艺术家！这是你母亲说的。"

奇迹般的好运

她的预言差点儿实现。在学校里，我们班组织过一次戏剧演出。虽然我讲波兰语有浓重的俄国口音，但是，密茨凯维奇的诗剧《康拉德·华伦洛德》①的主角经过几轮淘汰，最后决定让我担任，这不是偶然的。

每天晚上，母亲奔波回来，准备好我们的晚饭后，就用一两个小时，帮助我排练角色。她已经把剧情熟记在心，先演给我看，然后再叫我演。她全神贯注地朗诵台词，然后再叫我朗诵，模仿她的手势、姿态和语调。角色演得热情奔放，激动人心。到晚上十一点，邻居们被吵得受不了，向我们提出抗议，要我们安静。母亲不肯受人摆布，楼道里便发生令人无法忘却的争吵。这时候，她还浸沉在这位大诗人的名剧的角色里，还在尽情发挥，于是便出现斥骂、抗争和怒气冲冲的还击。吵架的后果可想而知。演出前几天，我们被要求搬家，后来便迁到母亲的一位亲戚家里，住在一位律师和他当牙医的妹妹的一套房子里。头几天，我们睡等候厅，之后又睡在工作室里。每天早上，我们在顾客和病人来到之前把房间收拾干净。

终于迎来了演出。那天晚上，我在舞台上首次获得成功。演出结束后，母亲还陶醉在阵阵掌声中，脸上挂着泪花，情绪异常激动。她带我到一家蛋糕店吃点心。我们走在街上时，她还是习惯性地携着我的手。我那时已经十一岁半了，感到这样很不自在。我总是用某种说得过去的借口，试图有礼貌地把手挣脱出来，然后不再放回去，而母亲却又重新把它紧紧捏在自己的手里。

波兹南斯卡大街附近的一些马路，一到下午，就有很多妓女，特别是在契米埃尔纳大街，更是成群地出现。母亲和我便成了这些无辜的姑娘经常注意的对象。当我们这样携着手走过她们身边时，她们总是恭敬地让开，向母亲赞美我的外貌。当我单独行走时，她们常常截住我，问我一些关于母亲的事，例如为什么不再婚，同时给我一些糖果。其中有个腿上扎着几道圆环的棕红头发的瘦小姑娘，总是来亲我

① 这是密茨凯维奇于一八二八年创作的一部以复仇起义为主题的英雄史诗，叙述立陶宛爱国者华伦洛德抗击入侵的日耳曼骑士团的故事。

她们总是恭敬地让开。

的脸，亲完后拿我的手帕轻轻地擦干净。我不知道我在学校演出时扮演主角的消息怎么会传到街上，我猜想是母亲说了些什么。总之，在我们去蛋糕店的路上，那些姑娘向我们围过来，关心地询问我们演出结果。母亲并没有表示多余的谦虚，于是，以后几天里，每当我经过契米埃尔纳大街，我总要收到好些礼物：小十字架、圣牌、念珠、圣母小雕像。我多次被她们拉到附近一家小肉食店，在那里，她们用钦佩的目光看着我大吃腌黄瓜。

我们终于到了蛋糕店。到我吃完第五块蛋糕后，才开始喘了口气。母亲简略地向我说出了她的未来计划，我们又讨论了一些具体事项。才能已被肯定，道路已经开辟，只要继续干下去就行了。我将成为一位名演员，我会使女人们倾倒并感到痛苦，我将拥有一部大型黄色敞篷轿车，我将和法国艺术家联合会签订合同。就这么敲定了。我又吃了一块蛋糕。母亲又喝了一杯茶。她每天要喝十五至二十杯茶。我听着她说这些 —— 怎么说呢 —— 谨慎地听着她说这些。说实在的，我已有自己冷静的头脑。我只有十一岁半，但我已经决心成为家里沉着、审慎、法国式的一员。我认为，眼下所有这一切中，唯一最具体的事情，就是干掉盘子里的蛋糕。我终于没有让它们留下一块。我这样做很对，因为我光辉的戏剧和电影生涯从来没有开始过。当然，也并非没有做过努力。连续好几个月，母亲不断地把我的照片寄给华沙所有剧院的经理，还寄到柏林，寄给法国艺术家联合会，对我扮演《康拉德·华伦洛德》主角取得的巨大成功进行长篇描述。她甚至还为我争取到在波尔斯基剧院经理面前试演。那是一位高雅而谦恭的先生。我来到他的办公室里，向前跨出一条腿，举起一只胳膊，摆出鲁杰·德·利勒①演唱《马赛曲》的姿势，带着浓重的俄国腔，铿锵地朗诵起歌颂英雄伟绩的不朽的波兰诗篇。他很有礼貌地听我朗诵。我有点儿怯场，试图提高嗓门加以掩饰。办公室里还有好几个人，他们都在凝神注视我，似乎显得有些惊异。在这种只能说是缺乏热情的气氛中，我大概已经完全失去了自制力，因为我最后还是没有收到那份令人神往的合同。不过，他们还是一直听我朗诵完。根据剧情的要求，我吞吃了毒药，然后倒在他的脚下，做出临死前可怕的痉挛动作。这时候，母亲用得意的目光扫视在场的人。经理把我扶起来，说我演得不错，然后便很快不见了。我至今还不清楚他是怎么走的，从哪里走的。

我再次登上舞台，是十六年以后的事了。我所面对的已是一批完全不同的观众，其中最令人注目的，便是戴高乐将军。那是在赤道非洲乌班吉 - 沙里地区的班吉②，

---

① 鲁杰·德·利勒（1760—1836），《马赛曲》作者。

② 班吉，今中非共和国首都。

时间是一九四一年。戴高乐将军来这里进行视察访问。我和空军中队其他两组人员在那里已经驻扎一段时间了。

为了欢迎自由法国的元首，我们决定表演几个节目。大家说干就干，一台饶有趣味的活报剧立刻编排了出来。作者们的意思是想让这位赫赫有名的来访者消遣消遣。台词轻松愉快，充满机智和幽默。我们当时正处在一九四一年军事大溃败时代，我们决定在元首面前表现出勇于经受一切考验的士气和生机勃勃的活力。

将军到来前，我们做了一次预演，审定节目。效果十分令人鼓舞，观众热烈鼓掌。除了有个芒果从树上掉下来，落在一个观众的头上之外，其余都很顺利。

将军第二天上午到达，晚上便由他身边的军事首领和政治要人陪同，观看了演出。

可是，这一场，我彻底砸了锅 —— 从此以后，我发誓，不管我国出什么事，我永远永远不在戴高乐将军面前演戏和唱歌了。法兰西要我干什么都行，就是别让我干这一行。

这是一位在暴风雨中顶天立地的人，他的意志和勇气振奋了无数衰竭的心灵。我承认，想到自己能在这样一位人物面前表演几出轻松的小喜剧，是我们这一代年轻人的幸运。

但是，我没有料到，剧场里那么一个彬彬有礼、一声不吭的观众竟能使演员和全体观众进入这样严肃的境界。

戴高乐将军穿着白色制服，笔直地坐在观众席的第一排。他把军帽放在膝盖上，双手交叉着。整个演出过程中，他没有一点儿动作，也没有显出任何反应。

我好像只记得这么一幕：演出中的某个时刻，我把腿抬得很高，开始跳康康舞步子，另一个演员根据剧情要求，喊出了："我是乌龟！我是乌龟！"这时候，我似乎看到自由法兰西元首脸上的唇须轻微颤动了一下。也许是我看错了。他始终直挺挺地坐在那里，交叉着双手，无比专心地注视着我们。

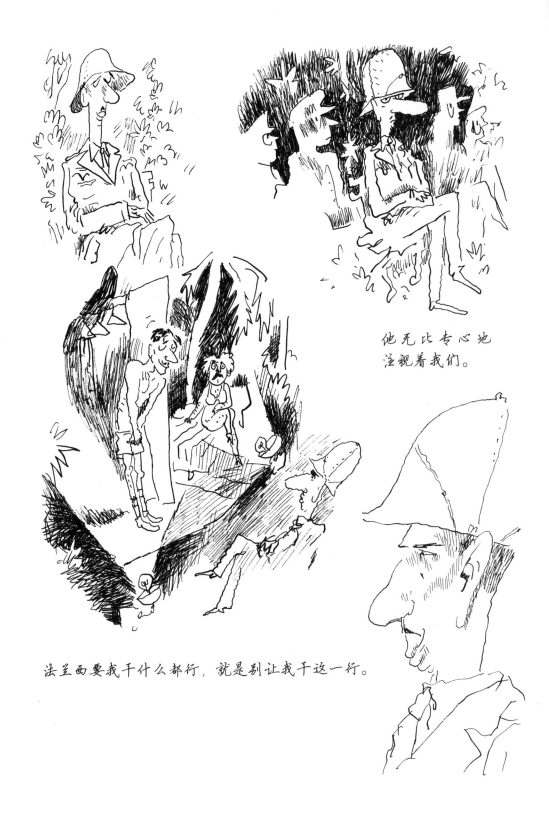

他无比专心地
注视着我们。

法兰西要我干什么都行，就是别让我干这一行。

眼睛就在大厅里，正瞧着该隐①。

不过，最令人吃惊的是那两百名观众的态度。前一夜，整个大厅欢声笑语，掌声不绝，而现在，竟然没有一个人向我们报以笑声。

将军坐在第一排，观众看不到他脸上的表情。有人说戴高乐将军不善于与公众接触和交流感情，我可以给他们举出这个例子供思考。

战后某个时间，路易·儒韦②编排《唐璜》。我观看了排演。当我看到冷冰冰的骑士准时到达约会地点，把那个放荡的花花公子拖入地狱时，我突然惊奇地感到自己已经看过这场戏，已经有过这一经历。我想起了一九四一年的班吉，想起了曾用直率的眼光注视过我的戴高乐将军。

我希望他能宽恕我。

---

① 该隐，《圣经》中亚当的儿子。该隐因嫉妒而杀死其弟亚伯，受到上帝的惩罚。此处化用了雨果的诗《良心》中的一句："眼睛已进了坟墓，注视着该隐。"
② 路易·儒韦（1887—1951），法国戏剧家。

第十八章

我在《康拉德·华伦洛德》中的戏剧成就就这样昙花一现地消逝了，它没有为母亲日夜操心的生活问题帮上一点儿忙。我们已经山穷水尽。母亲整天在城里奔波，寻找生计，回家后精疲力竭。但是，我从来没有受过冻，挨过饿，她也从来没有抱怨过一句。

不过，不要以为我什么都没有帮她。实际上，我比过去做了更多努力来使自己对她更有用处。我写诗，然后向她高声朗诵。这些诗将给我们带来荣誉、财富和公众的赞美。我每天花五六个小时琢磨句子，练习本上涂满了各种体裁的诗句，包括亚历山大体和十四行诗。我甚至开始编写一部五幕悲剧，前后分别有楔子和尾声，取名《阿尔西梅纳》。每当母亲从城里奔波回来，坐到一把椅子上的时候 —— 她脸上已经显出衰老的初步迹象 —— 我便为她朗读这些要使整个世界倾倒在她脚下的不朽诗章。她总是非常认真地聆听。渐渐地，她的目光明亮起来，疲倦的痕迹从脸上消退。她大声喊叫起来，喊声中充满着绝对的信念：

"拜伦勋爵！普希金！维克多·雨果！"

我还练习古典式摔跤，盼望有朝一日赢得世界冠军。我很快便以"吉姆阁下"的名号闻名于学校。我体力不强，却比谁都能摆庄重高雅的姿势，使人感到一股沉着和自信的力量。我具有优美的姿态。我几乎每次都倒在地上。

吕西安·迪厄勒弗－柯莱克先生对我的诗歌创作十分关心，因为，当然我不是用俄文或波兰文而是用法文写诗。华沙只是我们的中转站，我的国家在等待我，我不会开小差的。我非常钦佩普希金，他用俄文写诗；我也非常钦佩密茨凯维奇，他

我具有优美的姿态。

我几乎每次都倒在地上。

用波兰文写诗；但是，我永远不能很好地理解他们为什么不用法文写出他们的名篇，而他们两人都受过良好的教育，都懂法文。

在波兰小伙伴面前，我从不隐讳我待在这里仅仅是旅居，一有机会就要回国。这句老实话给我在学校生活中招来不少麻烦，课间休息时，我在走廊里大模大样地散步，一小群学生围上来，严肃地看着我，然后其中一人向前跨出一步，按波兰方式用第三人称对我说话，恭敬地问道：

"这位同学的法国之行好像又要推迟了？"

我仍然向前走着。

"学期没有结束，本来就不用去嘛，"我对他们说，"应该开学时去。"

对方做了个同意的手势，接着又说：

"我希望这位同学预先通知他们，以免他们着急。"

他们彼此捅捅胳膊。我完全知道他们在讽刺我。我对他们的侮辱置之不理，这种侮辱伤害不了我。对我来说，理想比自尊心更加重要。他们想让我跨出一步，使我落入可笑的境地，但却枉费心机，相反，这使我增强了希望和幻想。我应付着他们，从容地回答他们提出的所有问题。

"我看，法国学生的功课一定很难吧？"

"当然，很难，比这里难多了。学校还有很多体育运动，我准备专门学习击剑和古典摔跤。"

"中学生非得穿制服不可吗？"

"对，非穿不可。"

"什么式样？"

"嗯，蓝色的，上面有金色纽扣，再配上天蓝色制服帽，帽子上插一根白色羽毛。到了星期天，穿上红色长裤。"

"佩不佩军刀？"

"毕业班学生才佩军刀呢，而且只能在星期天。"

"每天学习开始时，都唱《马赛曲》吗？"

"对，天天早上唱《马赛曲》，这是自然的事。"

我是不是想在他们面前唱《马赛曲》？上帝原谅我！我向前跨出一步，一只手按住胸口，另一只手举起拳头，用激昂的音调唱起我的国歌。是的，我前进着，就像歌中唱的那样，不过，我没有受骗，我清清楚楚地看见用手捂住嘴，憋得快要笑出声来的一张张快活的脸。奇怪的是，这对我没有产生什么影响。我站在那里，站在那群"投枪斗牛士"①中间，无动于衷，感到自己身后存在着一个伟大的国家，我不

---

① 用投枪扎进牛的颈背使牛野性发作的斗牛士。

怕讽刺挖苦，也不怕嘲笑打击。如果这群挑衅者不过分粗暴，捅到我的最敏感处，这种较量还会继续很长时间。然而，五六个比我年长的学生走过来，摆出一副恭恭敬敬的姿态，将我团团围住，老一套的场面又开始了：

"瞧，这位同学还跟我们待在一起啊？我们还以为他早去法国了。那边，人家焦急地等着他呢。"

我还想用老一套应付他们。就在这时，他们中间年纪最大的一个开了腔：

"可是，那边，人家不要当过鸡的女人！"

我记不起那个孩子是谁了，也不知道他从哪里听到这种离奇的新闻。当然，我不需要说明，母亲的经历中，没有任何事情能使这种恶意的诽谤站得住脚。母亲也许没有当过如她有时自称那样的"杰出的戏剧艺术家"，但是她毕竟在莫斯科某个高等剧场演出过，所有当时认识她的人，所有了解她青年时代的人，都对我讲起过她高尚的为人，她那无与伦比的美貌从来没有使她忘乎所以或走入歧途。

可是，对方的话使我感到太突然，以至我一时显出怯懦的姿态。我的心一下子掉进了冰窟，我的眼睛充满了泪水，我平生第一次，也是最后一次，从敌人面前转过身，退却下来。

我从来不在任何事物或任何人面前退却，可是那一天，我这样做了，这是无法否认的。那一瞬间，我狼狈到了极点。

母亲回家时，我向她匆匆走过去，告诉她所发生的一切。我期待她张开双臂，安慰我。她平常总是那样做的。但这一次，她的举动使我感到十分意外。她的脸上突然消失了温情和爱，不再表露我所期待的任何亲切的感情。她不说一句话，长时间地几乎是冷冰冰地望着我，然后她离开我，走到桌子旁边，拿起一支烟，点燃了。接着，她进了我们和房东合用的那间厨房，为我准备晚饭。她面色阴沉，脸上毫无表情，有时候瞪我一眼，眼光几乎是敌视的。我不懂这是怎么回事，觉得非常委屈。我感到愤懑，感到被撇开被遗弃了。她铺好我的床，仍然一声不吭。那一夜，她没有睡觉。第二天早晨我醒来的时候，发现她还是坐在那把青绿色皮革旧扶手椅上，面对窗户，手里拿着一支烟，地板上全是烟头 —— 她总是随地扔烟头。她毫无表情地看了我一眼，又转向窗户了。我相信我现在已经知道她当时在想什么 —— 至少我是这样认为的。她大概在寻思：她对我所做的全部努力和牺牲，对我所抱的希望，是否有意义，是否值得，我会不会成为像别人那样的人，会不会像别人那样对待她。她给我煮了三个溏心蛋和一杯咖啡。她看着我吃，眼神里重新显现出一点儿温情。

我平生第一次，也是最后一次，从敌人面前转过身，退却下来。

她大概在寻思：她对我所做的全部，是否值得。

她大概思忖着，不管怎么说，我毕竟只有十二岁。当我整理好书籍和练习本，准备上学的时候，她的脸色又变得严峻了。

"你别去那里了。以后再也不去了。"

"这 ……"

"你到法国去上学。只是 …… 你坐下。"

我坐了下来。

"你听着，罗曼。"

我抬起眼睛，感到很吃惊。她不叫我罗曼契克－罗莫什卡①，这是她第一次不用昵称。我心里感到十分不安。

"你好好听着，下次再发生这种事，碰到别人在你面前侮辱你母亲，我愿意让别人抬着担架把你送回家来。你明白了吗？"

我怔住了，张口结舌，说不出一句话。她紧绷着脸，面色非常严峻，眼神里没有一丝怜悯。我简直不相信这是我母亲在说话。她怎么会这样呢？难道我不是她的罗莫什卡，她的小王子、小宝贝了吗？

"我愿意你身上淌着鲜血，让别人抬着你回来，你明白吗？"

她的嗓门越来越高，她俯身向着我，眼里闪着炯炯的光芒。她几乎是在喊叫。

"如果不是这样，那就不用去 …… 那就用不着到那边去。"

我内心深深感到委屈。我的嘴唇开始变形，眼眶里满是泪水，我张开了嘴 …… 我还没有来得及说出一个字，一记响亮的耳光落在我的脸上，然后又是一个，接着是第三下。我惊愕得连眼泪都突然消失了，好像中了魔法。这是母亲第一次打我，如同她做别的事一样，一点儿也不马虎。我僵直地愣在那里，没有任何动作，甚至没有哼一声。

"记住我对你说的话。从现在起，你要为我挺身而出。他们怎么用拳头揍你，我不管，接下来的事，你做得很糟糕。你可以让人家打死，如果有必要的话。"

我还是装作不明白，我才十二岁嘛，但实际上，我懂了。我的脸颊火辣辣地发烫，

_____

① 罗曼的昵称。

眼睛还在冒着金花，但是我懂了。母亲看出了这一点，显得放心了。她大声地吸着气，这是满意的表示，然后为自己斟了一杯茶。她喝着茶，嘴里衔着一块方糖，眼睛望着半空，正在思索、盘算和谋划。接着，她把吃剩的糖吐在茶碟里，拿起手提包，走了。她一直跑到法国领事馆，毫不犹豫地办了我们去法国定居的手续。在吕西安·迪厄勒弗－柯莱克先生请她填写的申请单上，她这样写道："我的儿子打算去法国居住、学习、成材。"不过，我相信，在这里，她所写的仅仅是一个模糊的想法，她还不完全清楚要我成为一个什么样的人。

第二部

第十九章

初到法国，印象最深的是尼斯火车站的一个搬运工。他身穿蓝色长罩褂，头戴鸭舌帽，腰系皮带，脸色红润，容光焕发 —— 那是太阳、海风和美酒造成的效果。

今天，法国搬运工的服装大体相同。我每次回法国南方，总要去看看这位童年时代的朋友。

我们把箱子交给他。箱子里装着我们的生计：那套珍贵的俄国古代银器。我还需要好几年才能自立成人，变卖这套银器，就能保障我们这几年像样的生活。我们住在布法街一座家庭式膳宿公寓里。母亲刚点上第一支法国烟 —— 一支蓝色高卢牌香烟，便打开了那个箱子，取出几件贵重"珍宝"，放到她的手提箱里。她满怀信心，走向尼斯街头，去寻找买主。我怀着急不可待的心情，跑去和大海结交友谊。海水立刻做了我的朋友，轻轻地过来抚摸我的脚趾。

尼斯火车站的一个搬运工

我回家时，母亲已在等待我了。她坐在床上，使劲抽着烟，脸上浮现出大惑不解的神色，显出某种异乎寻常的惊讶。她在用眼色询问我，好像要我向她揭示某个谜底。她带着我们的"珍宝"出去兜售，但那些店铺对她极其冷淡，出的价钱简直微不足道。当然，她向他们解释了这种银器的价值，但那些珠宝商明火执仗牟取暴利，想方设法巧取豪夺。他们没有一个是法国人，大都是亚美尼亚或俄国人，也许还有德国人。明天，她将去几家法国商店，那是真正的法国人开的，而不是那些从东方国家逃窜来的人开的。法国本该拒绝这些来路不明的人居留。当然，我不用太操心，一切都会顺利解决的。那套皇家银器是一笔巨额财富。我们手头还有些钱，可以支撑几个星期。只要在这段时间里找到买主，往后几年的生活就有保障了。我什么话也没有说，但是，我从她有点儿发呆和张大的眼睛里看出了忧虑和不解。这一情绪立刻感染了我，引起我们内心的直接共鸣。我知道银器是卖不出去了，半个月后，我们将再次处于身无分

……一个美好的法国家庭团聚在一具可爱的茶炊周围的景象。

文的境地，而且是在外国 —— 这是我第一次想到法国是一个外国。

在这头半个月里，母亲为变卖这批古老的俄国银器费尽心机，进行了勇敢而徒劳的搏斗。她试图给尼斯的金银珠宝商一次实实在在的教育，我看见她给胜利大街一个正直的亚美尼亚人上了这么一课 —— 那个亚美尼亚人后来成了我们的朋友。她手里拿着一个糖罐，夸它如何华丽、稀有和完美，表演得绘声绘色，令人心醉神迷，接着她又拿起有加热装置的茶炊、带盖的大汤碗和芥末罐，唱了一支赞美酒神的小曲。亚美尼亚人扬起眉毛，由于惊奇而产生无数皱褶的宽阔前额从覆盖着的头发下面露了出来。他怔怔地看着长柄大汤勺和盐盅在空中飞舞，然后向母亲表示十分欣赏这些物品，只是价格上还有小小的保留：认为要价比物品的市价高出十至十二倍。母亲看他如此不识货，便把东西重新装进手提箱，转身离开商店，连再见都没有说一声。在下一家店里，她也没有取得什么成功。那家店铺是一对好心的出身高贵的法国夫妇开的。母亲把那匀称漂亮的小茶炊放到老先生鼻子跟前，以雄辩的口气描绘一个美好的法国家庭团聚在一具可爱的茶炊周围的景象。这番话说完后，和蔼的塞吕西埃先生 —— 他后来常常雇用母亲 —— 便把物品还给她，摇摇头，戴上那副挂着饰带的从来没有戴正过的夹鼻眼镜，说：

"夫人，这种带有加热装置的茶炊从来不适合我们这里的气候。"

他说这话时无限遗憾的神情，使我觉得似乎看到这最后一批茶炊已经被埋葬在法国某座森林深处了。

母亲受到这样彬彬有礼的接待，显得有点儿发窘 —— 礼貌和客气能使她立即解除武装 —— 她于是不再说话，不再坚持，垂下眼帘，开始默默地把每一件东西包在纸里，放进手提箱，只有那件茶炊，因为体积太大，由我单独拿着。我小心翼翼地捧着这件珍贵的物品，跟在她的身后，路上的行人不断向我投来好奇的眼光。

我们没有几元钱了。一想到花光了这点儿钱，我们会落到什么境地，我的心就焦虑不安。夜里，我们两人装作睡着了，但是我好长时间都看见她烟头上红色的火

这最后一批茶炊已经被埋葬在法国某座森林深处了。

光在黑暗中移动。我注视着这小小的火光，心中充满可怕的绝望，感到像仰面朝天的金龟子一般无能为力。直到今天，我一看到那些精美的银器，还有想呕吐的感觉。

是塞吕西埃先生在第二天早晨帮助我们摆脱了困境。他是一个富有经验的商人，他看到母亲在买主面前夸耀"家用物品"的精美和珍贵的本领，认识到母亲确有才能，相信能利用这一才能使我们共同获得利益。我觉得这位收集古董的行家对我们两人——这两件活的样品——也产生了强烈印象，这是他店里那么多古玩中很少见到的，加上他天性慷慨，于是决定帮助我们。他预支给我们一笔钱，母亲便开始去海滨一带转悠，向"冬季旅馆""幽静旅馆"和"内格列斯库旅馆"的游客兜售"家用首饰"。这些首饰除了她迁移中随身带来的以外，还有她朋友中的一位俄罗斯大公迫于"某种境况"不得不悄悄转让给她的。

我们绝处逢生：得到了一个法国人的搭救——更令人鼓舞的是，法国有四千万居民，我们的前程充满希望。

别的商人也把他们的物品委托给母亲。母亲坚持不懈地走街串巷。经过一段时间，我们的生计完全有了保障。

至于那套珍贵的银器，由于母亲对买主压价十分恼火，她便把它们撂到箱子底部，说这套刻着皇家雄鹰的二十四件餐具在我有朝一日"接待宾客"时会有用处——她把接待宾客这几个字说得郑重其事，而且带着几分神秘的口气。

母亲渐渐地扩大她的业务范围。她在那些旅馆里设立高档商品柜台，做房地产买卖的经纪人，参与一辆出租汽车的经营，从一辆向本地区养鸡业提供谷物的卡车运输中提取百分之二十五的利润，她买了一套较大的住宅，出租其中的两个房间，另外还做一种编织生意——总之，她想尽一切办法照顾我的生活。至于她为我设想的规划：通过学士学位考试解决入籍问题，取得法学学士学位，服兵役——当骑兵军官，这是自然的事，还有弄通政治学和进入"外交界"，所有这一切规划，已经停顿很长时间了。谈起这些事情的时候，她的声调降低了，脸上露出不好意思的微笑。我当时读初中四年级，根据反复计算，要再过八九年才能开始向这些目标迈进。母亲认为完全有把握维持这段时间的生活。她满意地用鼻子吸一口气，用钦佩的目光看着我，仿佛我已经取得了上述成就。"大使馆秘书，"她说，声音很高，好像为了加倍确信这美好的说法，"只要耐心等一阵子就行了。"我已经十四岁，几乎快到时候了。她穿上灰上衣，拿起手提箱。我看着她坚定地走出去，走向这光辉的未来，手里拿着拐杖，她现在走路要用拐杖了。

我变得更加实际了。我绝不打算再这样徘徊九年，谁知道以后会怎么样？我不想继续等待，希望立刻为她效力。首先，我想成为世界少年游泳冠军。我每天去"大蓝"滨海浴场练习，这个浴场今天已经不复存在了。但是，在游天使湾的比赛中，我才拿到第十一名。于是，我跟大批失败者一样，不得不再次转向文学。写作的本子在桌上堆积起来，上面的笔名越来越精彩、动人，也越来越令人绝望。我巴望一下子达到目的，立刻窃取到圣火，胜利地照亮世界。我贪婪地读书，封面上的一些

于是，我跟大批失败者一样，不得不再次转向文学。

名字对我来说都是新的：安托万·德·圣埃克絮佩里①、安德烈·马尔罗、保罗·瓦莱里②、马拉美③、蒙泰朗④、阿波利奈尔⑤，他们在我眼前闪耀着令人羡慕的灿烂光辉。我感到自己碰了壁，十分懊恼没有抢先出名。

我在海、陆、空方面继续做一些犹豫不决的努力：练习游泳、竞走和跳高。后来，只在乒乓球方面真正发挥出最好的水平，为家里争得了荣誉。我得了一块银牌，上面刻着我的名字，装在一个衬有紫色丝绒的盒子里。这是我献给母亲的唯一一次胜利成果。母亲把这块银牌一直放在她床头桌上一个显要的位置。

一位朋友的父母送给我一副网球拍，我便开始玩网球。但是，要成为皇家花园

---

① 安托万·德·圣埃克絮佩里（1900—1944），法国小说家。
② 保罗·瓦莱里（1871—1945），法国诗人。
③ 马拉美（1842—1898），法国诗人。
④ 蒙泰朗（1896—1972），法国小说家和戏剧家。
⑤ 阿波利奈尔（1880—1918），法国诗人。

俱乐部成员，必须支付一笔超出我们能力的费用。这里，我要说一段我那极其艰难的冠军之路的插曲。由于没有钱，我被禁止进入皇家花园。母亲恼火了，她在一个茶碟里碾灭了烟头，一把抓起她的拐杖和大衣。这种动作过去我从来没有见过。她叫我拿着球拍，跟她一起上皇家花园俱乐部。到了那里，俱乐部秘书被"传"到我们跟前。母亲拉开嗓门，对方被弄得不知所措，便叫来了俱乐部主任。这位主任有个美妙的名字，叫加里波第。母亲站在屋子中央，微微歪戴着帽子，举着手杖，让他们一看就知道，她是冲着他们来的。孩子再练上几次，就能成为法国冠军，在国际比赛中为国争光，怎么！还不让进入球场？就为那么几个小小的臭钱?! 母亲对两位先生说话的全部含意，是指责他们不把国家利益放在心上 —— 她以一个法国母亲的姿态大声说："不错，现在我还没有入籍，这只是个无关紧要的细节。"她要立即让我进入球场。我只打过三四次网球，想到万一他们让我入场显示球技，我就不寒而栗。可是，站在我们面前的这两位高雅的先生由于过分惊奇而没有顾及我的体育水平。我记得加里波第先生这时候想出了一个糟糕的主意，他本想抚慰我的母亲，不料事与愿违，竟掀起了一场风波。直到今天，我的脑海里还留着惊愕的记忆。

"夫人，"他说，"请您说话小声些，瑞典国王陛下古斯塔夫①就在离这儿几步远的地方，请您不要大吵大闹。"

这句话立即对母亲产生了效果。她的嘴唇上开始浮现出一丝我十分熟悉的天真而惊奇的笑容。她马上朝前方跑去。

草坪上，一顶白色太阳伞下，一位老先生正在喝茶。他穿一条纯白法兰绒长裤、一件蓝黑色运动上衣，头戴一顶扁平的窄边草帽，微微斜向一边。瑞典国王古斯塔夫五世一向喜爱蓝色海岸和网球场，这顶众所周知的草帽经常出现在本地报纸的头版上。

---

① 指古斯塔夫五世（1858—1950），一九〇七年至一九五〇年在位。

母亲不加丝毫犹豫。她行了个屈膝礼，用手杖指着俱乐部主任和秘书所在的方向，大声说：

"我来请陛下主持公道！我儿子快十四岁了，具有出色的网球才能，但这些可恨的法国人不让他来这里练习。我们全家的财产都被布尔什维克没收了，我们没法支付入场费，特来请求陛下保护和帮助。"

母亲按照从伊万雷帝①到彼得大帝②的俄国正规民间习俗说了这番话，然后便用扬扬得意的眼光扫视国王身边那一大群好奇的人。我当时真恨不得钻到地底下或消失在空气中，但可惜我无能为力。我只好呆呆地站在那里，忍受着这群漂亮的贵妇人和她们高雅的先生们的嘲讽目光。

古斯塔夫五世当时已经年迈，也许再加上瑞典人的冷漠性情，他丝毫不显得惊奇。他从嘴上取下雪茄，严肃地注视着母亲，同时向我看了一眼，然后转向他的体育教练。

"跟他打几回合吧，"他说，声音很低沉，"看看他的水平。"

母亲脸上立刻露出高兴的笑容。我只握过三四次球拍，但她对这一点毫不在意。她相信我，知道我是怎样一个人。她对一些日常琐事，对那些小小的实际困难，从来都是不加考虑的。

我犹豫了一秒钟。在这充满无限信任和爱的目光中，我克服了局促和惶恐，低头走向球场。

球很快打完了 —— 但我有时候觉得好像还在球场上，当然，我尽了最大努力，我跳跃、俯冲，再跳跃、旋转、迅跑、摔倒、跃起、飞奔，像提线玩偶般跳着舞。我有时勉强接上一个球，还是擦着球拍的木框打出去的。这一切都呈现在瑞典国王眼

---

① 伊万雷帝（1530—1584），俄国沙皇，一五三三至一五八四年在位。

② 彼得大帝（1672—1725），俄国沙皇，一六八二至一七二五年在位。

"我来请陛下主持公道！"

我只握过三四次球拍，但她对这一点毫不在意。

这一切都呈现在瑞典国王眼前。

前，在那顶著名的扁平窄边草帽下，他那镇定而冷静的目光注视着我。人们可能要提出问题：为什么我同意让人这样摆布？为什么我要到运动场冒险？这是因为我没有忘记华沙的教训，没有忘记那几下耳光，也没有忘记母亲的声音："下次，我愿意让人抬着担架把你送回家来，你明白了吗？"所以，我是绝对不会退缩的。

虽然到了十四岁，我还有点儿相信世界上存在着奇迹，不承认这一点，就是说谎了。我相信魔杖。网球场上拼搏的时候，是否有某种正义和宽容的力量来助我一臂之力？是否有一只无形而万能的手在引导我的球拍，并使球听从它神秘的指挥？我不得不承认，这一次，奇迹没有出现，这给我的心灵刻上一道深深的伤痕，以致我有时候怀疑《穿靴子的猫》是否完全是虚构的，那些耗子夜里是否真的来为格鲁塞斯托裁缝缀补大氅上的纽扣。总之，到了四十四岁，我开始向自己提出某些问题，不过，我已经有过很多经历，请不要对我一时的气馁过分认真。

那位教练最后总算放过了我。我返回草坪，母亲迎接我，一点儿没有嫌我打得不好。她帮我穿上套头衫，拿她的手帕擦去我脸上和脖子上的汗水，然后转向人群，默然无言，持续而紧张地盯着他们的脸，好像要伺机攫取什么东西。那些取笑的人显得有点儿不知所措，漂亮的女士们重新戴上草帽，垂下眼帘，大口吮吸她们的汽水，也许这时候，她们的脑子里模模糊糊地闪过母兽保护幼崽的情景。不过，母亲并没有猛扑过去。瑞典国王帮助我们摆脱了窘境。老先生摸摸他的扁平窄边草帽，非常和气而亲切地说 —— 人们通常都认为他不具有随和的性情：

　　"我相信这些先生会同意我的看法：我们刚才看到了非常动人的情景 …… 加里波第先生，"我记得，最后的"先生"这个词，他是用十分阴沉的声调说出的，"这位年轻人的入场费由我支付。他有勇敢的进取精神。"

　　我于是对瑞典一直怀着好感。

　　然而，以后我再也没有跨进过皇家花园的大门。

第二十章

所有这些不如意的事，使我越来越不想出门。我开始认真写作。由于在现实中屡受打击、处处碰壁，我便习惯于躲到一个想象的世界中去，在我所创造的人物中间生活。那是一种公正的富于理性和同情的生活。在自发的、没有受文学作品明显影响的情况下，我发现了幽默，在现实即将击败你的时刻，这是一种巧妙而且行之有效的瓦解对方攻击力的好方式。幽默是我整个人生之路的旅伴，它帮助我赢得了我与对手斗争中仅有的一些真正胜利。没有人能夺走我的这一武器。我更乐于将它的矛头指向我自己，通过"我"来反对我们的深层处境。幽默是尊严的宣言，是人对自己的遭遇所显示的优势。我的某些"朋友"完全没有这种幽默，他们因为看到我在文章和言谈中把这一武器对准我自己而感到难过。这些消息灵通的人士谈到自虐狂，谈到自我憎恨，或者当我把周围的人与这些放任行为联系起来时，他们便谈论裸露癖或粗野行为。我可怜他们。事实上，"我"并不存在。当我拿起心爱的武器时，"我"从来不是我所瞄准的目标，而是越过"我"指责人类的处境，通过种种转瞬即逝的现象，指责外部世界强加于我们的生活，以及诸如《纽伦堡法案》①之类的黑暗势力对我们的控制。在人际关系中，误会常常是导致孤寂的原因：向比企鹅更笨的人伸出幽默的友好之手，没有什么比这更能令你感到孤寂的了。

我终于开始对社会问题发生兴趣，希望出现一个妇女不再独自把孩子背在背上的社会。但我已经知道，要求社会公正，这只是第一步，只是一个新生儿的呱呱坠

---

① 《纽伦堡法案》指纳粹德国于一九三五年在纽伦堡颁布的反犹太法令。

"我"从来不是我所瞄准的目标。

地；我要求于社会的，是让人们掌握自己的命运。我开始认为人是具有革命意愿的，他们不断否定自己现有的生活、道德和知识标准，因为，我越观察母亲这张衰老而疲倦的脸，便越感受到这个世界的不公正，也就越发强烈地要求重建这个世界，使它变得公正而光明。我于是伏案写作，一直写到深夜。

这个时期，我们又一次遇到了经济困难。一九二九年的经济危机影响到蓝色海岸，我们又过上了艰难的日子。

母亲把我们住宅里的一个房间改造成狗窝，在里面饲养起狗、猫和鸟。她还给人看手相，招收膳宿客人，管理一处房产，做一两桩地产交易的经纪人。我尽最大努力帮助她，也就是说，试图写出一部不朽的杰作。我有时向她朗读几页，是我感觉写得很精彩的段落。她每次都表示十分赞赏，这也是我所期待的。然而有一天，她听完我念的一首诗后，有点儿不大好意思地对我说：

"我觉得，你对生活没有很多实际感受，我不知道这是怎么回事。"

确实，在中学时代，直到高中毕业，我的数理化考分一直很糟糕。第一期高中毕业会考化学口试时，主考老师巴萨克先生问我一道关于石膏的问题，我的全部回答只有干巴巴的这么几个字：

"石膏是用来筑墙的。"

巴萨克先生耐心等待着。由于没有听到下文，他问了一句：

"就这些？"

我傲慢地瞅了他一眼，然后面向公众，把他们当作证人。

"怎么，就这些？这还不够吗，老师？把墙拆了，地上就有我们百分之九十九的文明。"

生意越来越难做。一天晚上，母亲痛哭了一场，然后坐在桌子旁，给人写了一封长信。第二天，我被带到一家照相馆，拍了一张相片，面部稍稍侧向一边，眼睛向上看，身穿一件蓝色运动衫。这张照片被附在信里。母亲把信放在一个抽屉里，犹豫了好几天，最后终于把它投入了邮筒。

发信后的那天晚上，她打开小箱子，取出一叠用蓝色绸带捆扎的信，重新阅读。

母亲那时大约五十二岁。那些信已经很旧，有的都弄皱了。

一九四七年我在地窖里重新找到了这些信，而且反复阅读过。

一星期后，我们收到一笔五百法郎的汇款。这笔汇款在母亲身上产生了离奇的效果：她感激地望着我，仿佛我突然为她做了一番伟大的事业。她走近我，双手捧住我的脸，用令人惊异的专注目光望着我脸上的每一根线条，接着，眼睛里涌出了晶莹的泪水。我内心感到异样的惶惑，我蓦然觉得自己变成了另一个人。

在这以后的一年半内，我们继续不断地收到汇款，收到的时间不很规律。我有了一辆托曼牌公路自行车，橘黄色的。这一阶段对我们来说是一个安定、幸福、自豪的时期。我每天有两个法郎的零花钱，放学后有时便能在花市上逗留一番，用五十生丁①买一束花献给母亲。晚上，我陪她去听皇家茨冈乐队的演出，为了省钱，

---

① 生丁，法国货币单位，一百生丁合一法郎。

她感激地望着我。

我们站在人行道上，不坐露天座。母亲喜爱茨冈乐队，连同警卫团军官，普希金在决斗中赴死，还有用皮鞋斟香槟酒，这些在她看来都是世界上最富有浪漫情调的事情。但她一直要我提防茨冈姑娘，据说茨冈姑娘对我构成一种严重威胁，她们会让我身体垮掉、道德堕落、财富耗尽，我如稍不当心，还会染上肺结核。我却被这些可能性挑逗着，心里感到痒滋滋的。但这些事始终没有发生。正是出于母亲向我描绘过的这些诱人的原因，几年后，我对一个茨冈姑娘发生了兴趣。这位我年轻时代接触过的唯一的茨冈姑娘只偷了我的钱包、围巾和手表，没等我转身就消失了，要传染肺结核也来不及了。

女人能让我身体垮掉、道德堕落、财富耗尽，而我却总是向往着这种机会。用自己的生命去尝试某种事情，大概是十分有趣的。当然，有可能得上肺结核，不过我到了这个年纪，已经不相信通过那种事情会产生这类后果。自然界有它的分寸。而且，茨冈姑娘，甚至警卫团军官，都已经不是过去那样了。

看完演出，我搀扶着母亲，坐到英国人散步道的雅座上。那里的扶手椅是要付钱的，不过，我们现在已经消费得起这种奢侈享受了。

选择一把合适的椅子坐下，你就可以不再解囊而听里多乐队或卡西诺乐队的演奏。通常情况下，母亲随身带着我们喜爱的美食——黑面包和腌黄瓜，她偷偷地把它们藏在手提包里。那时候，晚上九点钟左右，人们观看游逛的人群时，就会发现一位白发苍苍的高雅女士和一名身穿蓝色运动衫的少年，坐在英国人散步道上，背靠栏杆，膝盖上铺一张报纸，津津有味地嚼着俄式腌黄瓜和黑面包。这真是一幅美好的景象！

除此以外，玛丽埃特又吊起了我的胃口，世界上其他任何黄瓜，即使是最咸的，也不能满足我的要求了。玛丽埃特离开我们已有两年，但是她的形影总是缠绕着我，使我夜不能寐。这位善良的法国姑娘把我引进了一个美好的世界，我至今还对她怀着深切的感激之情。三十年过去了，今天，我可以比波旁家族的人更实事求是地说，自从离开她以后，我什么也没有学到，什么也没有忘记。我祝她晚年宁静幸福，愿她知道，她用上帝给予的可能，尽了最大的努力。我觉得我如果继续说下去，就会动情了，所以就此停住。

不过，有一段时间，玛丽埃特没有再伸出手来援救我。我的热血愤怒地沸腾着，强烈地冲击着，连每天早上三公里的游泳也不能使它平静。我坐在英国人散步道上，挨着母亲，窥视那些从我面前经过的美丽的递送面包的女服务员。我呆呆地坐在那里，手里拿着腌黄瓜，喟然长叹，不知所措。

但是，世界上最古老的文明以其对人类的本性和犯错误可能性的善意理解，以其妥协和调解的意识解救了我。地中海的阳光太充足了，不至于对此抱敌视态度，

我们坐到英国人散步道的雅座上。

一位白发卷卷的高雅女士和一名身穿蓝色运动衫的少年

它朝我摆出宽容的面孔。

　　矗立在马赛纳广场和巴庸空地之间的尼斯公立中学并不是唯一的教育机构。我和同学们在圣米歇尔大街受到简单而友好的欢迎，至少当美国舰队不在滨海自由城①停靠时是这样，因为美国舰队的出现是我们最不吉利的日子，学校里笼罩着一片沮丧气氛，黑板成了我们忧伤的旗帜。

　　但是，用每天两三个法郎的零花钱，按南方的说法，是没法去"游逛"的。

　　家里开始发生一些奇怪的事情。一块地毯不见了，接着，另一块也不见了。有一天，母亲从城里游乐场（那儿正演出《蝴蝶夫人》）回来，惊愕地发现她前一天从旧货店觅得的准备加价出售的小挂屏不翼而飞了，而所有的门窗都关得好好的。她脸上显出惶惑的神色。于是她在房子里仔细检查，看看还有什么东西丢失。果然又有新的发现：我的照相机、网球拍、手表、冬大衣、集邮册，以及我刚刚得到的法语一等奖奖品巴尔扎克作品集，也全都无影无踪了。我甚至把那件有加热装置的茶炊也给卖了，我把它弄到尼斯老城的一家古玩店里，售价虽然不高，但毕竟能用这点儿钱暂时摆脱困境。母亲思索一番后，坐到沙发上，望着我。她凝神望了我很长时间，然后出乎我的意料，她没有做出戏剧性动作，脸上却漾出近乎庄严的胜利而骄傲的表情。她大声用鼻子吸一口气，感到无限满意，再次用充满感激、钦佩和温情的目光望了望我：我终于长大成人了，她的心血没有白费。

　　那天晚上，她写了一封长信，字写得很大，也很有力。她显出往常那副得意扬扬的神态，好像马上要宣布我是一个好儿子。过不多久，我收到一笔五十法郎的私人汇款，后来，在这一年内，我又收到好几笔。我暂时得救了。但另一方面，我受邀到法兰西大街的一个老医生家里去。这位老先生啰啰嗦嗦说了一大通拐弯抹角的话，最后说年轻人弱点很多，生活道路障碍重重，时常会遇到各种危险，还说我们

――――――

　　① 滨海自由城是法国普罗旺斯－阿尔卑斯－蓝色海岸大区的一个市镇，位于尼斯以东，天然海湾可供大型船只停泊。

的祖先高卢人不带盾牌是绝对不上战场的。说完这些，他交给我一个小盒子。我彬彬有礼地听着，这是对长者应有的态度。不过，我参观过维尔诺的梅毒展览，这一参观使我保持了清醒的头脑。我早已下定决心，要保全我的鼻子。我本该对他说，他大大低估了我们所接触的那些信誉卓著、审慎小心的人，她们中间的绝大多数都是忠诚的母亲。就像任何循规蹈矩的航海者那样，我们绝不会让自己在不了解必要的谨慎措施的情况下，就到海里去冒险。

亲爱的地中海！你那拉丁人的智慧使生活变得如此柔和，愿你向我敞开宽容友好的胸怀，把你那老练而快活的目光倾注在我年轻的前额上。我一定要驾着小舟，网住夕阳，投入你的怀抱。在这些布满卵石的海滩上，我曾经度过美好的时光。

第二十一章

我们的生活有了转机。我记得是在一个八月里，母亲去山地休息三天。我陪她登上一辆长途汽车，手上拿着一束花，道别时难分难舍。这是我们第一次离别。母亲哭了，她预感到我们日后的离别。汽车司机一直注视着我们告别的情景，最后带着激动的尼斯口音问我：

"你们要分开很长时间吗？"

"三天。"我回答说。

他显得很惊奇，满怀敬意地望着母亲和我，然后补充说：

"啊，看来你们都是爱动感情的人！"

母亲休息回来后，精力充沛，脑子里装着很多计划。我们在尼斯重新开始做生意，这回是跟一位真正的俄罗斯大公合伙，向那些体面的外国人推销"家用首饰"。大公在这方面还是初出茅庐，母亲费了很多口舌鼓励他。那时候，尼斯住着将近一万家俄国人，有将军，哥萨克人，乌克兰首领，皇家禁卫军上校，波罗的海沿岸的亲王、伯爵和男爵，形形色色的前朝贵胄，他们在地中海沿岸成功地重建了一种陀思妥耶夫斯基式的气氛，缺少的只是天才。战争时期，他们分成两派：一派亲德国人，为盖世太保干活；另一派积极参加抵抗运动。解放后，前一种人被清理了，后一种人完全融合到群众之中，分布到四马力的雷诺汽车制造厂，享受带薪假期，喝咖啡要加奶油，在选举中弃权。

母亲用嘲讽的恩赐态度对待这位大公和他下巴上的那撮白山羊胡子，但是她为能与他合伙而暗暗感到高兴，不时用俄语唤他"尊贵的亲王"，一边打发他提着那只

他们在地中海沿岸成功地重建了一种陀思妥耶夫斯基式的气氛，缺少的只是天才。

箱子。"尊贵的亲王"在买主面前一声不吭，变得尴尬、苦恼，一脸负罪相。这时候，母亲便向买主滔滔不绝地谈起他和俄国沙皇确凿无疑的亲属关系，他在俄国拥有多少座宫殿，以及他与英格兰王室的密切交往。买主们看到能从一个无依无靠的皇家成员身上占取便宜，觉得碰上了好运气，买卖便这样做成了。母亲认为大公是个出色的合伙人，对他关怀备至。大公有心脏病，母亲每次和他上街前，总要在他的水杯里注入二十滴她自己服用的药水。人们可以看到他俩坐在布法街的露天咖啡座上，商量着未来的计划。母亲描绘我如何当法国大使，"尊贵的亲王"便谈论共产党政权垮台后他想过的生活，以及罗曼诺夫家族①重新在俄国恢复皇位的可能性。

"我希望远离朝廷和公务，到我的领地上去过平静的生活。"大公说。

"我儿子将成为职业外交官。"母亲说，一边喝着茶。

我不知道"尊贵的殿下"以后的下落，倒是有一位俄罗斯大公埋葬在离我住宅不远的罗克布吕纳村的公墓里，不知道是不是他，而且，看不见他那撮白山羊胡子，我也就认不出他了。

———————————

① 罗曼诺夫家族从一六一三年至一九一七年统治俄国。

尼斯的俄罗斯教堂

就在那个时期，母亲的生意很是兴旺发达。她卖掉了位于原卡尔洛纳大街，也就是今天的格罗索大街的一座八层楼房。为了寻找买主，她不知疲倦地在城里奔波了好几个月。她知道这桩买卖是个决定性转机，要是成功了，我就能进普罗旺斯地区的艾克斯大学。买主是在完全偶然的情况下碰上的。有一天，一辆劳斯莱斯轿车停在我们家门口。司机打开车门后，一位矮胖的先生下了车，他的前面还有一个年轻漂亮的女人，个子比他高一倍，年龄却是他的一半。这是母亲在维尔诺开服装店时认识的一位老顾客，男的便是她新近结合的丈夫，非常有钱，天天都在发财致富。我们发现他们仿佛是从天而降。这位矮小的杰德瓦布尼卡斯先生不仅买了这座八层大楼，而且出于对母亲的开拓精神和奋斗精神的钦佩 —— 在他之前很多人也都这样钦佩母亲 —— 委托她当管理人，并当场接受建议，同意把大楼的一部分改建为旅馆

233

和餐厅。就这样，"梅尔蒙旅馆"（也就是"海山旅馆"）便装潢一新，"安静、舒适、优雅，向广大国际旅客敞开大门"—— 我引用第一张广告上的原话：这是我亲手起草的。母亲对旅馆业务完全外行，但她很快开始熟悉。从那以后，我到过全世界很多旅馆，对比之下，我可以说，母亲靠着十分有限的物质条件，完成了一件了不起的壮举：三十六个单间，两层楼的套房，还有一个餐厅，雇用两名女仆、一名男招待、一个领班和一个洗餐具的。一开张，生意就轰轰烈烈。我被分配搞接待，做游览车导游和侍应部主任，尽一切努力使旅客过得愉快舒适。我已经十六岁了，但出面接待那么多人还是第一次。游客来自四面八方，大部分是英国人，他们一般是由旅行社集体组织来的，各种活动只能服从多数人的意志，到了旅馆，稍微受到一点儿关心，就表示无限感激。那时刚兴起"小观光"，后来到大战前夕便普及了。除个别情况外，这些旅客都很温顺、随和，不自以为是，很容易满足。妇女占主导地位。

母亲早上六点起床，抽三四支烟，喝一杯茶，换好衣服，拿起拐杖，便上布法街市场了。她是那里无可争议的主角。布法街市场比老城市场小。豪华的大旅馆都去老城市场采购，布法街市场主要供应冈贝塔大街地区的膳宿公寓。这里夹杂着不同口音，充满各种气味和色调，庄严的诅咒声回荡在排骨、大葱和死鱼眼睛的上方。一堆堆货物中间，会像地中海奇迹那样，突然冒出大束大束的石竹和金合欢。母亲拨动一块牛肉，望着一个甜瓜心考虑一会儿，然后又轻蔑地扔下另一块牛肉，大理石台面上发出遭受屈辱的砰的一声。她接着举起手杖，指了指生菜，卖菜的赶紧用身体挡住货物："您别碰商品啊！"语气无可奈何。她又用鼻子闻一块布里干酪，拿手指抠一块法国卡芒贝尔奶酪，尝了尝。她有一种促变艺术，她的鼻子一靠近奶酪、里脊或鱼，卖主的脸色会立刻因愤怒而变得惨白；她一扬手，坚决把商品扔下，仰起头，决定最后离开的时候，他们怒气冲冲的叫喊声、质问声、谩骂声，在我们周围汇集成最古老的地中海大合唱。

我们完全置身于东方法庭之上，母亲扬起她的权杖，对那些羊腿、生菜、青豌

我每次重返尼斯，都要去布法街市场。

豆可疑的质量和过高的价格突然表示了谅解，于是，这些劣质商品便进入了广告上的"一流法国馔肴"的行列。由于发生过一些明争暗斗和个人恩怨，一连好几个月，她每天早上都到雷努奇先生的摊子前停留，长时间地挑拣火腿，却从来没有买过一次，那纯粹是出于挑衅，完全是为了要让这位商人知道：他失去的是一位何等重要的顾客。这位熟肉商一看到母亲走近他的摊子，一听到她的声音上升到警报器的高度，便连忙走过来，俯身向前，大肚子贴到柜台上，举起拳头，做出要用身体捍卫他的商品的样子，催逼母亲赶快离开。然而这位苛刻的顾客却无情地把鼻子伸向火腿，脸上做出先是怀疑后是厌恶的怪相，用一连串不同的模拟表演，说明火腿冒出一股极坏的气味，刺激了她的鼻腔。雷努奇眼睛朝天，两手抱拳，恳求圣母玛利亚

235

按捺住他的愤怒，不要让他杀人。这时候，母亲已经轻蔑地丢下火腿，唇角挑起一丝挑衅的微笑，朝前走去了。她的身边响起一片哄笑声、"圣母玛利亚"声和谩骂声。

我相信她在那里度过了她生命中最美好的一段时光。

我每次重返尼斯，都要去布法街市场，长时间地徜徉在大葱、龙须菜、甜瓜、牛肉、水果、鲜花和鱼之间。说话声、吆喝声、手势、气味、芳香，一切依旧，几乎与想象中一样，什么也不缺少。我在那里一待就是好几个钟头，胡萝卜、菊苣、天香菜为我做出它们能做的一切。

母亲回家的时候，怀里总是抱着鲜花和水果。她很相信水果对人体的有益作用，要我每天至少吃一公斤。我从此便患上了慢性结肠炎。然后，她亲自下厨房，制订菜单，接待供货人，监管每层楼的早餐服务，听取顾客的意见，督办游客的野餐，视察地窖，记账，过问业务上的一切细节。

有一天，她爬了二十次那该死的从餐厅通往厨房的楼梯后，突然坐到一把椅子上，脸颊和嘴唇都变成了灰色。她的头歪向一边，闭上眼睛，一只手按在胸口，全身颤抖着。还算幸运，医生很快确诊了：这是一种低血糖昏迷，是注射过量的胰岛素引起的。

我这才知道了母亲近两年来一直瞒着我的事：她早就得了糖尿病。每天早上，一天活动开始前，她给自己注射一针胰岛素。

我感到一种莫名的恐惧，脑子里总是浮现着那张灰色的脸、歪向一边的脑袋、闭着的眼睛和痛苦地按在胸口的手，这形象再也无法在我的记忆中抹掉。想到她可能会在我完成她期待于我的功绩之前死去，想到她在享受到公正 —— 上天衡量人间的标准 —— 之前就可能离开人间，我感到这个世界简直缺乏最起码的情理、道德和法则，有的只是一种莫名其妙的强盗理论和某些迫使你呼唤警察，祈求道义、公正和权威的东西。

我心中产生一种紧迫感，感到必须加快写出我的不朽名著。我把自己当作古往今来最年轻的托尔斯泰，能用这部作品立刻补偿母亲付出的全部辛苦，使她的一生有一个完美的结局。

我立即拼命干起来。

母亲同意我暂时休学。我再次把自己关在房间里，埋头苦干。我在桌子上堆了三千张白纸，根据我的计算，这些纸大概够写一部《战争与和平》。母亲给我一件宽大的室内便袍，是按照那件使巴尔扎克闻名遐迩的衣服式样设计的。她一天五次轻轻打开我的房门，把一盘食品放在桌子上，然后又踮着脚尖悄悄离去。当时我的笔名叫弗朗索瓦·梅尔蒙。但是，由于作品常常被出版商退回来，我们认为这个笔名不好，以后便改成吕西安·布吕拉尔。可是，这个名字还是没能使出版商满意。我记得出版界有那么一个傲慢的家伙，当时在《新法兰西杂志》横行霸道。当我在巴黎饿得饥肠辘辘的时候，他退回我的手稿，上面写着这样的话："先去找个情妇，十年后再来。"十年后，也就是一九四五年，我真的又去了，可惜他已经不在那里了：人们把他枪毙了。

对我来说，世界缩小了，缩小到只有一张纸。我在这张纸上倾注年轻人火一般的激情。尽管天真幼稚，我在那个时期却已完全意识到这笔赌注的重要性及其深刻意义。我承受着人类需要正义的压力，不管其表现方式是可鄙的还是罪恶的，这种需要第一次也是最终使我做出了写作的抉择。若说这一志向的确立，确实根植于为人子女的一片苦心中，但渐渐地我的整个身心都受制于这一愿望的发展，以致文学创作对我而言，一直成为我在有生之年试图逃避无法容忍的现实的虚构世界，以及死后仍然生存于世的一种方式。

看到这张闭着眼睛微微侧向一边的灰色的脸，这只按在胸口上的手，我突然向自己第一次提出这样的问题：生命是不是一种堂堂正正的诱惑？我立刻作出了回答，也许这一回答出自我潜在的本能。我满怀激情地写了一个题为《普罗米修斯①事件真

---

① 普罗米修斯，希腊神话中的巨神，曾从天上盗取火种给人类，并传授给人类多种技艺。

我在桌子上堆了三千张白纸，根据我的计算，
这些纸大概够写一部《战争与和平》。

母亲给我一件宽大的室内便袍，
是按照那件使巴尔扎克闻名遐迩
的衣服式样设计的。

我在这张纸上倾注年轻人火一般的激情。

相》的短篇。对我来说，它至今仍然是普罗米修斯事件的真相。

因为，毫无疑问，关于普罗米修斯真正的历险，我们都受了欺骗，或者，更确切地说，这个故事的结尾部分被掩盖了。不错，为了从天神们手里盗取火种，普罗米修斯曾被捆绑在一块岩石上，一只秃鹫啄食他的肝脏，这是千真万确的。但是，过了一些时间，天神们向下望了一眼，想知道人间发生了什么事情。他们不仅看到普罗米修斯挣脱了锁链，而且擒获了秃鹫，吞食秃鹫的肝脏，以便摄取力量，重返天堂。

今天，我还患着肝脏病，总得承认有这么点儿关系：我正在与我的第一万只秃鹫打交道，我的胃也已经不是过去的胃了。

但我尽了自己最大的努力。到秃鹫的最后一啄把我从岩石上撵走的那一天，我请占星家们注意黄道十二宫上出现的新迹象：一只人间的狗用尽全力咬住了某只天上的秃鹫。

但丁街从梅尔蒙旅馆兼膳宿公寓伸展开去，一直到布法街市场。它就展现在我的窗前。我从自己的写字台边就能眺望母亲在这条街上渐渐远去的身影。一天早晨，我抑制不住内心的欲望，想问问她这一切，想知道她对这一切有什么感受。她来到我的卧室，没有什么特别的事情，就像她通常做的那样，静静地坐在我的身边，吸上一支烟。为了准备中学毕业会考，我正在拼命温习宇宙的构成。

"妈妈，"我开口道，"妈妈，你听我说。"

她静静地听着。

"上三年大学，再服两年兵役……"

"你就是军官了。"她打断我的话。

她马上又安慰我：

"你还有机会继续你的学业，什么也不会耽误的，放心吧……"

"哎，我不是这个意思……我怕不能取得成功……不能及时达到目的……"

这句话还是引起了她的思索。她默默地考虑了很长时间，然后大声用鼻子吸一口气，两手平放在膝盖上，说：

"会有公正的结果的。"

她便去照料餐厅的营业了。

母亲相信的宇宙结构，比我在物理书上学到的更严密，更合乎逻辑，更具有支配力量。

那天，她穿一件灰色连衫裙，戴一块紫色方头巾，挂一串珍珠项链，肩上披一件灰色大衣。她的体重增加了好几公斤。医生对我说，她还能坚持几年。我用手把脸蒙了起来。

即使她只看到我穿上法国军官的军装，即使我永远当不上法国大使，永远得不到诺贝尔文学奖，她也就实现了自己一个最美好的愿望。那年秋天，我该开始学习

法律，如果再走运一点儿 …… 三年以后，我就能穿着空军少尉的制服衣锦还乡，光彩夺目地回到梅尔蒙旅馆兼膳宿公寓来了。很久以前，母亲和我就做出了这样的选择：让我去当空军。林德伯格①飞越大西洋给她留下了强烈的印象，对此，我后悔自己没能第一个想到去干这件事。否则，我将穿着饰有金色条纹和多种飞翼的蓝色制服，陪她去布法街市场，在胡萝卜和大葱前闪闪发光，使潘达勒奥尼、雷努奇、波比、塞萨里和法索利们仰慕不已，我将搀扶着母亲在用葱头和萨拉米香肠筑成的凯旋门下趾高气扬地行进，叫牙鳕鱼都钦慕得瞪圆了眼睛。

母亲对法兰西真挚的爱始终令我无限惊奇。当某个恼火的商人把她叫作"下贱的外国人"时，她会微微一笑，然后扬起那根整个布法街市场都能作证的手杖，高声说：

"我儿子是预备役军官，他会对您说：见鬼去吧！"

她的意思是：我儿子将是预备役军官。空军少尉的军装饰纹在我眼里突然变得那么重要，具有那么重大的意义，我的全部理想一下子浓缩成了一点，这样小小的一点：穿着空军少尉的制服，搀扶着母亲，神气十足地行进在布法街市场。

------

① 林德伯格（1902—1974），美国飞行员，是世界上第一个中途不着陆飞越大西洋的飞行员。

扎朗巴先生

第二十二章

　　扎朗巴先生是一位仪表堂堂的波兰人，气质忧郁，寡言少语，稍带责备意味的目光，仿佛在询问世人："你为什么这样对待我？"一个天气晴和的日子，他在我们旅馆门前下了车，此人蓄一部老式唇髭——金黄的胡须已经染上了灰色，身穿殖民地的白色服装，戴一顶奶油色巴拿马帽，随身带着许多贴有标签的提箱，我长时间地盯着这些标签：加尔各答①、马六甲②、新加坡、苏腊巴亚③……这些标签以一种物质的、无可辩驳的方式证明了索迈尔塞·毛姆④和德·维尔·斯塔克普尔⑤的小说中描写的那些梦幻般的国度是真实的存在——到那时为止我还没有收集到其他证据证明这一点。扎朗巴先生租下一个房间，说是小住"几天"，结果一住就是一年。

　　从他略显疲惫的外貌，从他那无可挑剔的上流人士的举止，没有任何迹象能让人猜出，在时间的沙尘掩盖下，他身上还隐藏着一个穿短裤的小男孩；由于穿着方式，他经常保持着壮年男子的形象，在这一点上，年龄是最高明的裁缝。但我才刚刚十七岁，还没有自知之明；我绝对想不到饱经沧桑、身居要职的成人，会至死也摆脱不了那个躲在暗处的孩子——他渴望受到注意，直到最后一道皱纹爬上前额，还在等待一只温柔的手抚摸他的头，等待一个温柔的声音喃喃地说："不错，我的宝贝，妈妈一直爱着你，任何人都不可能像妈妈这样爱你。"

----

① 加尔各答，印度地名。
② 马六甲，东南亚的著名海峡。
③ 苏腊巴亚，即印尼的泗水海峡。
④ 索迈尔塞·毛姆（1874—1965），英国小说家、剧作家。
⑤ 德·维尔·斯塔克普尔（1863—1951），爱尔兰小说家，以描写异域风光著名。

"任何人都不可能像妈妈这样爱你。"

　　梅尔蒙旅馆兼膳宿公寓的女经理最初对扎朗巴先生印象极好，把他看作一位绅士。但他俯身在旅馆的登记簿上填写职业一栏时，母亲一眼瞥见了绘画艺术家这几个字，立刻很不客气地要求他预交一个星期的费用。我们这位新顾客的优雅、堪称典范的举止和旧时代称之为"有教养"的所有表现，我觉得与我从小不断听到的说法全然相反，按照那种说法，画家必定酗酒，必定身体虚弱、道德败坏。这只能有一

246

种解释 —— 即母亲不屑于朝艺术家的绘画瞧上一眼，便预先得出结论：想必他根本没有才能。

待到证实扎朗巴先生的物质成就容许他在佛罗里达①拥有一所住房，在瑞士拥有一座木屋别墅时，在她看来，这结论更是确定无疑的了。母亲开始对我们的房客表现出一种带有嘲弄色彩的怜悯。她无疑担心一个走运的画家对我产生有害的影响：千万当心！这不仅会使我离开张开双臂等待我的外交生涯，还有可能唆使我再一次拾起画笔。

这还真不是毫无道理的担心。暗藏的魔鬼一直附着在我身上，从来没有离开过我。我常常感到有种模模糊糊的忧伤，一种对形态和色彩的几乎是肉体上的需要。三十年后，当我终于下决心放任自己的"天职"自由发展时，其后果简直是灾难性的。我发狂般冲向画布，把我能弄到的大管颜料直接倒在"画"上，我嫌画笔的接触不够直接，干脆用手。我还用"投掷法"工作，弄得到处都是颜料。任何人走进我肆虐的这个房间，无不在衣服和面孔上留下痕迹：墙壁、家具、天花板，全都分享了我那天才的残屑。因为，如果说我的灵感是真实的，其效果却糟糕得可怕。我在绘画上没有任何才能。每画一笔，这至高无上的艺术就倨傲地打发我回到我亲爱的小说身边。从此，我懂得了这类精神疾患：我总算明白了，一种根深蒂固、无法抗拒的爱好和灵感，可能与天赋的极度缺失相伴而行。我从来不曾体味过这般醉人的创作乐趣，然而也从来没有遭到过比这更无情的艺术上的惨败。有一段时间，我连续倒空数以百计的颜料管，仿佛是要倒空自己。但我只能往画布上倒。两年之中，我只完成了一幅"画"。我把它和别的画一起挂在墙上，著名的美国批评家格兰贝尔来看我的时候，在我的作品前伫立良久，显然颇感兴趣。"这幅画是谁的作品？"我随机应变地回答："是我在米兰发现的一个青年画家。"他那表情益发显得惊叹不已。"嗨，

---

① 可能是指美国的佛罗里达州，也可能是指乌拉圭的佛罗里达省。

到处都是颜料。

老兄，要说狗屎，这可真是一堆臭狗屎。"①这样的评价本在意料之中，但我仍然相信奇迹。奇迹随时可能发生。任何时候，老天爷都可能以天才的闪电击中我。渐渐地，极度的失望竟使我患上了抑郁症：我成了世界上唯一一个被医生禁止画画的人。在我的"画作"中，有一些涂层如此厚重，以致必须分成好几片才能扔进垃圾堆。我的一位邻居大妈从垃圾桶里抢救出我的一幅"作品"，把它运回自己家。"别人不会知道的。"她说。

　　然而，虽说我是扎朗巴先生在察尔维奇大街租用的画室的常客，我对艺术的爱

────────────

　　①　这句话又用英语重复了一遍。

好在那儿却微不足道。这位画家对天使般的孩子面孔特别有研究，我对此则漠不关心。我之所以对他感兴趣，其实另有原因。真的，我发现这位有点忧郁的人物，正以一种谨慎而不容置疑的执着，研究我母亲的生活圈子。一只稳健的手，施展着外交手腕，这情景透露出诸多的可能性，给我们的生活带来一种可喜的变化。我像所有那些热衷于行动和建功立业却找不到机会的人一样，胆大妄为，喜欢冒险，想到可以安顿好母亲，使她不再有衣食之忧，更强化了我心中的另一个愿望：即投身于一种冒险生活之中，而不必因让那个给了我一切的人无依无靠而自责。

扎朗巴先生没结过婚。他也曾有过一个孤独的童年 —— 到了壮年，他依然停留在那个阶段。他的父母像小说中描写的那样，染上了肺结核，年纪轻轻就去世了。他们葬在芒通公墓，他常去那儿，在他们的坟头放上鲜花。他在波兰东部的富庶地区，由一位独身的舅父漫不经心地养大。

不久，他就极其有分寸地、小心翼翼地设法接近我。

"您很年轻，我亲爱的罗曼……"

他用波兰语说"罗曼先生"。

"您很年轻。您这一生还有很长的路要走。您需要找一个能全心全意献身于您的女人。我说的是另一个女人，因为我看见您母亲每时每刻都那么温柔地关爱着您。我从没有这样的福气。坦白地说，我若遇上一个能为我所爱，她也对我有点儿意思的人，我就高兴得很了。我说的正是'有点儿'。我不是个苛刻的人。我会满足于在女人的情感世界中只占据次要的地位。"

想到除我之外的另一个人会在我母亲的情感世界中占据首要位置，我竭力忍住发笑。但重要的是千万别吓住他。

"您操心自己的未来，我觉得是有道理的，"我谨慎地试探，"但是从另一个角度考虑，您可能因此要担上某些责任。例如经济上的责任。我不知道一个画家是否有力量提供一个家庭的需要。"

“我的物质条件很宽裕，我向您保证。”

他捋了捋胡须。

“我会乐于与他人分享自己的成果，我不是个自私的人。”

这一次，我激动了。我已经梦想着学习飞机驾驶。这事至少需要五千法郎，在经济上完全超出我的能力。我也许可以要求他，为表示郑重起见，预付给我们若干保证金。一辆小轿车的想法同样在我脑中闪过，它以每小时一百公里的速度，载着我飞奔。我还发现，画家有一件华丽的大马士革丝织绣金便袍。

我暗自好笑。幽默已是我一生中不可或缺的东西：一种必要的支撑，最为可靠和有效的支撑。后来，很久以后，无论私下里或在公开场合，无论在电视里或社交场上，总有一些认真的支持者问我：“罗曼·加里，为什么您总是讲一些故事寒碜自己？”其实这不单涉及我，也涉及我们所有人的“自我”。我们那个可怜的“自我”的小小王国，连同它的金銮宝殿和步步设防的围墙，是那么滑稽可笑。有一天，我可能会对此作更详尽的回答。①

想到有扎朗巴先生这么个人充当继父，不禁激起我内心的种种波澜。有时候，母亲对我无穷无尽的爱，令我简直难以承受。老是以充满激情和狂热的目光看着我，把我当成独一无二、无与伦比、具有一切优秀素质、将来前途无量的人，只会加重我的挫折感，使我更清晰更痛苦地意识到，在伟大的臆想和我平庸的现实之间，隔着一个深渊。并不是我想要规避自己的责任，我生活在“变成大人物”、奉献精神和牺牲精神的氛围中，我决心要实现母亲期待我的一切。然而我太爱她了，所以感觉不到她的梦想有许多天真和过分的地方，至于看出其中空想的成分，那就更困难了。从儿时起，我就这样为种种许诺和我未来伟大成就的叙述所哄骗，有时候我自己也糊涂了，不大分得清什么是她的梦想，什么是我的实情。尤其是，我不能再让她盯

---

① 参见罗曼·加里：《夜将是宁静的》，伽利玛出版社，1974年。——原注

得这么紧。如果扎朗巴先生能把压在我身上的爱的重负转移一点儿到他身上，我的呼吸就可以畅快得多。

不久我发现母亲开始觉察到某些蹊跷。她以一种近乎敌意的冷淡态度对待波兰人。母亲已是五十三岁的人了，尽管满头白发，尽管为了生存她只身一人在三个国家的艰苦拼搏留下了劳累的痕迹，使她的容貌显得比实际年龄更老，但在她的女性特征中，仍然有一种热情欢快的光芒，能够引起男人的遐想。不过我早已明白，我那腼腆而优雅的朋友并不是像男人爱上女人那样爱她，扎朗巴先生凭着那把年纪，看上去像是一位尊贵的老爷，而表象之下却隐藏着一个从未得到温存和爱抚的孤儿，眼见母爱在他面前燃起的熊熊大火，他不禁为希望和羡慕（也许如此）所控制。显然，他认定两个人都可以有自己的位置。

母亲处于我所谓的"表现主义"冲动中时，常常把我紧紧搂在怀里，或者把下午五点的茶、点心和水果给我送到旅馆前面的小花园，此时我察觉到扎朗巴先生的瘦长脸上，会蒙上一重悲哀乃至愤怒的阴影。他渴望自己也被接纳。他坐在柳条椅上，优雅地交叉着腿，象牙柄的手杖放在膝头；他捋着胡须，阴郁地观察我们，像一个被放逐者凝视着禁止他进入的王国的门槛。我得承认自己当时还相当顽皮，不知道在人生尽头等待着自己的将是什么，看见他的恼怒居然挺开心。不过他并没有察觉，非但不把我当对手，还在我身上找到一个坚定的盟友。如果说我有朝一日必在外交界赢得升迁，那么此时此刻就已经有所表现。我很注意避免鼓励支持他。

母亲在我面前放下祭品①时，扎朗巴先生有时轻轻咳嗽几声，神情不大痛快，但他什么也不说，从来不让自己流露出丝毫这类意思："尼娜，您要把儿子宠坏了，以后他和女人们相处会十分困难。将来他怎么办呢？您这不是迫使他去寻求不可能的爱情吗？"不，扎朗巴先生从不打算干涉他人；他只是待在那儿，穿着他的热带服

---

① 此处讽喻母亲把儿子当神一样供奉。

显然，他认定两个人都可以有自己的位置。

装，稍稍有些烦恼；有时他叹口气，没好气地把视线从我们母子身上挪开。我确信母亲完全明白他那点儿愿望，因为，只要她那位胆怯的求爱者在场，她总是格外夸张地表现她的温情；她甚至乐此不疲，首先，她身上那位不成功的戏剧演员巴不得有观众，其次，我们那位"被排斥者"的态度，更强化了我们之间的同谋关系，且在所有人面前表明，我们这个无法攻克的王国是何等地坚不可摧和绝对安全。尔后，有一天，当五点钟的托盘端到我面前，放在花园一张桌子上时，扎朗巴先生做出了一个举动，这举动来自一个如此腼腆而持重的人，无异于大胆的示威，无异于感情的无声但却强烈的宣言。他从椅子上站起来，没有受到邀请就坐到我的桌边，伸手从我的筐里拿起一个苹果，果断地咬了一口，一面以挑战的眼光瞧着我母亲。我吃惊得张大了嘴。我们怎么也不相信扎朗巴先生会这么放肆。我们交换了一个愤怒的眼色，然后以那么一种冷漠的眼神盯着画家，可怜人硬着头皮嚼了一两下，又把苹果放回托盘，站起身，耷拉着脑袋拱着肩走开了。

不久，扎朗巴先生试图进行更直接的劝说。

在旅馆底层我自己的房间里，我坐在敞开的窗前，忙着润色我的小说最后一章。这是绝妙的最后一章，我至今还在遗憾再也没写出能超过它的篇章。在那个时期，我的功劳簿上至少有二十篇最后一章。

母亲在花园里喝茶，扎朗巴先生站在她旁边，微俯着身子，一只手已搁在椅背上，等待请他坐下的一声邀请，而这声邀请却迟迟不来。由于有一个话题永远不会让我母亲漠不关心，他毫无困难地引起了她的注意。

"尼娜，有一件事，我早就想和您谈了。是关于您儿子的事。"

她总是喝太烫的茶，嘴唇被烫以后，她便按她的怪习惯吹着茶杯让它冷却。

"我听着呢。"

"身为独子从来不是好事 —— 甚至可以说相当危险。这种人习惯于把自己当成世界的中心，这种不与任何人分享的爱，注定了您以后的诸多失望。"

母亲掐灭她的高卢香烟。

"我不打算收养另一个孩子。"她干巴巴地回答。

"噢！我不是这个意思。"扎朗巴先生嗫嚅着，不停地凝视那张椅子。

"请坐吧。"

画家欠了欠身，表示感谢，坐下了。

"我只是想说，应该设法使罗曼感到自己不完全是唯一的，这很重要。对他来说，成为您生活中唯一的男人不是什么好事。这种排他性的情感，会使他今后与女人们相处时过分苛求。"

母亲推开茶杯，拿起另一支高卢香烟。扎朗巴先生忙给她递上火。

"您到底想说什么，詹尼先生①？你们这些波兰人，说话总是绕着大圈，曲里拐弯的，难怪你们跳华尔兹十分出色，可有时未免太复杂了。"

"我仅仅想告诉您，如果您身边有另一个男人，将对罗曼有所帮助。当然，前提是这个人得通情达理，而且表现得不怎么苛刻。"

她半闭着眼，在香烟的烟雾后面十分专注地观察他，我可以将她的表情界定为善意的嘲弄。

"请您理解，"扎朗巴先生垂着眼睛继续说，"我从来不认为母亲的爱有什么过分之处。就我个人而言，我从来没领略过这样的爱，我不断地掂量着自己的损失。您也知道，我是个孤儿。"

"您肯定是我见过的最老的孤儿。"母亲说。

"年龄说明不了什么，尼娜，心是永远不老的。举目无亲、形影相吊给它留下的深刻印象，难以磨灭，只会越来越强烈。我当然知道自己的岁数，但人与人的关系在成熟的年龄段会以……怎么说呢？会以更愉悦和平稳的方式发展。如果您能让另

---

① 原文为波兰语。

一个人分享您照顾儿子的那份温情，我敢说罗曼会变成一个更加自强自立的人。这也许能使他避免一生都为某种内在的专横需要而受折磨，但愿我能表达清楚，万能的女性……但愿我能帮助您，同时也帮助您儿子……"

他中断了谈话，在一道令他沮丧的目光注视下，尴尬地闭上了嘴。母亲用鼻子深深吸了一口气，发出嗞嗞的声音，这是俄国农民表示心满意足的方式。她笔直地坐着，两手平放在腿上。然后她站了起来。

"您疯了，我可怜的朋友，"她说，"我熟悉愤怒的时刻可以使用的所有词汇，我本可以选择一个温和的字眼，可那阻止不了任何希望。"说完，她站起身，高昂着头，神态无比庄重地走了。

扎朗巴先生悲伤的目光突然遇到了我的目光。他没有发现我就在窗子后面，他显得更加羞愧了，仿佛在偷我的弹球时被我逮了个正着。我一心想要使他放心，而最好的办法是表示我已经把他当未来的继父对待。而且我也必须知道，如果他打算负起对我们承担的责任，他能否表现出相应的境界。

我站起来，俯身在窗台上。

"詹尼先生①，您能借给我五十法郎吗？"我问。

扎朗巴先生的手立刻伸向他的钱包。如今对求职者进行心理测试已成风尚，而在那个时代还鲜为人知；所以我可以说是这方面的先驱。

经历了这次对我们王国的正面冲击以后，我的朋友显然变得明智多了：对他而言，向我母亲献殷勤的最佳方式，就是赢得我的好感。

于是我得到了一个漂亮的鳄鱼皮钱包，里面谨慎地放进了十五美元，接着是一个柯达相机，然后是一只手表，我把礼物当作保证金，因为，一涉及家庭的未来，人们往往不够谨慎。扎朗巴先生很明白这一点。所以不久我又有了一支华特曼名牌钢笔，我简朴的书架也进入了火爆的繁荣时期。戏票和电影票随时伺候，我无意中还给大蓝海滨浴场的伙伴们描述了我们最近购置的佛罗里达的产业。

扎朗巴先生不久便断定对我可以完全放心，于是向我提出要求的一天到来了。

我因有点儿感冒而卧床，四点半钟，我们的追求者敲门并走了进来，赶在我母亲之前给我送来已成定例的水果、茶、蜂蜜和我最喜欢的点心。我穿着他的大马士革睡衣和他漂亮的室内便袍。他将托盘放在床上，给我倒了一杯茶，问了问我的体温，拿过一张椅子，坐下了。他拿着手绢，身穿灰色粗呢服装，侧影长长的。他用手绢擦拭着前额。我很同情他的紧张。求婚往往是个困难的时刻。我忽然有点不安

---

① 原文为波兰语。

求婚往往是个困难的时刻。

地想起他父母死于肺结核，是否应该向他索取一张健康证明呢？

"亲爱的罗曼，"他开始了，不乏某种程度的庄重，"当然，您了解我对您的感情。"

我拿起一串葡萄。

"我们对您有很深的友情，扎朗巴先生。"

我等待着，竭力装作满不在乎，心却狂跳不已。母亲将不必每天上百次地在那厨房通餐厅的可恶楼梯上跑上跑下。她可以每年去她那么热爱的威尼斯休闲一个月。她用不着每天早晨六点钟往布法市场奔波，而是乘坐马车在英国人散步道游逛，冷冷地瞧着那些"冒犯"过她的人。我终于能动身去征服世界，而且满载荣誉地及时归来，使她的生命终于焕发异彩，使正义得到伸张。我也瞧见了海滩上我那些小伙伴的脑袋，这时他们将看见我出现在我的蓝帆快艇的栏杆旁 —— 我特别强调蓝色，因为我对一个秘鲁小姑娘吕西塔产生了兴趣，我的情敌不折不扣正是发现了鲁道夫·瓦伦蒂诺①的名导演雷克斯·英格拉姆。秘鲁小姑娘十四岁，雷克斯·英格拉姆已经快五十了，我是十七岁多一点儿；所以，船帆必须是蓝色②的。

我想象在佛罗里达的美好生活：一座白色的大房子，温暖的海水，洁白无瑕的海滩 —— 哇，这才是真正的生活。我们将去那儿度蜜月。

扎朗巴先生擦拭着额头。我在他的指头上看见了镌有我们的古老世家 —— 扎朗巴家家徽的戒指。他肯定会把他的姓氏传给我。我非但即将有个小兄弟，还会有自己的祖先。

"我已经不年轻了，罗曼先生③。应该承认，我的奢望超过了我所能做的奉献。但我向您保证，我将尽我所能照顾您的母亲，这样您就可以完全献身于您的文学事业。一个作家要发挥出自己最好的水平，首先得有平静的心情。我会关注这一点的。"

"我相信我们在一起会很快乐，詹尼先生④。"

我有点儿不耐烦。他直截了当求婚不就得了，何必跑到这儿来，神经质地擦额头。

"您到底要说什么？"我甩出这个问题。

真奇怪。几个月来我一直等待着这一刻，现在这个人即将请求和我母亲结婚，我心里倒别扭起来。

"我希望尼娜能接受我做她的丈夫，"扎朗巴先生连声音都变了，仿佛正准备像竞技场上所说的那样，"不惜冒生命危险"，"您以为我有这个福分吗？"

---

① 鲁道夫·瓦伦蒂诺（1895—1926），美国著名男演员。
② 蓝色代表青春。
③ 原文为波兰语。
④ 同上。

我皱紧了眉头。

"我不知道。我们已经有好几个求婚者了。"

我明知自己有点儿信口开河，但扎朗巴先生急了，立刻站了起来。

"是谁？"他雷鸣般地问道。

"我觉得说出这些名字很不妥。"

扎朗巴先生好不容易恢复了自制力。

"当然，请原谅。我希望至少能知道我是否是您的首选。根据您母亲对您的爱，我知道您在她的决断中所起的作用。"

我友善地瞧着他。

"我们对您很有好感，詹尼先生①。但是，您当然理解，这是一个重大的决定。我们不该仓促表态。我们要想一想。"

"您会在她面前为我说话吗？"

"到时候，会……好吧，我是这么想的。请给我们时间好好考虑这一切。婚姻毕竟是件严肃的事。确切地说，您有多大岁数了？"

"五十五岁，唉……"

"我还不到十八，"我回答，"我不能冒冒失失把我的生命朝一个没有料想到的方向扔去，而不弄清楚我究竟是往何处去。您不至于要求我立马做决定吧。"

"我明白，"扎朗巴先生说，"我只是想知道，我的意愿能否优先得到您的赞同。若说我从来没结过婚，那恰恰是因为我不是个规避家庭责任的人。我必须等到自己有了足够的信心。我相信您将来不会后悔自己的选择。"

"我答应您好好想想，就这样吧。"

扎朗巴先生站起身，显然轻松了许多。

---

① 原文为波兰语。

"您母亲是个很特别的女人，"他说，"我还从来没见过像她那样的奉献精神。我希望您能设法说服她。我等着您的回音。"

我决定等母亲一回来就和她谈这件事。她每次从市场回来 —— 整整两小时在那些摊位前指手画脚，行使她对商贩们的权力 —— 总是心情极佳。我仔细地着装打扮，理了发，系上画家送给我的一条漂亮的绣有银色火枪手的海军蓝丝质领带，买了一束刚开始绽放的红玫瑰。第二天，将近十点半钟，我在前厅等候着，紧张的心情只有在七楼自己房间里等得心焦的扎朗巴先生能够理解。我很明白，我们这位垂着胡须的求婚者所寻求的，更多地是一个母亲，而不是妻子，但他是个非常殷勤体贴的人，他会以母亲此生从未见识过的敬重态度来对待她。当然，人们可以对他作为画家的才能存疑，但毕竟，家里有一个实实在在的创作者就够了。

母亲发现我在客厅里，笨拙地抱着那束花。我默默地把花递给她，一句话也说不出来。她把脸埋在玫瑰花里，然后抛给我一个责备的目光。

"没必要这样！"

"我有话和你说。"

我做了个手势让她坐下，她在门口一张磨损的轻便小沙发上坐下了。

"听我说。"我说。

但是找到词儿可没那么容易。

"我 …… 呃 …… 这是个很好的人。"我嗫嚅着。

这就够了。她立刻明白了我的意思。她抓起花束，以一个断然的、轻蔑的大动作，把花扔到前厅的另一边。花束撞翻了一只花瓶，挟带着一声凄惨的尖音，在地上跌成了碎片。意大利女佣莉娜急忙跑进来，看见母亲脸上的表情，立刻出去了。

"但毕竟，嗨！"我大声嚷道，"毕竟他在佛罗里达有一份漂亮的产业！"

她哭了。我竭力保持冷静，但是，我们之间一如往常，总是她的激动压倒了我，接着是她自己感情迸发，按照情感戏的好传统，每斗一个回合感情都会进一步提升。

我想对她喊道，这是她最后的机会，她身边需要一个男人，而我不可能是这个男人，因为我早晚会离开，留下她孤零零一个人。我尤其想告诉她，由于对她的爱，没有什么是我做不到的，除了一件事，即放弃我作为男人的生活，放弃按我的理解安排生活的权利。然而，随着感情和与之对立的思想在头脑里相互碰撞，我认为在某种意义上应竭力摆脱她，摆脱她那吞没一切的爱，摆脱她那温情的沉重负担。我有无数个理由反抗并为自己的独立而斗争，但我不太能把握什么时候可以强硬，什么时候正当防卫该适可而止。

"听我说，妈妈，目前我还没有力量帮助你。而他能。"

"我绝对不愿接受一个五十岁的儿子！"

"这是位高贵的先生，"我大声嚷道，"举止无比优雅。他在伦敦置办服装！他……"

于是我犯下了那个最大的致命错误。我永远弄不懂我怎么直到十七岁还对女性如此无知。

"他会尊重你，一直尊重你，他对待你会像对待一位贵妇……"

她的眼睛含着泪水，笑了。她慢慢站起身。

"谢谢你，"她说，"我知道，我老了。我知道我的生活中有些东西已经一去不复返。只是，罗曼奇卡，我有过一次，唯一的一次，狂热地爱上了一个人。这是很久以前的事了，可我一直爱着他。他不尊重我，从来不曾像绅士那样对待我。但他是个男人，不是个小男孩。我是女人，不错，已经老了，可还记得这一点。至于这位蹩脚画家……我有一个儿子就足够了。我拒绝接受另一个。让他见鬼去①……见鬼去吧！"

我们默默无言地待在那儿，待了很长很长时间。她瞧着我微笑了。她知道我脑

---

① 原文为波兰语。

子里转了些什么念头。她知道我梦想着远走高飞。

但我没有远走高飞。我封闭在回忆里，关于一个十分罕见的女性的回忆……

我只剩下一件事要做，即把拒绝之意告诉我们的求爱者。这可不是件好办的事。若说向一个男人宣布一个女人不愿接受他十分困难，那么，通知一个小男孩，说他已失去寻得一个母亲的最后机会，那就更难以启齿了。我在自己房间里待了一个小时，坐在床上，阴沉地望着墙壁。

给别人造成痛苦总是令我产生一种无法克服的抵触与反感，这大概是我性格软

她知道我梦想着远走高飞。

弱、缺乏坚强意志的表现。我知道，我在这儿苦思冥想，寻找向朋友婉转宣布坏消息的最佳方式的时候，我的朋友正在房间里心急如焚地等待着。终于，我找到了一个在我看来温和且有说服力的解决办法。我打开衣橱，取出从未来养父那儿收到的室内便袍、绣着火枪手的领带、柯达相机、睡衣、钢笔和其他"保证金"，摘下手腕上的手表。然后我上楼，敲门，被邀请入内。扎朗巴先生坐在扶手椅上等待着。他脸色发黄，看上去仿佛一下子就衰老了。他没有提任何问题。我把那些东西一件一件放在床上的时候，他只是悲伤地注视着我。接下来我们依然默默无言，分别时也没有说一句话。

第二天，他没有和我告别就早早乘上了文蒂米利亚列车。他将我退还给他的那些礼物留了下来，整整齐齐摆在床上，特别抢眼的，是那条绣着火枪手的领带 —— 我把它保存在某处一个角落里，但从来没有再戴它。达达尼昂在我身上已经过时了。

我照镜子的时候，常想起扎朗巴先生。我觉得自己有点儿像他，这令我不无几分惆怅，因为，毕竟，嗨！我和那时的他相比，至少还有几年好日子，而那时他已经是个日趋衰老的人了。

第二十三章

我于一九三三年十月离开尼斯，去普罗旺斯地区的艾克斯大学法律系就读。从尼斯到艾克斯要坐五小时汽车。离别的情景令人心碎。在众人面前，我尽力克制自己，摆出一副男子汉气概，略微呈现嘲讽神情。这时候，母亲忽然佝偻了，显得好像矮了半截。她这样待在那里，眼睛紧紧地盯着我的脸，嘴巴张开，显出无法理解的痛苦表情。汽车开动了，她在人行道上走了几步，接着停住脚步，哭了起来。今天我还看到她手上拿着那一小束我送给她的紫罗兰。我仿佛顿时成了一尊雕像。说实话，由于当时汽车上有一位漂亮姑娘望着我，我才恢复了常态。我总是在公众面前才有最好的精神状态。旅途中，我认识了她。她是艾克斯城一个肉食店的店员，说看到我们离别的情景，她差点儿哭了。我又一次听到这句我那么熟悉的话："一点儿不假，你母亲是真心实意爱你呀！"她说着这话，轻轻叹一口气，目光茫然，显得若有所思。

在艾克斯城鲁-阿尔菲朗大街，我租了一个房间，每月租金六十法郎。母亲那时候挣五百法郎，一百法郎买胰岛素和其他医药用品，一百法郎用于抽烟和日常开销，剩下的钱就供我上学，还有一些钱用于母亲所说的适当"安排"。尼斯的长途汽车几乎每天给我捎来一些食品，这是从梅尔蒙旅馆兼膳宿公寓的存货中提取的。我的阁楼窗户周围的屋顶渐渐变得像布法街市场的货摊了。悬挂着的香肠随风摆动；鸡蛋排列在檐槽里，让鸽子们见了大为吃惊；奶酪淋雨后膨胀起来；火腿、羊腿和烤肉搁在瓦片上产生了静物画的效果。我这儿真是什么都有：腌黄瓜、龙蒿芥末、希腊哈尔瓦酥糖、蜜枣、无花果、柑橘和核桃，布法街市场的货商有时还随兴送来一

她是艾克斯城一个肉食店的店员。

于是我结交了一些朋友。

些东西：潘达勒奥尼先生的奶酪鳀鱼比萨饼、贝比先生的"蒜荚"——这是一种著名而奇特的风味食品，看上去像普通的糕点，吃进嘴里会立刻融化，先后散发出意想不到的滋味，有奶酪、鳀鱼、蘑菇的味道，最后忽然有大蒜味道，我后来一直没有尝到过。另外还有整块的牛肉，这是让先生个人送给我的，是屋顶下唯一正宗的牛肉，它使著名的巴黎牛肉罐头黯然失色。我的食品库的名声越来越大，响彻米拉波大道。于是我结交了一些朋友：一个名叫圣多姆的吉他手兼诗人；一个年轻的德国学生作家，他的雄心是要利用南方使北方富裕起来，还是利用北方使南方富裕起来，反正我也搞不清了；另外还有在塞贡教授门下学哲学的两个大学生；当然还有我这位肉食店的女店员。我在一九五二年再次遇见她，那时她已经是九个孩子的母亲了，这证明上天是在关照我，因为我与她从来没有过不愉快的经历。空闲时，我在"两个小伙子"咖啡馆消磨时间。我在那里的梧桐树下写了一部小说。母亲常常给我寄来简短的便函，字句很有分量，鼓励我勇敢地坚持下去。这些句子就像将军在失败前夕向部队发表的讲话，充满热情洋溢的胜利和荣誉的许诺。当我在一九四〇年从墙上读到雷诺[①]政府的"我们必胜，因为我们最强大"这句著名口号时，我带着温情的嘲讽想到了我的司令员，我常常这样想她：早上六点钟起床，点燃她的第一支烟，烧开水煮她的针管，把胰岛素注射器插进她的腿部，正像我多次看到的那样；她拿起铅笔，草草写下一天的日程，把它扔在一个盒子里，然后向市场跑去。"鼓足勇气，孩子，你一定会满载荣誉，衣锦还乡……"对，就是这样简单，她极其自然地捡起了人类最古老最纯朴的口头禅。我相信她自己需要这些简函，她为我而写，但更是为了说服自己，鼓励自己。她还恳求我不要进行决斗，她的脑子里总是想着普希金和莱蒙托夫是在决斗场上死去的。在她看来，我的文学才能至少能与他们匹敌，所以，她怕我走上这条道路就会落得和他们一样的下场。我丝毫没有忽视我的文学创

---

①　雷诺（1878—1966），法国政治家，一九四〇年时担任总理。

作，很快完成了一部新小说，寄到出版社去。我的作品第一次受到重视，一个名叫罗伯尔·德诺埃尔的出版商亲自给我写了回信。他在信中叫我读一读他的一个读者的一篇论文。看来，他翻阅了几页我的作品后，把它交给了一位著名的精神分析学家，也就是玛丽·波拿巴公主。他现在寄给我她长达二十页的关于《死者之酒》的作者的论文，这意思是很明白的：我有阉割情结、粪便情结、恋尸癖，以及其他多种怪癖，就是没有恋母情结，我对此感到纳闷。我首次感到自己已经"是个人物"，终于开始证实母亲对我的期望和信任。

我的书稿虽然被退了回来，那份对我的精神分析报告却使我感到很高兴。我尽量摆出我今后该有的神情和态度，把这份材料拿给大家看，朋友们很感兴趣。尤其是粪便情结，实实在在地证明了我有一个阴暗而痛苦的灵魂，大家觉得这时髦极了。在"两个小伙子"咖啡馆里，我当之无愧地成了中心人物。可以说，成功的曙

一个阴暗而痛苦的灵魂

光已初步照耀在我年轻的额头上。只有我那位肉食店女店员对报告做出了意料之外的反应。我天性中超出常人的魔鬼的一面，她在此之前从未怀疑过，现在却被公之于世，这促使她立马向我提出了远超我各种能力范围的要求；当性格善良纯朴的我面对她的某些提议震惊不已时，她痛苦地指责我的残忍。总之，我担心自己名不副实。然而，我根据自己患有恋尸癖和阉割情结这种观点，开始培养一种命中注定的行为。我在公众面前出现时总是带着一把小剪刀，愉快地开开合合。当有人问我拿着剪刀做什么时，我会回答："我不知道，我没法控制自己。"我的朋友们面面相觑，一言不发。我在米拉波大道上展示着成功的苦笑，并很快在法律系以弗洛伊德的信徒而闻名。我虽然从来没有谈论过弗洛伊德，手头却常常有一册他的著作。我自己动手把这份报告打印装订二十份，向大学里的女孩子们散发。我给母亲寄去两份拷贝，她的反应完全和我一样：不管怎么说，我终于出了名，我得到了这二十页的评价，而且是由一位公主写的。她请梅尔蒙旅馆兼膳宿公寓的顾客阅读这篇评论。我读完法律系一年级，回到尼斯时，受到饶有趣味的接待，度过了一个愉快的假期。唯一令我母亲感到有些忧虑的是阉割情结，因为她怕我会对自己做出傻事。

梅尔蒙旅馆兼膳宿公寓生意兴隆，母亲每月能挣将近七百法郎。她于是决定送我去巴黎读书，以便进入社交场合。母亲认识一位退休上校，一个过去驻殖民地的被除名的高级职员，还有一个抽鸦片的法国驻中国副领事，他来尼斯做戒毒治疗。他们都表示可以帮助我。母亲觉得我们的生活有了稳固的基础，前途得到了保障。但是另一方面，她的糖尿病越来越重，胰岛素的用量也越来越大，引发了低血糖症。有好几次，她从市场回来时，晕倒在马路上。低血糖昏迷如果来不及诊断和抢救，一般就要导致死亡。不过，为了预防这一危险，她找到一个简便的办法，采取了谨慎措施。出门前，她先在大衣里面显眼的位置别上一块牌子，上面写着："我是糖尿病患者，如果我晕倒了，请取出我手提包里的糖袋，让我服用糖。谢谢。"这确实是个很好的主意，使我们减少了不少担心，母亲每天早上也能提着拐杖信心十足地上路。有时候，我看到她跨出家门，走上大街，会突然感到极度不安，无法排遣那种无能为力、羞耻和惧怕的恐慌情绪，额头上渗出了汗珠。有一次，我小心翼翼地向她提议，我是否最好中断学习，找工作挣钱。她一句话也没有说，用责备的目光瞧了我一眼，哭了起来。我以后再也没有提起这个问题。

我只听到她抱怨那条从餐厅通向厨房的环形楼梯。那道楼梯她一天要上下二十次。不过，她对我说，医生认为她的心脏"正常"，没有什么可担心的。

我已经十九岁了。我不想总靠女性养活我。我很痛苦，一种丧失男子汉气概的感觉苦苦折磨着我。我像所有在我之前、努力确认自己的男子汉气概的男人一样，和这种感觉斗争。但这还不够。我依赖她的工作和健康而活着。至少还得再过两年，我才能开始实践诺言，带着少尉军衔的袖饰返回家园，给她带来她生命中的第一次胜利。我没有权利躲避，没有权利拒绝她的帮助。我的自尊心，我的尊严和男子汉气概都微不足道，我的神话般的前途才是她性命攸关的大事。我不能发怒，不能厌烦。现在不是耍态度、作怪相、胆怯害臊或夸夸其谈的时候，也不是讨论道德意义，得出哲学或政治结论和引出教训的时候，这些都应该放到以后去做，因为我知道，从我幼年时代起，我的血肉便无可辩驳地注定要去为建立一个没有被遗弃者的世界而奋斗，在这之前，我必须忍辱负重，继续争分夺秒完成我的工作，以实践我的诺言，赋予这个荒谬而甜蜜的梦以生活气息。

我还要学两年法律，然后服两年兵役，然后……我每天要用十一个小时写作。

有一次，潘达勒奥尼先生和布西先生用一辆出租车把母亲从市场拉回来。她的脸色还是那样灰暗，头发蓬乱着，但嘴上已经衔上一支烟，准备用微笑来安慰我。

我没有负罪感。不过，我所有的书之所以都在呼吁尊严和公正，之所以那样大声疾呼做人的荣誉，也许是因为我二十二岁前一直依靠一个有病的劳累过度的老妇人的工作而生活。我真想埋怨她。

272

马约卡岛

这些书终究使她处于这种引人注目的境地。

第二十四章

一件意外的事把这一年夏天搅得很不安宁。一天早晨，一辆出租汽车停到梅尔蒙旅馆兼膳宿公寓门口，下车的便是我那位肉食店女店员。她走到母亲身边，开始号啕大哭，嚷着要自杀，要自焚。母亲显得很得意：这完全是她期待于我的，我终于成了一个上流社会的人。当天，这件事传遍了整个布法街市场。至于我的这位女店员，她的要求很简单：我必须娶她为妻。她以被抛弃的未婚母亲的身份，用一种颇为奇特的理由论证她的要求：

"他叫我读普鲁斯特①、托尔斯泰和陀思妥耶夫斯基的书，"姑娘痛苦地说，看她的眼神真令人心碎，"现在，我怎么办呢？"

应该说，母亲对我明白无误的意图感到很吃惊。她尴尬地看了我一眼。我确实做得太过分了。我自己也很窘迫，因为我确实向阿黛尔灌输了普鲁斯特的东西，她似乎已经准备好了新娘的礼服。愿上帝宽恕我！我甚至让她背诵《查拉图斯特拉如是说》②那几段，我显然不想再踮着脚尖退回来 …… 确切地说，她的怀孕不是我的书引起的，但这些书终究使她处于这种引人注目的境地。

使我害怕的是，我觉得母亲变得越来越软弱。在阿黛尔面前，她忽然变得异常温和，她们两人建立起一种奇怪的女性联盟，成了新的朋友。她们用责备的眼光打量我，一起叹息，一起窃窃私语。母亲待阿黛尔十分亲切，请她喝茶和品尝她亲手

---

① 普鲁斯特（1871—1922），法国著名作家。
② 查拉图斯特拉，伊朗古代宗教改革家。《查拉图斯特拉如是说》是德国哲学家尼采的散文诗，诗中发挥了他的意志论和超人学说。

制作的草莓酱，当然她自己是不多吃的，净让少数几位好朋友吃，然后请他们发表一下评论。我的这位肉食店女店员很乖巧，能说会道，我觉得这下完了。喝完茶，母亲把我叫到办公室。

"你真心爱她吗？"

"不。我喜欢她，但不是爱情。"

"那么，你为什么向她许诺？"

"我没有许诺。"

母亲用责备的眼光望着我。

"普鲁斯特的作品有多少部？"

"妈妈，你听我说……"

她摇了摇头。

"这不好。"她说，"不，这样不好。"

突然，她的声音颤抖了。我惊愕地发现她哭了。她凝视着我，这专注的神情是我极其熟悉的，她的目光留驻在我脸部的每一根线条上 —— 我立刻明白她是在寻找它们之间的相似点。我真怕她叫我走近窗户，抬起眼睛。

她终究没有强迫我娶这位肉食店的女店员，使这位姑娘避免了痛苦的命运。二十年后，阿黛尔得意地把我介绍给她的九个孩子，一家人向我表示热烈的感激之情，我对此一点儿不觉得惊奇：是我的坚持才使他们有了今天。阿黛尔的丈夫做得很对：他和我长时间地热情握手。我望着迎向我的那九张天使般的脸，感受到这个美好家庭祥和静谧的气氛。我悄悄地瞧了瞧书架，那上面只放着一部《懒虫的故事》。我觉得我这一生毕竟有过一些作为，有节制地当过好爸爸。

秋天来了，我马上要动身去巴黎。启程前一星期，母亲搞了一场信仰游戏。过去，她谈起上帝，总是跟谈论那些卓有成就的人那样，怀着某种因循守旧的敬意。她对待造物主，完全像对待有地位的人那样，口头上恭恭敬敬。可是这次，她穿上大衣，拿起手杖，真的要我陪她上皇家公园的俄罗斯教堂，这使我感到异常惊讶。

"可是，我认为，我们或多或少是犹太人？"

"不要紧，我认识东正教神父。"

我觉得这个解释颇有道理。母亲信仰的是私人关系，包括跟上帝的关系。

我青少年时代曾经多次皈依上帝。当母亲第一次犯低血糖病，而我无力从她的昏迷中拯救她时，我甚至真正地改了宗，虽然是暂时的。看着她土灰色的脸、歪向一侧的脑袋和按在胸口上的那只手，看着她没有一点儿力气支撑偌大的身躯，我便不顾一切地迅即奔向路边一座最近的教堂，那正是圣母院。我怕母亲看见，是偷偷地跑去的。我去寻求外援。这是我第一次瞒着她做事，也是她健康状况开始恶化的标志。我担心，她会立即想到我不再依靠她，而去求助别人，想到我把她抛到一边。但是，我很快感到，我对神圣的上帝的想象，与我在世上看到的一切，是那样不协调。我愿意在人间看到母亲脸上幸福的笑容，但是我又不能接受"无神论者"这个

我立刻明白她是在寻找它们之间的相似点。

277

词，我认为它是愚蠢而狭隘的，散发出历史尘埃的霉味。

"好吧，我们上皇家公园的俄罗斯教堂。"

我把手臂伸给她。她走路相当快，步履坚定，正是那些拥有生活目标的人跨出的那种步子。她已经戴上了玳瑁架眼镜，使她的绿眼睛显得更美了。她脸上有了皱纹，气色比以前憔悴，腰板也没有过去那么挺直。她越来越离不开那根拐杖。然而她才五十五岁。她腕部还患了慢性湿疹。实在不应该让人们受这样的痛苦。那个时期，我常常梦见自己变成了一棵树，树皮又粗又硬，或是变成了一头象，皮比我的皮肤要厚一百倍。有时候，还发生 —— 直到今天还在发生 —— 这样的事：我拿起花剑上场决斗，连习惯性的招呼也不打就挥舞起来，两剑交锋迸发出一道道闪光。我摆开架势，向前冲刺、跳跃、猛扑，力图刺中对方，有时发出一声"啊"的叫喊，继续向前冲去。我追寻敌人，佯攻，防卫，有点儿像过去在皇家花园的网球场上那样，为了追逐那些无法接到的球而绝望地东奔西跳。

所有这些剑客中，我最钦佩马尔罗。我喜欢和人决斗。我觉得马尔罗是一位伟大的自身悲剧——更确切地说，是哑剧，具有普遍意义的哑剧——的作者和演员，他关于艺术的诗章尤其可以证明这一点。当我独自站在山冈上，面向天空，手里耍弄着三个小球显示我的技能时，我便想到了他。他无疑能与昔日的卓别林并驾齐驱，是本世纪人类命运哑剧最令人心碎的演员。这一仅限于艺术的突如其来的遐想，这只伸向永恒而只能抓住另一只手的手，这一围于自我的真知灼见，这一震撼人心的向往着突破、预测、超越、克敌制胜，而最后只能造就美的愿望，所有这一切，在决斗场上都是对我的亲切鼓励。

我们沿着卡尔洛纳大街向扎勒维契大街走去。教堂空无一人。能享受这样的优遇，母亲似乎很高兴。

"只有我们两人，"她说，"不用等了。"

她这样说着，好像把上帝当成了医生，而我们又有幸在他空闲时来到这里。她在胸前画了十字，我也跟着画了十字。她在祭坛前跪下，我跪在她的旁边。她的脸颊上流下了眼泪，嘴唇在微微抖动，吟着古老的俄罗斯祷文，不时重复着"耶稣基

督"这个词。我垂着眼帘，待在她身边。她用手敲着自己的胸部。有一次，她喃喃地对我说，并没有转过脸来：

"你向我发誓，永远不接受女人给你的钱。"

"我发誓。"

她没有想到自己也是女人。

"上帝啊，扶助他自立成人，走上正路，不要让他生病。"

接着她向我转过身来：

"你向我发誓，要处处小心，答应我别染上病。"

"我答应你。"

母亲在那里又待了很长时间，没有祷告，只是哭泣。尔后，我把她搀扶起来，

我们一起走出教堂。她擦着眼泪，忽然显得很满意。当她最后一次回头仰望教堂时，脸上甚至显现出一丝几乎是孩子般的狡黠神情。

"谁能说得准呢。"她说。

第二天早晨，我乘长途汽车去巴黎。出发前，按照俄罗斯传统的迷信习惯，我静坐了片刻，这是为了驱邪。她给了我五百法郎，一定要我装在衬衫里面紧贴肚子的一个钱袋里，大概是为了防止强盗抢劫。我暗暗下了决心：这是最后一次接受她的钱。我当时觉得如释重负，虽然我以后并没有完全做到。

到巴黎后，我住进一个旅馆的小房间，闭门不出，全身心投入写作。法学院的课程都荒疏了。中午，我到蒙夫塔尔街买点儿面包、奶酪，当然还有腌黄瓜。一买到腌黄瓜，马上在街上大口大口吃起来，从来没有一次原封不动地带回住处。好几星期内，我唯一感到心满意足的事，就是吃腌黄瓜。但是，诱惑在不断出现：当我背靠着墙，站在马路上吃东西的时候，我的眼睛好几次被一个姑娘所吸引。她那美丽的黑眼睛，棕色的头发，温柔无比的韵致，都是我从未见过的。她和我同一时刻上街买东西。我一上马路，总要偷偷注意她的行踪。我对她并没有什么期待 —— 甚至不会送她电影票，我的全部愿望是，一边吃着腌黄瓜，一边欣赏她。我总有这样的习性：在美的形象、风景、色彩和女孩面前，就会增加食欲。姑娘终于发现我吃腌黄瓜的同时，在用奇异的眼光打量她。她大概对我吃生冷食物的胃口和狼吞虎咽的速度感到吃惊，便定睛看了看我，然后走过我的身边，微微笑了笑。后来，有一天，当我比平常更贪婪地吞咽着一条大黄瓜的时候，她忍不住了，走过我身边时带着真诚关心的语气对我说：

"瞧您，您会撑坏肚子的！"

我们成了熟人。我感到庆幸的是，我到巴黎后爱上的第一个姑娘是个完全没有私心的人。她是一位大学生，和她妹妹一样，无疑是当时拉丁区最漂亮的姑娘，那些拥有汽车的年轻人正狂热地追求她。二十年后的今天，当我在巴黎偶然遇上她时，

我全身心投入写作。

腌黄瓜从来没有一次原封不动地带回住处。

蒙夫塔尔街

我唯一感到心满意足的事……

我的全部愿望是

一边吃着腌黄瓜，一边欣赏她。

我的心还会比平常跳得快，我会走进路旁最近的一家俄国杂货铺，买半公斤腌黄瓜吃。

有一天早晨，当我的口袋里只剩下五十法郎的零用钱，不得不向母亲伸手的时候，我打开一份《格兰古瓦》周刊，发现整整一个版面上登着我的中篇小说《暴风雨》，好几处用黑体字印着我的名字。

我慢慢地叠上周刊，回到家里。我丝毫不觉得高兴，相反，我感到异样的疲倦和沮丧：我完全是白费力气。

但是，这篇小说的发表却把布法街市场给轰动了。同业人士为母亲举行了一场小型酒会，发表了热情洋溢的讲话。母亲把这份报纸放在手提包里，以后一直带在身边，一旦与人发生争执，便把它从提包里取出来，打开，把印着我名字的那一页晃到对方的鼻子底下，说：

"别忘了，您是在跟谁说话！"

然后，她高昂着头，得意扬扬地走开，毫不理会身后惊讶的目光。

小说的稿费是一千法郎。这一次，我简直蒙了。我从来没有见过这么大笔的钱。我立刻产生极端的想法，感到这笔钱可供我一辈子花了。我做的第一件事便是跑到巴尔扎尔啤酒店，吃了两盘腌酸菜和盐水牛肉。我的胃口一直很好，随着我越来越瘦，我吃得越来越多。我在六层租了一个房间，窗子临街。我给母亲写了一封语气平静的信，信里说我和《格兰古瓦》周刊及其他好几家刊物签了长期合同，如果她需要钱，尽管来信告知。我通过电报给她寄了一大瓶香水和一束鲜花。我给自己买了一盒雪茄和一件运动衫。我抽雪茄感到有点儿恶心，但是为了像样的生活，还是把它们全部抽掉了。就在这种情况下，我紧握钢笔，接连写了三篇小说。可是，这三篇稿子不仅被《格兰古瓦》，也被巴黎其他刊物退了回来。以后半年内，我没有发表任何文章。我的作品被认为"文学性太强"。我过去不知道退稿的原因，现在终于明白了。在初次成功的鼓舞下，我尽情地满足自己贪婪的需要，不惜一切代价去抓住

那最后一个球，要一口气写到底。然而，由于我的臂力不够，我再次成为皇家花园网球场上跳来跳去的小丑。我的这种表演，不管怎样滑稽和可怜，只能使公众扫兴，因为我没有能力把握我没有抓住的东西，我没有得心应手的技巧来使公众满意，而专业人员总是善于在自己能力范围内发挥这种技巧。我花了很长时间才接受。读者理应受到一定程度的尊重，就像在梅尔蒙旅馆兼膳宿公寓一样，需要告诉顾客房间号码，交给他钥匙，陪他上楼，指给他看灯和必需品在哪里。

过了不久，我的钱袋很快空了，物质生活处于绝境，然而，我还不断接到母亲满怀骄傲和感激心情的来信，要我向她宣布未来杰作的发表时间，以便拿给街坊们看。

我不忍心告诉她我的沮丧心情。

我耍了一个巧妙的花招，直到今天还觉得很得意。

我给母亲写了一封信，说是刊物的经理人要我写些低级的商业性稿件，我不愿损害自己在文坛上的名誉，所以拒绝用我的名字签署这类稿件。我告诉她，在这类副产品上，我用的是各种不同的假名——同时我恳求她，不要向她周围的人泄露这种不得已的赚钱办法，以免引起尼斯中学的朋友和老师的不快，引起一切相信我的天才和正直的人的不快。

然后，我从容不迫地把每星期登在巴黎各种周刊上一些别人的文章剪下来，寄给母亲。我心安理得，感到完成了一件任务。

这个办法解决了精神问题，但物质问题仍然存在。我已经付不出房租，整天饥肠辘辘；但是，我宁可饿死，也不能损害母亲对我辉煌的想象。

每当我想到这段生活，脑子里总要浮现出那个极其黑暗的夜晚。从前一天起，我什么东西也没有吃。我常常去看望一个伙伴，他与他的父母一起住在勒古尔博地铁站附近。我注意到他们估计着我到来的时间，几乎总是留我吃饭。

我肚子空空，决定去向他们作一次礼节性拜访。我甚至带上我的一部手稿，准备念给蓬迪先生和夫人听。我饿极了，精确地计算着时间，想在上汤的时候到达。

我走到贡特卡帕广场就闻到一股土豆大葱汤的诱人香味，而到勒古尔博大街还要走四十五分钟 —— 我又没有钱乘地铁。我咽着口水，眼里肯定迸发着贪婪的光，因为那些与我交臂而过的单身女子都略略躲开我，并且加快了脚步。我相信还有匈牙利萨拉米香肠和巧克力蛋糕，因为以前也总有这两种食品。我觉得即使与情人约会，也从来没有过这种焦急的心情。

我终于到达了目的地。我怀着友好的情意按下门铃，但是没有人出来开门：主人出门了。

我坐在台阶上，等了一小时，又等了一小时，快到夜里十一点了，我最低限度的自尊心 —— 它总是存在的 —— 不让我继续等到午夜，在他们回来时，向他们乞求。

我站起来，踏上那条讨厌的沃奇拉尔街往回走。可以想象，我的心情是多么懊丧。

就在这里，我攀上了冠军生涯的另一高峰。

走近卢森堡公园，我从梅迪契酒家前经过。倒霉的是，在这样的深夜，我竟透过白色罗纱窗帘，窥见一位衣冠楚楚的先生正在品尝一块土豆烤牛排。

我停下脚步，看了那块牛排一眼，便晕了过去。

我不是因为饥饿而晕倒。我确实从昨天起就没有进餐，不过我那时体质很好，有时候两天不吃饭也可以干活，不管是什么活。

我是由于愤怒和屈辱而晕倒的。我不能容忍一个人处于这样悲惨的境况，直到今天，我也不能容忍。我看一种政治制度的好坏，是看它能给每个人多少食品，如果这种制度要为此而附加什么条件，我会感到恶心：人要吃东西，这是天经地义的。

我的喉头充塞怒火，我的两手紧握拳头，我的视觉昏暗了。我直挺挺地倒在人行道上，大概躺了很长时间。当我睁开眼睛时，周围已站了一大群人。我还是好好地穿着衣服，甚至还戴着手套。幸好谁也没有猜出我是怎样晕倒的。有人已经叫来救护车，我很愿意让他们把我送走：我知道一到医院，不管怎样，肯定有办法填饱肚子。但是，我没有这样做。我说了几句表示歉意的话，避开众人的注意，回到自

我是由于愤怒和屈辱而晕倒的。

己的住处。说来也奇怪，这时我倒不觉得饿了。屈辱和昏迷的冲击把肚子的要求推到了次要地位。我打开灯，拿起笔，开始写一篇题为《小妇人》的小说。几星期后，《格兰古瓦》周刊竟发表了这篇小说。

我扪心自问，发现自己过分认真，缺乏谦逊和幽默，对他人也不够信任，没有去充分探索人性的各个侧面。人的本性不是完全没有宽厚的一面。从第二天早晨起，我就开始进行体验，我的乐观想法被完全证实了。我借口钱包丢了，先向楼层的仆役借一百个苏①，然后到卡普拉德咖啡馆喝咖啡，坚定地把手伸进装羊角面包的筐子。我吃了七个羊角面包，又要了一杯咖啡。然后我严肃地盯着咖啡馆招待员的眼

---

① 苏，法国辅币名，二十个苏等于一法郎。

睛 —— 这个可怜人没有料到整个人类正通过他接受一次考试。

"该付多少钱？"

"几个羊角面包？"

"一个。"我说。

招待员看了看几乎已经空了的筐子。他转过身看看我，然后又去瞧瞧筐子，最后摇了摇头。

"妈的！"他说，"你在搞鬼，哼！"

"可能是两个。"我说。

"行了，行了！"招待员说，"别人不是蠢驴。两杯咖啡，一个羊角面包，总共七十五生丁。"

我眉开眼笑地离开了咖啡馆，心里有说不出的高兴，也许是因为吃了羊角面包。从这天起，我成了卡普拉德咖啡馆的常客。有时候，倒霉的朱尔 —— 就是这个高个子法国人 —— 轻声地嘟哝几句，却拿不出什么证据。

"你不能上别处去填肚子吗，啊？你给我找麻烦，我在经理面前不好交代。"

"我不能上别处去，"我说，"你就是我的衣食父母。"

有时候，他嘀嘀咕咕算起账来，我漫不经心地听着：

"两个羊角面包？你敢问心无愧地看我一眼？你敢再说一句？三分钟前，筐子里还有九个呢！"

我的态度很镇定。

"到处都有小偷。"我说。

"哎，真是见鬼！"朱尔说，脸上现出赞赏的神情，"你倒是个有胆量的。告诉我，你是学什么的？"

"法律。我已经取得了法学士学位。"

"好啊，你这个下流坯！"

　　我们就这样成了朋友。我的第二篇小说在《格兰古瓦》杂志上发表后，我送了他一份，上面签了我的名。

　　我估算了一下，一九三六年至一九三七年间，我在卡普拉德咖啡馆柜台上白吃了一千至一千五百个羊角面包。我把它看作这家咖啡馆给我的一笔赞助金。

　　我对羊角面包一直怀着极大的好感，它的形状，它的松脆和热乎乎的味道，给人以亲切友善的感受，现在，我吃得不像过去那么多了，我们之间的关系或多或少成了柏拉图式的关系。但是，我愿意了解它们，知道它们还在柜台上，在筐子里。它们对青年学生做出过比第三共和国更大的贡献，那些青年，正如戴高乐将军所说，都成了优秀的法国人。

第二十五章

《格兰古瓦》周刊及时登出了我的第二篇小说。母亲这时给我写了一封怒气冲冲的信，说她打算手持拐杖，教训一个旅馆的住客，这个人自称是我用安德烈·科尔蒂的笔名发表的一篇小说的作者。我感到十分惶恐：安德烈·科尔蒂确有其人，他是那篇小说的真正作者。得赶紧把母亲稳住才行。《小妇人》已经发表，荣誉的号角重新在布法街市场吹响。但是我现在懂得，光靠这支笔是不能生活的：我要寻找"工作"。这是我下定决心而又带着几分狐疑说出的一句话。

我先后当过蒙帕纳斯一个餐厅的招待、"精美"饭庄的三轮车送货员、"明星"大旅社接待员、电影里的龙套演员，还在"拉吕"和"里兹"饭店洗过餐具，在"拉贝鲁兹"旅店当过勤杂工。我在"冬天"和"咪咪潘松"马戏团干过活，为《时代》杂志拉过旅游广告，协助《如是》周刊的一名记者对巴黎一百多家妓院的装饰、环境和人员作过详细调查，而《如是》周刊从来没有发表过这份调查报告，我后来气愤地得知，我所做的工作 —— 我当时被蒙在鼓里 —— 原来是为"快乐的巴黎"旅行社游客提供秘密指南。那个"记者"随后逃之夭夭，无影无踪，我自然也没有得到分文报酬。我还贴过纸盒标签。我可能属于为数不多的干那种差事的人：在一个小玩具厂里，每天花三个小时，拿着毛笔给长颈鹿上色。这是一种十分精细的工作。那个时期，我干过的所有行业中，就数"明星"大旅社的接待员工作最轻松。旅社的领班经常对我气势汹汹，他藐视"知识分子"—— 要知道我是法学院学生出身。那里所有接待员都搞同性恋，一些十四岁的孩子说着并非暧昧的行话，主动向你提供明白无误的服务。我对此感到恶心。有过这种经历后，再为《如是》杂志采访妓院，好比去呼吸新鲜空气。

不要以为我在这里对同性恋者投了否决票。我对他们没有什么恶感，但也没有什么好感。那些最有经验的同性恋者常常悄悄地给我忠告，要我请人用精神分析法检查一下自己，看看我这种对异性的爱是否来源于童年时期的某种创伤，这种创伤现在是否还能治愈。我有一种略带忧郁的好沉思的性情，但我也很清楚，我们的时代已经有了集中营，有了形形色色的奴役和氢弹，已经发生了那么多的事，确实没有理由使人不发生变化……我们接受了懦怯、屈辱，接受了已经接受的一切，真不理解为什么忽然要互相厌恶，互相为难。但还是要看得远一些。我以为我们这个时代的人至少应部分保持自身的纯洁，以便为未来留一点儿东西，使人类有退让的余地。

我最喜爱的职业是当三轮车送货员。我一直喜欢观赏食品，拉着美味的菜肴，横穿巴黎大街小巷，一点儿不感到厌倦。我所到之处，人们都热情而满意地接待我，他们总盼望着我的到来。有一天，我送一份精美的夜宵——鱼子酱，香槟，鹅肝——真正的美味佳肴，到泰尔纳广场一个六层楼上的单身公寓套间。一位仪表不凡、头发灰白的先生接待我，他约莫有我现在的年纪，穿一件当时叫作"室内衫"的男式短上衣。餐具是两份。我认出他是当时一位非常有名的作家。他用厌恶的目光瞟了一眼我送来的食品。我突然发现他十分沮丧。

"孩子，你要记住，"他说，"女人没有一个是好东西。我本该明白这一点，我在这方面已经写了七本小说。"

他用憎恨的目光盯着鱼子酱、香槟和冻鸡，然后叹了一口气。

"您有情妇吗？"

"没有。"我回答说，"我身无分文。"

他显得有点儿激动，善意地说：

"您很年轻，可是好像跟女人打过交道。"

我最喜爱的职业是当三轮车送货员。

"我接触过一两个女人。"我谦逊地说。

"是些荡妇吧?"他问,期望我的回答符合他的意思。

我贪婪地瞧了一眼鱼子酱,那冻鸡也很诱人。

"别提了,"我说,"我受够了。"

他显得很满意。

"她们骗了您吧?"

"唉!"我说,做了个无可奈何的手势。

"不过,您很年轻,您还是个漂亮的小伙子。"

"先生,"我说,努力把眼光从冻鸡上移开,"先生,我当了绿帽乌龟,可怕的绿帽乌龟。我爱过的那两个女人抛弃了我,跟着一些五十来岁的男人走了。哎,有什么好说的呢!五十来岁,有一个甚至六十出头。"

"嗬?"他说,显得喜形于色,"跟我说说是怎么回事。来,坐下,我们把这顿讨厌的晚餐打发了,消灭得越快越好。"

我坐到桌旁,我们两人开始动手。我立刻向鱼子酱进攻,鹅肝和冻鸡被我一口就吞掉了。我吃东西时埋头猛吃,毫不扭捏做作。我一般不爱吃鸡,除非与鸡油菌或龙蒿烧在一起，否则很难吃。不过，不管怎么说，它还是被吃掉了。我向这位先生讲了那两个年轻美貌、手腕纤细、眼睛动人的女子，讲了她们怎样抛弃我，又怎样跟从那些头发灰白的成熟的男人 —— 其中一位是著名作家 —— 的经过。

"毫无疑问，女人更爱富有经验的男人。"这位先生说，"跟一个熟悉生活和事理，不像小伙子那样迫不及待的男人，她们会感到放心。"

我立即表示赞同他的看法。这时候，我正在吃花式小蛋糕，主人又给我斟了一点儿香槟酒。

"年轻人，你要耐心点儿。"他和蔼地说，"有朝一日，你也会成熟的，到那时候，你就有东西给那些女人了，这是她们竭力企求的 —— 威望，智慧，还有一双稳健的手，总之，是一个成熟的人。到那时候，你会知道应该怎样去爱她们，你也会得到她们的爱了。"

我又给自己斟了一点儿香槟酒。我已经无拘无束。夹心巧克力酥球也吃光了。我站起来。他从书橱里拿出一本自己的著作，签上名，送给我。他把手搭到我的肩头上。

"孩子，不要垂头丧气。"他说，"二十岁，这是艰难的时期，不太好过，但是，会过去的。假如有个女友离开你，跟一个成熟的男子走了，你要想着未来：将来总有一天，你也会变成一个成熟的男子。"

"见鬼!"我想，心里很不是滋味。

今天，我已是过来人了，我有了与他完全相同的想法。

这位先生一直把我送出门。我们长时间地握手，彼此凝视了好一会儿。

他给我的是一本荣获罗马奖的引人入胜的作品，题目是：《智慧和经验引导年轻人和他们的幻想》。

我把那本书夹在腋下，但我不需要读它，我已经知道了它的全部内容。我真想

大笑，吹口哨，跟路人说话。香槟酒和我的二十岁年龄驱使我的三轮车飞也似的奔驰。世界是属于我的！我蹬着车，横穿五光十色满天星斗的巴黎城。我开始吹口哨，撒了车把。两手在空中飞舞，向汽车里的单身女子送去一个个飞吻。我闯了一个红灯，警察怒气冲冲地吹起哨子，把我扣住了。

"喂！怎么回事？"他吆喝着。

"没什么呀，"我笑嘻嘻地回答，"生活真美好！"

"唔，蹬走吧！"他对我喊着。他听到这个口令让步了，显出真正的法国人气概。

我当时很年轻，比我意识到的还要年轻，然而，我的幼稚却已经老化，我已经看破了一切。这种现象实际上永远存在：我发现每一代人都是如此，从一九四七年

我二十岁时所扮的鬼脸

圣日耳曼德佩区的"耗子"①到我偶然接触到的加利福尼亚垮掉的一代②，无不如此。我在别的地方，从别人的脸上，都能认出我二十岁时所扮的鬼脸，我把这当作一种消遣。

---

① 一九四五至一九四七年，年轻的艺术家们在巴黎圣日耳曼德佩区的小酒馆中玩乐，以驱散"二战"时期的恐怖气氛，在小酒馆中跳舞的人被称作"地窖里的耗子"。

② 原文为英语，指"二战"后美国一群作家发起的文学运动，反对一切世俗陈规，追求绝对自由。

第 二 十 六 章

那个时期，我结识了一位可爱的瑞典女郎。自从世界上有了瑞典，瑞典女郎便成了各国男人梦寐以求的目标。她活泼、漂亮、聪明，特别是有一种极为动人的嗓音 —— 对于嗓音，我总是十分敏感。我没有音乐听觉，与音乐有一层令人忧伤而无可奈何的隔阂，但对女子的嗓音却有特殊的敏感，我实在不知道这是怎么回事，也许我的耳朵有点儿奇特，某条神经的位置不够正常：我有一次甚至请一位耳科专家检查过我的耳咽管，看看里面是否有什么东西，但他什么也没有发现。总之，布丽吉特有动人的嗓音，而我有欣赏这嗓音的听力，我们两人便成了知音。我们确实相处得很融洽。我一听到她的嗓音，就感到很快活。尽管我装出一副老练和见多识广的神态，我还是天真地认为，我们之间的完美与和谐是世上少有的。我们的幸福生活成了旅馆里的邻居和各类学生的榜样，他们每天早晨在楼梯上与我们相遇时，总会向我们送来微笑。后来，我注意到布丽吉特变得有点儿想入非非，她常去看望一位住在先贤祠广场伟人旅馆的瑞典老太太，有时候在那里待到很晚，甚至直到凌晨一两点钟。

布丽吉特回家后显得很疲倦。她有时抚摸我的脸，神色忧郁地叹着气。

我的内心隐隐地升起了疑团，觉得她有什么事瞒着我。我有早熟的洞察力，很快产生了猜疑：那位瑞典老太太是不是病了？或是正在她的旅馆房间里奄奄一息？她是不是我女友的亲生母亲，专门来巴黎请有名的法国专家治病？布丽吉特心地善良，她爱我，不让我知道她的烦恼，是为了不影响我艺术家的灵感，不干扰我的文学激情。一天夜里，快凌晨一点钟了，想到可怜的布丽吉特也许正在垂危的老妇人床头我们的幸福生活成了榜样。

哭泣，我忍受不住了，便向伟人旅馆走去。天下着雨。旅馆大门紧闭着。我走到法学院门廊下，惶恐不安地瞧着这幢建筑物。突然，五楼有个窗户透出亮光，布丽吉特披散着头发，出现在阳台上。她穿一件男子浴衣，怔怔地在那里站了一会，脸向着下雨的天空。我有点儿茫然，弄不懂她穿着男子浴衣，散乱着头发，站在这里做什么。也许她的衣服被雨水淋湿了，正在烘烤，瑞典老太太的丈夫借给她这件浴衣？就在这时候，一个穿睡衣的年轻男子忽然来到阳台上，倚在布丽吉特身边。这一下，我真的惊呆了。我没有料到瑞典老太太还有一个儿子。我顿时觉得天旋地转，法学院大楼冲着我脑袋倒下来，痛苦和愤恨填塞了我的心。那青年搂住布丽吉特的腰肢：我最后的希望 —— 她也许只是去邻居那里借用钢笔墨水 —— 彻底破灭了。那无耻的家伙把布丽吉特搂在怀里，亲吻她的嘴唇，又拥她到了屋内。灯光被谨慎地遮掩

布丽吉特有动人的
嗓音，而我有欣赏
这嗓音的听力。

起来，但并没有完全熄灭：那个坏蛋正在欣赏自己的好事。我发出一声可怕的吼叫，向旅馆大门冲去，企图阻止那场恶行。虽然要爬四层楼梯，我觉得还来得及，只要那流氓不是一个十足的暴徒，还有一点点教养的话。可惜，旅馆大门已经关闭，我不得不敲门，按铃，叫喊，使尽全身力气，花了很长时间。我的对手没有这种困难，因此我的时间显得更宝贵了。更糟糕的是，慌乱中，我没有记清那个窗户。看门人终于出来给我开门。当我像鹰一般一层接一层飞上去的时候，我认错了门。我敲开那道门后，迅猛地向一个矮小的年轻人扑去，对方惊得几乎倒在我的怀里。我略微定定神，看出他完全不是那种在自己的卧室引诱女人的青年。他向我投来恳求的目光，我没有向他作任何表示，我太急躁了。我又跑到黑暗的楼梯上，为了寻找楼梯灯的定时开关，又浪费了几分钟宝贵的时间。我断定现在已经太晚，那个歹徒不需要登四层楼梯，不需要击窗破门，他现在正干他的好事，正感到心满意足。我顿时丧失了勇气，完全绝望了。我坐在楼梯上，擦着额头上的汗水和雨水。我听见了轻轻的脚步声，那位和蔼的年轻人过来坐到我的身边，拉住我的手。我甚至没有勇气抽回我的手。他安慰我，拍着我的手，对我表示友好的情谊，说是像我这样的男子一定能找到一位相称的人儿，这是没有疑问的。我茫然地望着他：不过对我来说，这方面已经没有任何作为了。女人都是可恶的荡妇，但不找她们又能找谁呢？女人垄断了一切。我内心感到极大的悲哀：我遭受到痛苦的侮辱，世界上只有这么一个娘娘腔来安慰我，拉住我的手。我忧伤地望了他一眼，离开了伟人旅馆，回到自己的住处。我躺到床上，决定第二天就去参加法国外籍军团。

布丽吉特凌晨两点钟才回来，我开始有点儿担心，不知她是否出了什么事。她轻轻地敲门，我清楚而大声地一股脑儿说出了对她的看法。她站在门外，想方设法要我怜悯她，足足待了半个小时，然后便是长时间的沉默。我怕她又回伟人旅馆，便从床上起来，开了门。我给了她几下有分量的耳光 —— 我感觉到了分量，我想说：我的一生中，打女人对我来说是一件很难下手的事，这也许是因为我缺乏男子气概。

打完后，我问了她几个问题。在我有了二十五年这方面经历后的今天，我认为这些问题是我冠军生涯中最愚蠢的问题：

"你为什么这样干？"

布丽吉特回答得确实很漂亮，甚至可以说很动人，她的回答使我看到了自己的力量。她向我抬起一双泪汪汪的蓝眼睛，然后晃动着金色耳环，恳切而哀怨动人地说出了这么一句话：

"他长得那么像你！"

我至今也没有弄明白这句话的含意。我还没有死，我们住在一起，她可以时刻接触我，却偏偏每天晚上冒雨跑一公里的路，去会一个男人，唯一的原因是因为他长得那么像我！这就是人们所说的魅力吧，否则我就不能理解了。我心里好受多了，我甚至不得不克制自己，显得不那么趾高气扬。别人爱怎么说就说去吧，终究我给女人留下了强烈的印象。

从那时起，我对布丽吉特的回答想了很多，却得不出任何结论。但是不管怎样，这思考有助于使我与女人 —— 以及和我相像的男人 —— 建立更融洽的关系。

从此以后，我再也没有被女人欺骗过 —— 我是说，我再也没有在雨中等待过。

布丽吉特的母亲为了使我冷静，要我每天
在波罗的海冰水里沐浴一小时。

这是我第一次接触敌人。

第二十七章

    我当时在法学院读最后一年。这一年对我十分重要，我要完成高等军训课程。军训在蒙特鲁日的"黑牛"进行，每周两次。我的一篇小说在美国翻译发表了，我收到一笔一百五十美元的可观的稿费。我用这笔钱到瑞典做一次快速旅行，去看布丽吉特。我找到她时，她已经结婚了。我试图与她的丈夫搞好关系，但这个男人十分冷酷。我终于成了不受欢迎的人，布丽吉特便让我住到她母亲家里。那是在斯德哥尔摩群岛北部的一个小岛上，有着旖旎的瑞典风光。当这个背弃我的女人与她丈夫继续他们罪恶的爱情时，我便在那里的松树林中漫步。布丽吉特的母亲为了使我冷静，要我每天在波罗的海冰水里沐浴一小时。当我痛苦地浸泡着，所有器官开始萎缩，全身逐渐麻木僵直的时候，她手里拿着表，无动于衷地站在那里。有一次，我躺在一块岩石上，等待太阳融化我血管里的血液，我看到一架标着卐字的飞机掠过天空。这是我第一次接触敌人。

    我对欧洲发生的事情不太关心，这并非因为我只顾自己，也许是由于我受一位妇人抚养，始终沉浸在女性的温情里，感情中燃不起强烈的仇恨，因而缺乏认识希特勒的基本素质。法国受到希特勒歇斯底里的威胁而默不作声，我对此非但不感到忧虑，反而认为是法国的沉着和自信。我完全相信法国军队和我们尊敬的将领。早在参谋部把军队部署到边界之前，母亲已在我周围筑起一道稳妥可靠的由埃皮纳勒画片构成的马其诺防线①，任何怀疑和担心都无法把它突破。我就是在这种心态下，

---

① 马其诺防线，第二次世界大战前，法国为防备德国进攻，在从瑞士到比利时之间的东部国境上所建筑的防御阵地体系。

在尼斯中学第一次听说我们在一八七〇年被德国人打败过。母亲没有和我谈过这件事。当我过着无忧无虑的日子的时候，我总是难以做出这种巨大而徒劳的努力，认认真真地相信战争将会发生，并接受这种可能的现实。我知道自己很傻，但没有傻到光辉的顶点，认为屠杀是一种可行的解决办法。我始终认为死亡是一种令人遗憾的现象，杀人完全违反我的本性，但我不得不强迫自己这样做。是的，我杀过人，这是为了服从当时达成的神圣的协约，但这种举动始终是被动的，绝非出于本人的愿望。我认为没有任何一种事业具有足够的正义性，我内心确实这样认为。我决不

我决不为屠杀我的同类而歌唱。

看到别人砍树，我心里总感到不大舒服。

306

为屠杀我的同类而歌唱，我不会火上加油，去唱仇恨的赞歌。我杀人，默默地杀，毫不耀武扬威，因为完全应该这样。

我觉得，错误也在于我有自我中心思想。我的自我中心思想表现为：在所有经受苦难的人身上，我能即刻认出自己，我看到他们的创伤便感到痛苦。不仅对于人类，而且对于动物，甚至植物，都是这样。很多人能欣赏斗牛，毫不战栗地看着牛受伤、流血，而我却不能，我自己就是这头牛。看到别人砍树，捕杀驼鹿、兔子或大象，我心里总感到不大舒服。不过，想到人们杀鸡，我倒不觉得什么，我不会想象自己置身于鸡腹之中。

那时正是签署《慕尼黑协定》前夕，人们常常谈论战争。我当时在比约克岛①，经历着感情流放。我接到母亲寄来的信，信的语调已经变得慷慨激昂。其中有一封信，字写得很大，刚劲有力，向右倾斜，好像已经向敌人发起了冲锋。信里只有一句话：“法国必胜，因为她是法国。”直到今天，我还认为从来没有人那么明确地预言我们在一九四○年的失败，那么清楚地指出我们缺乏准备。

我常常试问自己：一位俄罗斯老妇人为什么对法国怀有那么深切的爱？这爱又是怎样形成的？我一直得不到合理的解释。当然，母亲的头脑里具有一九○○年流行的有产者的思想、价值观和见解，那时法国处于人们所说的黄金时代。也许，她最初也有过某种年轻人的痛苦，是她两次去巴黎旅行期间所经受的，而终生对瑞典怀着极大宽容的我，对此是不会感到惊奇的。出于崇高的动机，我总想追求某种内心的激情，在纷繁复杂的事务中寻觅忽然飘向耳边的轻盈柔和的笛声，最后剩下的只是最简单并近乎真实的解释，那就是：母亲毫无理由地热爱法国，如同人们每次付出真爱。不管怎样，可以想象得到即将饰在我袖口的空军少尉军衔条纹在这个心理世界中的分量，我正想方设法去达到这一目标。我花了九牛二虎之力，拿到了法

---

① 比约克岛，位于瑞典斯德哥尔摩西部。

母亲毫无理由地热爱法国，
如同人们每次付出真爱。

学学士学位，我还进入了巴黎地区高级军训班四年级。

母亲的爱国热情鼓舞着我去迅速建立军功。这种爱国精神起到了意想不到的效果。

就在那个时期，发生了我对希特勒的谋刺未遂事件。

报界没有报道这一事件。我没有能够拯救法国和世界，我失去了一次机会，这种机会也许永远不会再有了。

事情发生在一九三八年我从瑞典回来的时候。

由于布丽吉特的丈夫毫无教养，他的所作所为使我心灰意冷，我对重新获得幸福已不抱任何希望，在母亲给了我那么多许诺之后，我惊愕地看到人家喜爱别人胜于喜爱我，我下决心再也不在女人方面做任何事情，于是返回尼斯，准备在家里待几个星期，以愈合感情的创伤，然后去参加空军。

我在火车站叫了一辆出租汽车。从但丁街与冈贝塔大街的拐角处起，我就能远远望见那座旅馆前小花园里一个人的侧影，它总能使我发出欢笑，充满温情而略带嘲弄的欢笑。

然而，母亲却用一种非常特殊的方式欢迎我。是的，我期望着几滴欢快的泪水，长时间的拥抱，既激动又满足地用鼻子大声吸气。但是，我并没有预料到这种哭泣，这种仿佛永别似的绝望的眼神。她在我怀里哭泣和哆嗦了一会儿，有时微微仰身子，以便更好地端详我的面容，接着又重新扑在我的怀里哭了起来。我感到有点儿不安，焦虑地探问她的健康情况。不过她的身体好像很正常，生意也好 —— 是的，一切都不错。说完这些，她又泪如雨下，泣不成声。最后，她平静了，显出神秘的姿态。她捏住我的手，把我拉向空无一人的餐厅。我们坐到角落里一张惯常坐的桌子边，

我能够杀死希特勒而自己不会被捕。

她便迫不及待地说出了为我拟订的计划。事情很简单：我应该去柏林，刺杀希特勒，拯救法国，拯救世界。她想到了各种可能遇到的情况，包括对我最后的营救。因为，万一我被捕——关于这一点，她非常了解我，知道我能够杀死希特勒而自己不会被捕，但是，万一我被捕，很显然，那些大国，法国、英国、美国，一定会提出最后通牒，要求将我释放。

说实话，我当时有过一丝犹豫。我在好几条战线上打过仗，干过十种常常是令人讨厌的不同职业，我已经在文章里和生活中慷慨地付出了我生命中最美好的东西。想到要立即去柏林——当然是坐三等车厢，冒着酷暑，去谋刺希特勒，精神紧张，身体疲劳，要做各种准备工作……想到这一切，我真想退却，真想在地中海边上待一阵，而且我也确实无法忍受我们彼此分离。我宁愿到十月份开学时去刺杀"元首"。坐在拥挤不堪的硬席车厢里，无精打采地望着令人失眠的夜，更不用说为了等待"元首"出来要在柏林街头打着哈欠熬过多少无聊的小时。总之，我实在没有什么兴趣。但是，我无论如何都不能推却这一任务。我于是开始做准备工作。我手枪打得很准。虽然没有什么实践，但我在斯维德洛夫斯基中尉的健身房里学到的本领仍能使我在游艺射击中引人注目。我走进地下室，取出藏在家庭保险箱里的手枪，然后去买火车票。我从报上看到希特勒正在贝希特斯加登①，心里好受了一点儿，因为比起去翻滚着七月热浪的城市，我宁愿去呼吸巴伐利亚州阿尔卑斯森林的空气。我还整理了文稿：虽然母亲态度乐观，我却一点儿没有把握还能活着回来。我写了几封信，擦好鲁格手枪，向一位比我胖的朋友借了一件上衣，以便更好地藏匿武器。我很烦躁，情绪极坏，那年夏天又出奇地热，离开地中海几个月，它丝毫没变得更加可爱。似乎出于偶然，"大蓝"海滩上挤满了聪明而有教养的瑞典女人。这期间，母亲一直待在我身边，一步也没有离开，骄傲和赞赏的目光始终落在我的身上。我买了火车

---

① 贝希特斯加登，德国城市，位于巴伐利亚州，建有希特勒私人官邸。

我宁愿到十月份开学时去刺杀"元首"。

票，惊奇地发现德国人给了我百分之三十的折扣 —— 他们为度假的旅客提供特殊优惠。在我动身前四十八小时里，我谨慎地少吃腌黄瓜，以免肚子发生意外，这种意外很可能引起母亲的误解。启程前夕，我到"大蓝"海滨洗了最后一次海水浴，满怀激情地向那些瑞典女郎望了最后一眼。我从海滨回来，发现我杰出的戏剧艺术家躺倒在客厅沙发上。她一看见我，便努了努嘴，做了个孩子般的怪相，然后两手合掌。我还没有来得及打手势，她就已经跪到地上，泪流满面。

"我求求你，别去干这个了！为了你可怜的老妈妈，放弃你英勇的计划吧 —— 他们没有权利要求独生子这样做！我抚育你，培养你成人，付出了多少心血，可是现在 …… 噢，我的上帝！"

她的眼睛因惶恐而变大，脸色惊慌，双手合十。

我并不感到惊奇，我已经"适应"了！我与她相处这么长时间，对她太了解，太熟悉了。我拉住她的手。

　　"可是，车票已经买好了。"我说。

　　一种愤世嫉俗的坚毅表情驱散了她脸上最后一丝的惊慌和失望。

　　"这票该由他们偿付！"她大声说，随即拿起了手杖。

　　这一点，我是坚信不疑的。

　　就因为这毫厘之差，我没有杀死希特勒。

加里在马丁角

第二十八章

只要再过几星期，母亲就能看到我的少尉军衔条纹了。可以想象，我们两人多么急切地等待着征兵令。我们很焦急。她的糖尿病在不断加重。尽管医生让她尝试各种节食方案，她的血糖还在上升，有时达到危险的程度。她又一次因胰岛素昏迷而在布法街市场晕倒，幸亏潘达勒奥尼先生及时抢救，往她嘴里灌了糖水，才让她在他的蔬菜柜台上苏醒过来。我只争朝夕的事业干不成了，文学创作受到影响。我本想露几手，让世界感到震惊。为了使自己变得伟大，我打肿脸充胖子，不顾自己的条件扯着嗓子拼命喊，但却发出吱吱嘎嘎的声音。我踮起脚尖，以便显得高大。我一心想表现自己，决意做一番天才的事业，但却缺乏才能。觉得喉咙上架着刀子时，是唱不出正确调子的。战争时期，人们请马丁·杜·加尔①评价我的一部手稿。当时人们以为我已经死了。这位作家说这是一头"急疯了的绵羊"，这话是有道理的。母亲已经猜到我急切想参加战斗的焦虑心情，想方设法帮助我。当我潜心写作的时候，她去跟旅馆职员、旅行社和导游周旋，应付那些任性的顾客。当我有了灵感，脑子里涌出某个令人惊异的深刻而奇特的主题时，她便小心翼翼地不让任何东西来扰乱我的思路。我写下这几行字，并不感到羞耻和内疚，对自己也不抱任何怨恨：我只是按照她的理想，按照她为之生活和奋斗的唯一理由在行动。她想成为一名杰出的艺术家，我在尽自己的一切可能。为了尽快让她放心，向她证明我的价值，也许更是为了使我自己放心，驱赶侵袭我的惊慌，我有时到厨房里去，及时打断她与

①　马丁·杜·加尔（1881—1958），法国小说家、剧作家。

我们两人等待着征兵令。

我决意做一番天才的事业，但却缺乏才能。

领班师傅的激烈争吵，即刻给她念一段我认为恰到好处的还散发着热气的文章。她的怒气很快平息了，接着权威性地挥了挥手，叫厨房领班安静，注意倾听。她听着我念，感到由衷的满意。她的大腿上打了很多针。她每天两次坐到一个角落，抽上一支烟，两腿交叉，然后拿起胰岛素针管，把针刺进自己肉里，一边继续指挥全体人员工作。她与往常一样打起精神，关心业务进程，不许工作中有任何懈怠。她努力学习英语，以便更好地了解来自英吉利海峡彼岸的顾客的好恶、怪癖和任性。努力使自己变得和蔼可亲，面带微笑，满足旅客的各种要求，竭力克制自己的直率和冲动，这就更加重了她的神经性烦躁和激动。她每天要抽三包高卢牌香烟。当然，她从来不把一支烟抽完，往往刚点燃就掐灭，然后再重新点上一支。她从一本杂志上剪下一幅阅兵照片给顾客们看，特别是女顾客，让他们欣赏漂亮的军装，这样的军装再过几个月就要穿到我的身上。我费了很多口舌，得到她的同意，帮她在餐厅里端盘子，还把早餐送到顾客们的卧室里。其实这些事过去我也干过，可她认为现

她想成为一名杰出的艺术家，我在尽自己的一切可能。

她听着我念，感到由衷的满意。

只有母亲举着一面三色旗。

在这类事与我的军官身份很不相称。她常常亲自接过旅客的手提箱，我上去帮忙时，她总把我推开。不过，很显然，在她新近表现出的某种喜悦中，在她时而带着得意的微笑打量我的时候，她似乎觉得已经达到了目的：她盼着我有朝一日穿着威武的军装返回梅尔蒙旅馆兼膳宿公寓，她认为生活中再没有比这一天更为美好的了。

一九三八年十一月四日，我在萨龙－德－普罗旺斯入伍。我坐在运载新兵的车厢里，火车站上挤满了陪同这批年轻人的家长和朋友，只有母亲举着一面三色旗，不停地摇晃着，好几次喊着"法国万岁"。这种做法引起一些人反感，他们向她投去敌视和嘲笑的目光。由这些人编成的这个"班"，完全缺乏热情和信心，一九四〇年事件①

①　指一九四〇年六月法国在希特勒进攻下被迫投降。

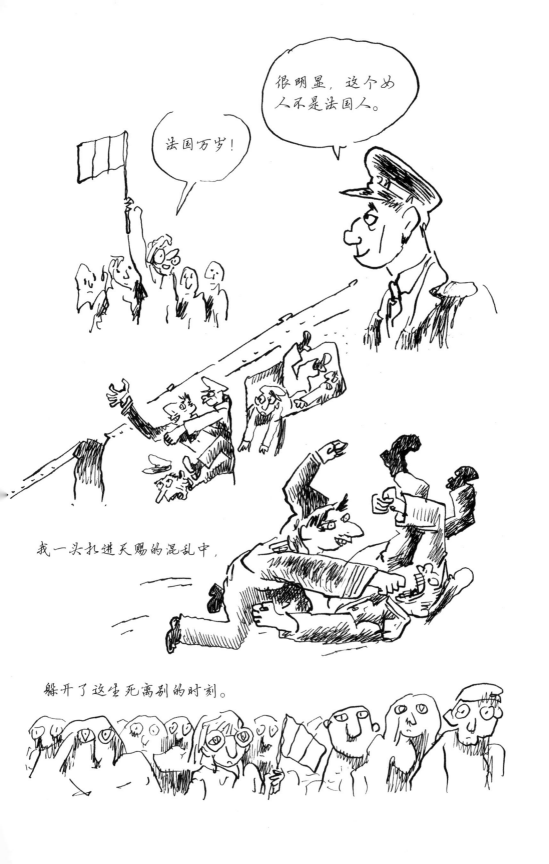

完全证明了这一点，他们只是被迫去参加一次"瞎胡闹"。我还记得有个年轻的新兵，由于对母亲这种狭隘爱国主义和狂热民族主义的表现十分生气 —— 这种表现与当时反军国主义的优良传统是水火不容的，便抱怨说：

"很明显，这个女人不是法国人。"

我自己对这位举三色旗的老妈妈无节制的感情奔放，也感到厌烦和恼火，便借此机会发泄一下，抬手给对方鼻子狠狠一拳。场上一下子乱成一团，四处响起"法西斯分子""卖国贼""打倒军队"等喊声。这时候，火车开动了，那面三色旗还在月台上绝望地摇动着。我迅速向车外探身，打了一个手势，然后一头扎进天赐的混战中，躲开了这生离死别的时刻。

高级军训班的编内青年入伍后，应该进阿沃尔空军学校，而我却被留在萨龙－德－普罗旺斯，一待就是六个月。我提出申诉，军官和士官们只是耸耸肩膀，说他们没有接到有关我的指令。我逐级向上反映，每一级一开头都这么说："我荣幸地请您屈尊……"如同人们过去教我的那样。还是没有任何答案。最后，一位非常正直的中尉 —— 巴尔比埃中尉关心我的情况，支持我的申诉。我于是被派往阿沃尔空军学校，那里本应学习三个半月的课程，我迟到了一个月。但我毫不气馁，努力进取，终于迎头赶上了。我以自己都无法相信的拼搏精神刻苦学习，除了量规理论外，其他困难都被攻克了。我的一般课程都没有取得突出的成绩，但是在空中操作和地面指挥学习中，我突然从自己身上发现了母亲的手势和嗓音所留给我的全部权威。我感到非常高兴。我喜欢飞机，尤其是那个业已逝去的时代的飞机，那些飞机还要依靠人力，不具备今天这样高的自动化性能，人们已经知道无人驾驶飞机的诞生只是个时间问题了。我喜欢穿着连体的皮工作服 —— 穿起来很费劲 —— 长时间逗留在教练场上，喜欢披着皮夹克，戴着头盔、手套，把眼镜挂到前额上，在阿沃尔的泥浆地里行走，喜欢攀登有鲈鱼风度和机油芳香的 —— 我至今还在鼻孔里留有对它的怀恋 —— 英勇的波泰兹－25飞机的座舱。请想象这位军官学校学员半截身子露在

320

母亲的手势和噪音所留给我的全部权威

一架老式飞机的敞篷舱外，每小时飞行一百二十公里，或是站在一架机翼又长又黑像老瓢虫那样优雅地击拍着空气的莱奥－20双翼飞机的前方，用手引导它的驾驶员。人们就会懂得，在一年后的梅塞施密特－110飞机①事件和十八个月后的英格兰战役之前，我们对飞行员的训练只限于能严格和有效地应付一九一四年的战争，其后果也已是人尽皆知了。

时间在这种游戏中很快地过去，"驻防分配"的日子快到了，人们将认真地给我们分派任务。

随军裁缝早已来过营房，我们的军装也已经做好。为了补充我的装备，母亲寄给我五百法郎，这是她从布法街市场的潘达勒奥尼手里借来的。对我来说，最伤脑

---

① 梅塞施密特－110飞机是"二战"中德国空军使用的双引擎重型战斗机。

筋的是那顶鸭舌帽。鸭舌帽有两种帽舌：短的和长的。我不知道该订哪一种。长舌的使我的形象显得威武，这倒十分可贵；不过，短舌的也许更适合我。经过最后斟酌，我还是选择了威武形象。我又在多次不成功的试验之后，为自己制作了一绺唇髭——当时这种唇髭在飞行员中风行一时，配上胸前佩戴的金色翅膀，确实威武雄壮。当然，在市场上可以买到比这更漂亮的，但我已经十分满意。

驻防分配前气氛很愉快。黑板上写出了预备役的驻防地点：巴黎、马拉喀什①、梅克内斯②、白屋③、比斯克拉④……根据行列编排，每人可以自由选择地点。按习惯做法，第一批人选择摩洛哥，我非常希望被分派到南方，以便尽可能经常去尼斯，在英国人散步道和布法街市场炫耀自己，拥抱母亲。我认为法扬斯空军基地最合乎我的理想。同学们一批批站起来，说出自己的愿望，我很焦急，偷偷地盯着挂图上这个地方。

我希望被编入一个合适的行列。我满怀信心听队长呼叫我们的名字。

十名，五十名，七十五名……可以肯定，法扬斯已经轮不到我了。

我们共有二百九十名学员。

第八十名学员突然报了法扬斯。我等待着，一百二十名，一百五十名，二百名……还是没有轮到我。那些泥泞而阴沉的北方空军基地正以可怕的速度向我靠近。真是倒霉！当然，我也不一定要把结业编队的事告诉母亲。

二百五十名，二百六十名……一种险恶的预感突然使我的心变得冰冷，我还觉得太阳穴上开始渗出一滴滴冷汗……不，这不是回忆，事隔二十年之后，我现在刚刚用手把它擦去。我想这是巴甫洛夫⑤的条件反射。直到今天，我一想起这个可诅

---

① 马拉喀什，摩洛哥城市，原首都。

② 梅克内斯，摩洛哥城市，工商业中心。

③ 白屋，阿尔及利亚城市，今名达累尔-贝达。

④ 比斯克拉，阿尔及利亚城市，旅游中心。

⑤ 巴甫洛夫（1849—1936），俄国生理学家，条件反射学说创始者。

只有我一人没有被任命为军官。

咒的时刻，太阳穴上还要渗出一滴滴汗水。

在这批将近三百名学员中，只有我一人没有被任命为军官。

与过去所有的惯例和规定相反，我甚至没有被任命为中士，连下士长都没有我的份，我只被任命为下士。

驻防分配后几小时之中，我一直像在一场噩梦、一团可怕的迷雾中挣扎。我站在门口，垂头丧气、一声不吭，同学们围在我身边，我用尽全身力气，努力站住不倒下，维持一张人类面孔，不让自己垮掉。我甚至觉得我还笑了笑。

我甚至觉得我还笑了笑。

一般来说，对于持有合格证书并经过实习的高级军训班的正式学员，只有当他们犯纪律的时候，指挥部才打这样的闷棍。有两名驾驶员学员由于这类原因而被"吊销"了。但我不属于这种情况：我从来没有受过任何批评，学习开始时我缺了课，但这不是出于我的意愿，而且班长雅卡尔中尉——一位年轻的冷静而诚实的圣西尔军校学生对我说过，以后又书面向我证实过，尽管军事当局送我来阿沃尔晚了，但我的分数完全够得上军官级别。这中间究竟发生了什么事？存在什么问题？为什么不顾规定要让我在萨龙－德－普罗旺斯滞留六个月？

我站在那里，在这些神秘莫测的人跟前，喉咙哽咽，晕头转向，茫然失措。然而，他们的脸还是一张张人类的脸。我试图去理解，去想象，去解释。这时候，这群沉默不语或义愤填膺的同学们紧紧地围拢来跟我握手。我微笑着，我还是我。但是我觉得自己已经死了。我的眼前出现母亲的脸庞，我看见她站在尼斯火车站的月台上，骄傲地挥动着她那面三色旗。

下午三点钟，我躺在床上，眼睛盯着天花板，下士长比阿叶，或比阿耶？巴叶？来找我。我不认识他，以前从未谋面。他不属于飞行人员，在一个办公室里当文书。他站到我的床前，两手插在口袋里。他穿着一件皮上衣。"他没有权利穿这衣服，"我心里想，感到有点儿愤愤然，"皮上衣是飞行员穿的。"

"你想知道你为什么被淘汰吗？"

我打量着他。

"因为你是外来入籍的人，是新近取得国籍的，才三年，太短了。而且，按规定，必须是法国人的儿子，或者起码入籍十年，才能在飞行员行列中服务，当然这种规定从来没有执行过。"

我对他说了些什么，全忘记了。我想无非是"我是法国人"之类的话，因为他立刻以怜悯的口吻说：

"你真是一头蠢驴。"

　　不过，他没有离去，而且显得愤愤不平，也许他是个和我相似的爱打抱不平的人。

　　"谢谢。"我对他说。

　　"人家把你留在萨龙一个月，为的是对你进行审查，然后他们又商量是让你成为飞行员还是去当步兵。最后，空军部同意了，但是这里反对。他们给你打了偏袒分。"

　　这"偏袒分"是决定性的分数，没有任何解释，与考试成绩毫无关系，是这个学校凭印象判的分，谁也无法更改。

　　"你甚至不能哼一声，这是规定。"

我仰卧着。他在那里继续待了一会儿。他是一个不善于表示同情的人。

"你别着急。"他对我说。

然后他又补充一句:

"一定能跟他们算账的!"

这是我第一次听到法国军队里一个法国士兵说这样的话。在这之前,我一直认为德国人才这样说。我没有仇恨或哀怨,我只想呕吐。为了抑制恶心,我心里想着地中海,想着那里的漂亮女郎。我闭上眼睛,投入她们的怀抱。在那里,什么也不会侵扰我,我能得到所需要的一切。在我周围,营房的寝室空空荡荡,但我却有人陪伴。母亲费了极大心血,使我脱离了童年时代的恶神,而且深信已经把他远远地抛在我们的后面,抛在波兰和俄国了,可是这个时候,他忽然又出现在我的头上,在这块法兰西土地上,而我曾以为在这儿他是被禁止出入的。在这个理性的国度里,我听到了他愚蠢的笑声。这一闷棍打得我很快认出了蠢神托托什的手,他要把希特勒变成欧洲的主宰,并且成功地使我军参谋部相信那位名叫戴高乐的上校的军事理论不值一文,然后便敞开这个国家的大门迎接德国坦克。我更加清楚地认出了平庸、轻蔑和充满偏见的小资产阶级之神菲洛什。使我伤心的是,他此时竟穿着军装,戴着镶有我们空军饰带的军帽,因为,像往常一样,我没能在人群中认出我的敌人。不知道为什么,我竟然模模糊糊觉得自己成了那些暗算我的人的盟友和保卫者。我完全了解使我遭受屈辱的社会、政治和历史条件,如果我决心和这些令人无法容忍的现象作斗争,我的双眼必定紧盯住更大的胜利。我不知道我的体内是否潜伏着某种原始的异教成分,一遇挑衅,我便握紧拳头,严阵以待,尽一切可能在我们由来已久的反抗中体面地确保我的位置。我把生活看作一场大型接力赛,在这场比赛中,每个人在倒下去之前都应该把迎接挑战的接力棒传得尽可能远一些。我不承认我们在生物学上,在智力和体力上存在任何终极的局限,我的希望几乎是无限的,我对斗争的结局满怀信心。人类的血液有时在我体内歌唱,太平洋兄弟的低沉轰鸣似乎

来自我的肺腑，我于是感受到一种快乐，一种醉人的希望，一种对胜利的坚定信念，恰如尽管地上已经堆满被击碎的盾和剑，我仍然觉得和在这块土地上初次投入战斗一样。这可能是出于一种原生的、初发的，但却是不可抑制的愚蠢或幼稚，大概是我从母亲身上继承的。我对这一点十分清楚，它使我怒不可遏，但若非如此我便会无所作为，它使我很难陷于悲观失望，可以说，我还从来没有悲观失望过，但我不得不装成这样。我的心底总是留存着上代遗传的信心和乐观的火花，只要周围的黑暗变得更加浓重，这火花就会更加明亮。人们在愚蠢地哭泣，法国军官的制服成了渺小和愚蠢的窠臼，人类的手 —— 法国人、德国人、俄国人、美国人的手突然显得

我的希望几乎是无限的。

污秽不堪，但我还是觉得非正义来自别处。人们在我看来益发是非正义的工具和受害者。在紧张激烈的政治和军事搏斗中，我总是幻想与对手结成共同战线。我的自我中心论决定我不能去参加自相残杀的斗争，从那些与我同命运的人身上，我看不出能赢得什么胜利。我也不能完全成为一个政治动物，因为我从所有敌人中不断辨认出自己。这是我真正的弱点。

我待在那里，躺着，挺直我年轻的身躯，微笑着。我还记得我的身体因一种生理上的急切需要而微微抬起，我花了一个多小时才抑制住那原始而暴烈的热血冲动。

五年后我又遇见了那些英俊的上尉和他们伤人的暗箭。他们还是上尉，但已经不那么神气了。他们胸前没有一条绶带。他们用极为好奇的表情打量在他的办公室接见他们的另一位上尉。我的胸前已经挂上解放勋章、荣誉军团骑士勋章和十字军功章。我没有作任何掩饰：引起我脸红的原因常常不是出于谦虚，而是出于愤怒。我跟他们谈了片刻，提到一些阿沃尔军校的旧事 —— 一些不伤感情的回忆。我对他们不怀任何怨恨。他们早已死亡，早已被埋葬了。

我的挫折带来另一个意外的结果：从那时候起，我觉得自己成了真正的法国人，好像有一根魔杖在我头上击了一下，我被真正同化了。

我终于认为法国人不是一个与众不同的民族。他们并不比我高贵，他们中间也有愚蠢可笑的人 —— 总之，我们是兄弟，这是毋庸置疑的。

我终于明白法国是由一张张形状各异的脸组成的，有美的和丑的，有高尚的和低贱的，我应该选择与我最接近的。我强迫自己成为一个政治动物，但没有完全成功。我作出了决定，选择了我的国籍、我的忠诚，我将不再被旗帜所迷惑，而要竭力辨认举旗者的脸。

怎样向母亲交代呢？

我不知道是否应该告诉她我失败的消息。我总对自己说，她是经得起打击的，但还是下不了决心。我绞尽脑汁，设想怎样用婉转的方式减轻她的痛苦。出发去驻我没有作任何掩饰：

引起我脸红的原因常常不是出于谦虚，而是出于愤怒。

他们早已死亡，早已被埋葬了。

防点前，我们有一周假期。我登上火车，但仍然不能作出决定。到了马赛，我真想下车溜掉，跑到宪兵团的一条货船上去，让自己永远消失。一想起那张刻着皱纹的憔悴的脸，那双朝向我的沮丧而迷惑不解的大眼睛，我就感到无法忍受。从马赛到戛纳，一路上我都在呕吐。到尼斯车站前十分钟，我才忽然有了真正的灵感。要不惜一切代价去捍卫的，正是母亲脑子里的"一切正义和美好的源泉"——法兰西的形象，这一点，我是无论如何要坚决实行的。法国要被对手淘汰，这是母亲无论如何不能接受的。我现在了解她，就像过去了解她一样。我于是想出一个简单而说得过去的幌子，不但能安慰她，还能使她保持对我的高度期望。

到了但丁街，我一眼望见一面三色旗在梅尔蒙旅馆兼膳宿公寓新粉刷的正面墙上飘动。然而，那一天并不是国庆节，因为周围的建筑物上都没有挂旗。

我突然明白了这旗帜的含义：是母亲为迎接刚刚被提升为空军少尉的儿子归来而挂起的。

我叫出租汽车停下。我付了车费，重又感到身体不适。我步行过去，两腿发软，呼吸紧促。

母亲在旅馆尽头小柜台后面的门厅里等我。

她看我穿着这身普通士兵制服，袖上新缝着下士红条纹，便张开了嘴，默默地向我抬起动物般的目光。对于人、动物或孩子的这种目光，我是从来无法忍受的 …… 我拉下制服帽，一直压到眼睛上，表情很严肃。我神秘地微笑一下，拥抱了她，便说：

"我遇到的这桩事儿，真有点儿滑稽。嗨，你过来，不能让别人听见。"

我把她拉进餐厅，坐到我们往常坐的角落里。

"我没有当上少尉，三百人里只有我一人没有被任命，这是暂时的纪律性措施 ……"

她那可怜的脸期待着，充满信任，准备相信和接受我的说法 ……

"纪律性措施 …… 我还得等待六个月 ……"

我向旁边扫了一眼，看看是否有人在窃听。

"我引诱了校长的妻子，情不自禁 …… 我们犯了纪律。她的丈夫采取惩罚措施 ……"

一丝疑惑掠过可怜的脸庞，接着，昔日的安娜·卡列尼娜式的浪漫天性和记忆战胜了一切，她的嘴角绽出微笑，显出浓厚的好奇心。

"她很美吗？"

"你简直无法想象。"我简略地说，"我知道冒着什么风险，可是毫不犹豫地干了。"

"你有她的照片吗？"

没有。没有照片。

"她以后要寄给我一张。"

母亲瞧着我，显得无比自豪。

"唐璜！"她喊出声来，"卡萨诺瓦！我一直这样叫你。"

我谦虚地笑了笑。

"她的丈夫没有把你宰了！"

我耸耸肩膀。

"她真心爱你吗？"

"真心。"

"那你呢？"

"哦，你知道 ……"我说着，做出一副满不在乎的表情。

"可不能这样啊，"母亲随口说着，"答应我，给她写封信。"

"好的，我给她写信。"

母亲沉思片刻，脑子里闪出新的念头：

她爱听那些风流韵事。

"三百个人里，唯一没有晋升为少尉的人！"她显出无限赞赏和自豪的神情。

她跑去取茶点、果酱、三明治、蛋糕和水果，又回来坐到桌边，用鼻子深深地吸一口气，感到非常满意。

"跟我说说这一切经过。"她说。

她爱听那些风流韵事。我给她讲了很多。

罗曼·

第二十九章

就这样，我巧妙地应付了这件最紧急的事，或者说，我把法国从母亲认为的某种可怕覆灭中拯救了出来，极其婉转地向她解释了我的挫折，然后我便去迎接新的考验。对于这一考验，我已做了更充分的准备。

四个月前，我刚入伍的时候，是萨龙－德－普罗旺斯军官学校学员，这是一个享受优待的行列：士官们不能对我发号施令，士兵们用某种尊敬的目光看我。现在，我以普通下士的身份回到了他们中间。

可以想见，我所面临的是什么样的命运，我得忍受种种讽刺、嘲笑和戏弄，还要负担杂务，连里的士官们一直叫我"讨厌的傻瓜中尉"。那是一个这样的时代：军队在舒适和逸乐中逐渐腐败，这种逸乐甚至腐蚀了一九四〇年战争中某些战败者的灵魂。回到萨龙后几星期里，我的主要任务是被指派检查公共厕所。不过，我承认，将周围某些军士和中士对我的注视换成公共厕所，使我颇感愉快，而且比起没有少尉军衔回到母亲身边时的心情，检查厕所和经受各种捉弄和侮辱简直算不了什么，甚至可以说是在给我解闷了。我一出营房，就能跨入普罗旺斯乡村，优美中掺杂着一点儿哀伤的气氛，散乱在柏树丛中的石块，使人回想起某种神秘的天穹遗迹。

我并不倒霉。

我在老百姓中间赢得了友谊。

我来到普罗旺斯的波地区，坐在高耸的悬崖绝壁上，一坐就是好几小时，观望橄榄绿的海洋。

我用手枪打靶。多亏两个同伴克里斯特中士和布梅斯中士的帮助，我在阿尔比

我以普通下士的身份回到了他们中间。

优美中掺杂着一点儿哀伤的气氛。

尔上空飞行了五十小时，最后，有人在某处发现我持有飞行员证书，我便被任命为空中射击教官。战争突然攫住了我，连同我那对准天空的上了膛的机枪。我压根儿没有想到法国会在这场战争中输掉。母亲的生命是不会在这样一次失败中结束的。这一合乎逻辑的推理使我对法军的胜利充满信心，比整个马其诺防线和我们所有可爱长官的响亮演说更加坚强有力。我相信我可爱的顶头上司不会输掉战争，命运为她保留着胜利。在经过如此激烈的斗争，做出如此巨大的英勇牺牲后，这是一件不言而喻的事。

如上文所说，母亲乘着一辆雷诺牌旧出租车，跑到萨龙－德－普罗旺斯来和我告别。她手里提着各种各样的食品：火腿、罐头、果酱、香烟，当兵的在需要时想吃的所有东西。

然而，这些食品原来并不是送给我的。母亲把大包小包递给我，脸上做了个诡谲的表情，一边悄悄地说：

"是给你的长官们的。"

我站在那里，不知所措。霎时间，我看到了德·龙日维阿尔上尉、穆利尼亚上尉和蒂尔班上尉板着面孔，看着一个下士走进他们的办公室。下士送上他母亲替他向上司讨好的香肠、火腿、白兰地和糖果。我不知道她是否想过这类"送礼"在法国军队中有严格的规定，也许跟上世纪俄国外乡军营里的情况一样，不过我尽量避免说三道四，或提出异议。她完全可以自己拿着这些"礼品"亲自送给有关人员，再加上一大篇能使戴鲁莱德本人都感到脸红的爱国主义演说。

我好不容易才没让母亲、她激动的感情和她带的那一大堆罐头引起躺在咖啡馆露台上的士兵们的好奇。我把母亲拉到跑道一边停着的飞机之间。她拄着拐杖，走在草地上，严肃而仔细地观察我们的飞行器械。三年以后，我看到了另一位伟大的女性在肯特机场检阅我们的机组，那就是英国女王伊丽莎白。我要说的是，母亲在萨龙机场上走过我们莫拉纳－315型战斗机前那种充满自豪的主人翁姿态，女王陛下却是没有的。

她拉着扬林，走在草地上，

严肃而仔细地观察我们的飞行器械。

主人翁姿态

母亲审视我的飞机后，感到有点儿疲倦，我们便坐在跑道旁边的草地上。她点燃一支烟，显出沉思的神态，皱起眉头，专心考虑着某件事情。我期待着。她坦率地把想法向我和盘托出：

"应该立刻进攻。"她对我说。

我大概显得有点儿疑惑不解，她于是明确地补充道：

"应该向柏林进军。"

她用满怀信心和胜利在握的口气用俄语又说了一句："应该向柏林长驱直入。"

从那以后，我一直感到有一种遗憾：戴高乐将军不在时，法兰西军队没有交给我母亲指挥。否则，我认为，突破色当①的参谋部便该知道是在跟谁打交道了。母亲具有高度的进攻意识，这种十分宝贵的天赋所引发的毅力和主动精神向那些最缺乏这方面品质的人提供了榜样。请相信我这句话：马其诺防线的左翼完全受到敌人的威胁，而母亲不是一个躲在这条防线后面无所作为的妇女。

我答应她我将尽最大的努力。她似乎感到满意，但又显出沉思的表情。

"所有这些飞机都没有掩蔽。"她说，"你的喉咙一直不太好，容易发病。"

我不禁对她说，如果我在天上遇到的仅仅是咽喉炎，那真该谢天谢地了。她以保护人的姿态微微地笑了笑，嘲讽地看着我。

"你什么也不会遇上的。"她从容地说。

她的脸上显出绝对信任和坚定的表情，可以说，她知道已经与命运签了协定：她用自己平淡的一生换取了某种保证和承诺。我自己对这一点也深信不疑。但是，这一潜在的意识把险情排除在外，使我没有任何机会去险境中英勇拼搏。它一方面使我免除危险，但同时也把我窒息了。我感到恼火和愤慨。

"十个飞行员中没有一个能打完这场战争。"我对她说。

---

① 色当，法国东北部城市。一八七〇年九月拿破仑三世曾在此溃败并被俘，一九四〇年五月德军西进时又以此地为主要突破口。

她望了我一会儿，显出惊恐和不解，接着颤动几下嘴唇，哭了起来。我拉住她的手。在她面前，我很少这样做。我对女子才这样做。

"你什么也不会遇上的。"她说，这次是恳求的口气。

"我什么也不会遇上的，妈妈。我答应你。"

她犹豫着，脸上浮现出内心的矛盾。接着，她做了让步。

"也许你的腿会受伤。"她说。

她试图找寻折中方案。然而，在这柏树和白石映衬的悲凉的天空下，很难无视自古就存在的人类的命运，很难相信这命运与悲剧无关。但是，看着这张忧心忡忡的脸，听着这位试图与天神讨价还价的可怜的妇女的声音，我更难相信天神们会比里纳尔迪司机缺乏同情心，比布法街市场卖大蒜和比萨饼的商人缺乏谅解精神。他们应该多少也沾染了一点儿地中海气息。我们周围的某个地方，想必有一只正直的手掌握着天平，它最终的量度必然是公正的。天神不会欺骗、戏耍母亲们的心。整个普罗旺斯大地突然在我周围响起了蝉儿的歌声，于是我毫不怀疑地说：

"你不用担心，妈妈，就这么说定了。我不会出事的。"

我们周围的某个地方，

想必有一只正直的手掌握着天平。

倒霉的是，我们走近出租车时，碰上了驾驶队长穆利尼亚上尉。我向他打招呼，同时对母亲说，他是我所在单位的指挥官。我真是太冒失了！就在这一刹那间，母亲打开了小汽车的门，抓起一条火腿、一个罐头和两条萨拉米香肠。我还没有来得及做个手势，她就已经走到上尉跟前，向他献上了这些值钱的食品，还说了几句相应的话。我简直羞愧死了。当然我在欺骗自己，因为如果能这样羞愧而死，人类就不复存在了。上尉惊讶地瞥了我一眼，我以一个具有说服力的表情作为回答，于是这位真正圣西尔军校出身的军官便不再犹豫了。他彬彬有礼地感谢母亲。母亲向我郑重地望了一眼，便向出租车走去。上尉扶她上车，向她致敬。母亲庄重地点了点头，表示感谢，然后得意地坐到位子上。我能肯定，她因又一次证明了儿子有时不以为然的生活经验，正心满意足地用鼻子大声吸气呢。出租车一开动，她的脸色就变了，似乎突然遇到了什么灾祸。这张脸贴在窗玻璃上，忧虑地朝着我。她试图向我喊着什么，我一点儿也听不清楚。最后，为了让我明白她要表达的意思，便对着我画十字。

我要在这里提一下我生活中的一段重要往事，以前由于幼稚地欺骗自己而有意把它抹去了，此刻可以浮光掠影地提一提，因为这事依然令人痛苦。从那时到现在将近二十年过去了。战争爆发前几个月，我爱上了一个匈牙利姑娘伊洛娜，她当时住在梅尔蒙旅馆兼膳宿公寓。我们打算结婚。她有一头黑发和一双灰色的大眼睛，这就足以令人神往了。她去布达佩斯探望父母时，战争爆发了，我们从此再也没有见面。这是又一次挫折，情况就是这样。我知道，不给这段插曲以应有的位置是不合情理的，但即使是写这几行字，也嫌时间离得太近。我还得借助一次患耳炎的机会：由于这一疾病，我现在躺在墨西哥一家旅馆的床上，经受着难熬的痛苦。所幸这纯粹是肉体上的痛苦，就像一剂麻醉剂，帮助我去触及这一精神创伤。

第三十章

我所在的训练中队转移到了波尔多-梅里尼亚克。作为飞行教官,我每天驾着波泰兹-540在空中度过五六个小时。我很快被任命为中士,薪水是足够花的。法国在坚持抵抗,我和伙伴们看法一致:应该利用美好的时光享受生活的乐趣。战争不会长久打下去。我在城里有一个房间,还有三件丝绸睡衣。这几件睡衣让我很自豪,它们在我眼里代表着豪华生活,并使我感到自己在上流社会进展顺利。这几件衣服是法学院的一位女同学玛格丽特在一家商店失火后特地为我偷来的,她的未婚夫就在那家店里当职员。我跟玛格丽特的关系纯粹是柏拉图式的关系,彼此恪守道德标准。那几件衣服有点儿焦味,甚至有点儿熏鱼味道,当然任何事情都不能十全十美。我还能经常弄到一盒香烟,现在我对抽烟已经不再感到恶心了,这使我放心地觉得自己是在进行真正的锻炼。总之,我的生活很有起色。然而就在那个时期,我出了一个令人烦恼的飞行事故,差点儿丢掉我的鼻子,我的心神为此一直不能平静。当然,这完全是波兰人的错误。当时波兰军人在法国不太受欢迎:人们有点儿看不起他们,因为他们打输了战争,被打得一败涂地,人们并不掩饰对他们的看法。另外,如同所有病态社会结构中出现的情形一样,恐谍症开始抬头。每当有个波兰士兵点燃一支香烟,他会立即被指控用火光与敌人交换情报。由于我精通波兰语,在双方共同操作的飞行中,我就充当翻译。飞行的目的是使波兰驾驶员熟悉我们飞机的性能。我站在飞机上两名驾驶员中间,翻译法国教官的命令和建议。这种空中工作的独特设想并未收到预期效果。着陆时,波兰驾驶员由于接触地面慢,教官着急地对我大声说:

"告诉这头蠢驴，他一出飞机就会呕吐，叫他重新加速发动机！"

我立刻翻译。我可以问心无愧地说，我一秒钟也没有耽误就说出了这句波兰话。

我清醒过来时，发现脸上已经流血了。护士们围在我的身边。波兰军士长的状况十分可悲，但却一直很有礼貌，试图用一条胳膊支起身子，向法国驾驶员表示道歉。

法国军士情况很糟糕。他向我们轻轻说了一句"真见鬼"，便昏迷过去。

我进行如实的翻译。任务完成后，我便离开了。我的鼻子痛得难忍，不过，医务室的人告诉我，内伤并不严重。其实，他们的诊断并不准确。我的鼻子创伤延续了四年，另外，该死的偏头痛又不断侵扰我。为了不致被逐出飞行员队伍，我不得不隐瞒这些病情。直到一九四四年，我的鼻子才在英国皇家空军医院完全修复。它已不再像过去那样无与伦比地俊美，不过还很适用，而且我完全有理由说，它可以永远保留下去。

除了作为机枪手和投弹手进行飞行外，伙伴们常常让我担任空中指挥。于是我每天平均能做一小时的领航飞行。这些宝贵的时间可惜没有任何正式记录，甚至不能记在我的飞行手册上。我只好偷偷地准备了第二本飞行手册，多亏办公室主任的

它已不再像过去那样无与伦比地俊美。

帮助，还在每一页上正正规规地盖上空军联队的印章。我相信，战争初次失败后，规章制度将会松弛，我的上百个小时的私下练习将会使我成为一名战斗飞行员。

一九四〇年四月四日，德军发动攻击前的几星期，我正在机场悠闲地吸着一支雪茄。一名传令兵递给我一份电报："母病重，速归。"

我愣在那里，紧绷着脸，嘴上衔着雪茄，身穿那件皮上衣，鸭舌帽遮到眼睛上，两手插在口袋里。这时候，整个大地忽然变成了无人居住的荒原。至今我还记忆犹新的是，我突然有一种奇特的感觉：那些最熟悉的地方，土地，房屋，一切确凿可靠的事物，转眼间在我周围形成了我过去从未涉足的陌生世界，我的度量衡系统一下子崩溃了。我徒劳地对自己说，美妙的爱情故事总是以悲剧告终。不管怎样，我相信我的爱情故事也将有个悲剧结局，但需在获得正义之后。我要致力于矫正人世间的天平，使它重新建立平衡，明确而无可辩驳地显示人间的信誉，证明纷纭的世事有它隐秘而公正的意图。如果母亲在我完成上述事业前去世，我觉得这是对最基本的人的尊严的否定，如同禁止人的呼吸一样。我不必向读者强调这种态度的幼稚程度。今天，我已经具有丰富的经历，我不必再说什么了，人们已经明白了。

我乘上军人休假列车，四十八小时以后才到尼斯。在这列天蓝色的火车里，军人的士气已降到了最低点。是英国把我们拖下了水，我们只好干到底了。希特勒并不那么坏，只是没有被理解，人们本应和他好好对话。不过，不管怎么说，天上总还有明亮的地方：已经发明了一种新药，能在几天内治愈淋病。

然而，我一点儿没有绝望，我至今也没有绝望，我只是做做样子。我一生中作出的最大努力，是设法做到不抱希望。可是没办法，我身上总是萌动着希望。

我于清晨到达尼斯，立即奔向梅尔蒙旅馆。我跑到八楼敲门。母亲住的是旅馆里最小的一间卧室：它是老板所钟爱的。我走进房间。房间很小，呈三角形，陈设整齐，仿佛没有人居住。我十分惊慌，旋即返回楼下，叫醒看门人，这才知道母亲已被送进圣安东尼医院。我立即跳上一辆出租车。

医院的护士们事后对我说，她们看见我闯进来，以为是暴徒突然来袭击。

母亲的头深陷在枕头里，双颊凹陷，表情忧虑，惶惶不安。我拥抱了她，然后坐在床边。我还一直穿着那件皮上衣，戴着那顶制服帽：我需要这一保护层。这次准假外出期间，我有时竟把一支雪茄烟头咬在嘴上好几个小时：我需要凭借某件东西来支撑自己。在她的床头桌上，在她的紫色首饰盒里，醒目地放着那枚刻着我名字的银质奖章，那是我参加一九三二年乒乓球锦标赛赢得的。我们待在那里，一两个小时没说一句话，然后，她叫我拉开窗帘。我拉开了窗帘。我踌躇了一下，便向光亮处抬起眼睛。我知道她会叫我这样做。我就这样眼睛朝向天空，待了好一会儿，这几乎是我能为她做的全部事情。我们默默地待在那里。我甚至不用转身就知道她在哭泣。我甚至不能肯定这是在为我哭泣。我坐到床对面的沙发上，在这张沙发上生活了四十八小时。我几乎时时刻刻戴着制服帽，穿着皮上衣，咬着那截烟蒂：我需要友谊。有一次，她问我有没有我的匈牙利女友伊洛娜的消息，我回答说没有。

"你身边应该有个女人。"她说，语气很认真。

我对她说，别人也都在这样过日子。

我身上总是萌动着希望。

她们看见我闯进来，以为是暴徒突然来袭击。

……银质奖章，那是我参加乒乓球锦标赛赢得的。

这几乎是我能为她做的全部事情。

“你比别人有更多的难处。”她说。

我们玩了一会儿纸牌游戏。她还是像过去一样抽烟。她说医生已经不再禁止她抽烟，所以不需要有什么顾忌了。她吸着烟，专注地望着我。我清楚地意识到她在考虑什么计划，在做某种统筹安排。我相信她是在这个时候萌生了一个秘密打算，我清楚地从她的眼神中捕捉到施用计策的表情，我知道她的脑子里孕育着某种企图，可是即使像我这样深知她的为人，也确实未能猜到她会走那么远。我问了问医生，他叫我放心，说她还能支撑几年。“糖尿病，您知道……”他对我说，带着狡黠的神情。第三天晚上，我去马赛纳饭店吃饭，在那里遇到一个荷兰人，他乘飞机去南

她的脑子里孕育着某种企图……

非，"躲避即将发生的德国入侵"。由于我没有表示任何异议，而且，也许我的飞行员制服博得了他的信任，他便问我是否能给他介绍一个女人。我想到这辈子有那么多人向我提出过同样要求，实在有点儿不安。不过我一直认为自己仪表不俗。我对他说那天晚上我精神不太好。他告诉我他的全部财产已经转移到南非。我们于是来到"黑猫"酒吧，庆贺这一好消息。荷兰人胃口很好，我虽素来不爱喝酒，还是应酬了一下。我们两人喝了一瓶威士忌，然后又喝白兰地。酒店里很快传说我是法国头号打仗能手，两三个一九一四年战争的老战士过来和我握手，并说为此而感到荣幸。我受到承认，很得意，到处签名，握手，接受别人请客。荷兰人给我介绍了他刚刚结识的一个女友。我再次感受到这套飞行员制服在后方劳动群众中享有的威望。这位姑娘表示愿意在整个战争期间照管我的生活，必要时跟随我去每个驻地，哪怕一天跑二十个地方。我情绪低落，说她想这样做不是为了我，而是为了整个空军。她的爱国主义表现太过分，我希望别人爱的是我本人，而不是我的军装。荷兰人痛饮一阵香槟，说是愿意为我们祝福，奠定结合的基础。老板给我送来菜单，请我签名。我正要签名时，发现一只嘲弄的眼睛在盯着我。这人没有穿皮上衣，胸前没有标记，但却挂着一枚带星的十字军功章，这在当时对一个步兵来说已经不简单了。我尽量保持镇静。荷兰人打算和我的未婚妻上楼，她叫我第二天到森特拉酒吧等她。一顶饰有金色翅膀的制服帽，一件皮上衣，一副严峻的表情，这些就能保障你的前途。我的头痛得厉害，鼻子沉甸甸的。我走出酒吧，跨入黑夜，置身于鲜花市场千万双五彩缤纷的靴子中间。

后来我听说，第二天，第三天，真心诚意的姑娘每天晚上从六点到次日凌晨两点都去森特拉酒吧，等待她的飞行员士官。

直到今天，我有时还在想，我是否不知不觉错过了一生中一次最伟大的爱情。

几天后，约翰内斯堡地区发生一次空难，我从遇难人员名单中看到了这位好心的荷兰人的名字，这证明人们永远无法主宰自己。

我假期满了。我在圣安东尼医院的沙发上又度过了一夜。第二天早晨，窗帘刚刚拉开，我就朝母亲走去，向她告别。

　　我不知道该怎样描写这场离别的情景。彼此没有话语。我勇敢地忍住了。我清楚地记得，她曾经教我怎样在妇女面前待人接物。母亲已经有三十六年没有和男人一起生活，我要离开她了 —— 也许这是永别 —— 我要注意的是，除了儿子的形象外，还要给她留下一个男人的形象。

　　"好吧，再见了。"

　　我吻了她的脸颊，微微笑了笑。这微笑对我的价值，只有她一个人知道。她也笑了。

　　"她一回来，你就结婚。"她说，"她正是你需要的人。她长得很美。"

　　她大概在想，要是身边没有女人，我怎么能适应。她想得很对：我确实不能适应。

　　"你有她的照片吗？"

　　"就在这儿。"

　　"你知道她家有钱吗？"

　　"我不知道。"

"好吧，再见了。"

她用手在我前额上画了十字。

我为你祝福。

母亲是犹太人。但这无关紧要。只要善于表达。

"她去戛纳听布鲁诺·华尔托①音乐会不坐公交车，而雇出租车。她家里大概很富有。"

"我不在乎这个，妈妈。我不在乎。"

"搞外交，要接待客人，要有仆人，要讲究穿着打扮。她的父母得明白这一点。"

我拉住了她的手。

"妈妈，"我说，"妈妈。"

"你放心好了。这一切，我会对她父母说的，会恰如其分地告诉他们的。"

"妈妈，那么……"

"千万不要为我担心。我这匹老马，已经坚持到了今天，我还会坚持一阵子的。摘下你的制服帽吧……"

我摘下帽子。她用手在我前额上画了十字。

---

① 布鲁诺·华尔托(1876—1962)，德裔美国乐队指挥。

"我为你祝福。"

母亲是犹太人。但这无关紧要。只要善于表达，用什么语言是次要的。

我向门口走去。我们再次微笑着，相互看了看。

现在，我感觉十分平静。

她那种百折不挠的精神传给了我，在我身上永远扎下了根。今天，她的意志和勇气仍然留在我的身上。我面临着艰难的生活，但从不灰心失望。

她那种百折不挠的
精神传给了我，在我
身上永远扎下了根。

第 三 部

第三十一章

我从来没有想到法国会输掉这场战争。我只知道我们在一八七〇年战败过一次，但那时我还没有出世，连母亲都还没有出世。那是另一回事了。

一九四〇年六月十三日，前线全面崩溃。我驾驶布洛克－210飞机护航归来后，在图尔机场遭受空袭，受了伤。伤势不重，我让那枚榴霰弹片留在我的大腿里了：我已经看到，当我休假回去母亲触摸它时会感到何等骄傲。我一直把它留在身上，当然现在完全可以把它取出来了。

德国人的进攻取得了令人震惊的成功，但对我没有产生什么影响。我们在一九一四至一九一八年已经领略过了。我们法国人总能在最后的时刻恢复镇静，这是毫无疑问的。居德里安①的坦克穿过色当的缺口冲进来，这使我感到好笑。我想到，我们的参谋部正搓着双手，感到欢欣鼓舞，因为它看到自己的宏伟计划正在逐条实施，看到那些呆头呆脑的德国胖子又一次落入陷阱，受骗上当。我相信我的血液里充满着对祖国命运的无比信任，这种信任大概来自我的鞑靼和犹太祖先。驻在波尔多－梅里尼亚克的军事首领们很快认识到我这些隔代遗传的品质，也就是忠于传统和盲目信任的特点。我被指定参加负责波尔多工人区上空巡逻的三个警戒机组中的一个。有人私下告诉我们，这是为了保证贝当元帅②和魏刚将军③的安全，他们

---

① 居德里安（1888—1954），德国将军，德军装甲兵创始人，一九四四至一九四五年任德军参谋长。
② 贝当（1856—1951），当时的法国总理，后对德投降，组织"维希政府"。一九四五年八月以通敌罪被判处死刑，后改处无期徒刑。
③ 魏刚（1867—1965），法国将军，曾任贝当政府驻北非总代表，一九四二年被德军监禁。

已决心与一支共产党的第五纵队继续战斗，这个纵队正准备夺取政权并企图跟希特勒作交易。对这件诡谲的无耻勾当，我不是唯一的证人，也不是唯一的受骗者：军官学校学生旅队 —— 其中有当今法国驻丹麦大使克里斯蒂安·富歇 —— 被部署在市内十字路口，以保护这位令人敬畏的老人去跟那些失败主义者和通敌分子进行战斗。不过，我还是相信，这种巧妙的做法来自下级机构，他们出于当时的爱国主义和政治热情而自发这样做。我于是在波尔多上空进行低空巡逻，身边架着上膛的机枪，准备向任何出现在眼前的聚集的人群俯冲。我会毫不犹豫地这样做，绝对没有料想到我们负责挫败其计划的第五纵队已经赢了这一局，没有料想到他们并不是那些光天化日之下在大街上摇着旗帜横冲直撞的人，而是已经暗中渗入到人们的思想、意志和灵魂中了。我无法想象世界上最悠久和最光荣的军队中的一位第一流的将领竟会突然变成一个失败主义者，一个毫无战斗意志，甚至准备把自己的怨恨和政治偏见置于国家命运之上的阴谋家。德雷福斯事件①没有告诉我任何东西：首先，埃斯坦尔哈齐②不是真正的法国人，他是后加入法国籍的，而且是为了破坏一个犹太人的名誉，谁都知道在这种情况下各种手段都使得出来 —— 德雷福斯事件中我们的军事将领都认为干得很好。总之，我始终保持这样的看法，也许今天也没有改变：像奠边府③那样的惨败，阿尔及利亚战争以外的某些卑劣勾当，都使我大为吃惊并感到无法理解。敌人每前进一步，前线每溃败一次，我都会发出敏感的微笑，我期待着出乎意料的逆转、突如其来的缓和，期待着我们的战略家们 —— 举世无双的战斗者们发出嘲讽而美妙的"啊！啊！"声。这种从不灰心失望的天性在我身上是一种隔代遗传的痼疾，我对它毫无办法，它最终表现为有点儿像往昔那种无忧无虑的先天性痴愚：把没有肺脏的爬行动物赶出原始海洋，然后引导它们呼吸，而且教它们有

---

① 德雷福斯事件，一八九四年法军事当局诬告犹太血统的法国军官德雷福斯(1859—1935)出卖国防机密给德国的事件。

② 埃斯坦尔哈齐(1847—1923)，德雷福斯事件中的法国军官。

③ 奠边府，越南西北部城镇。一九五四年五月越南军队曾在此大败法军。

一天变成我们今天看到的在我们周围行走的人类的始祖。我当时是愚蠢的，今天还是这样——愚蠢地杀人，愚蠢地生活，愚蠢地希望，愚蠢地赢得胜利。军事形势越严峻，我愚蠢的程度也越高。我等待着祖国的守护神会根据我们美丽的传说突然化为领袖的形象。我总是倾向于分毫不差地相信这些美妙的故事，这是人们在获得灵感时对自己讲述的故事，而法兰西在这方面从来不乏灵感。母亲在坚持信念、充满信心和希望方面的杰出功能忽然在我身上复苏，而且升华到意想不到的高度。对前后到任的所有首长，我逐个予以信任，认为他们每一个人的存在都是天意的安排。当他们在木偶戏舞台的洞穴中一个个消失或一败涂地时，我从不感到泄气，丝毫不降低信任，对我来说，这只是再换一个将军而已。我连续不断地买东西，总是受骗上当，又总是充当买主。一位大人物倒台后，我便以更大的信心去迎接另一位新的。就这样，我相继信任过加姆林将军、乔治将军、魏刚将军——我记得我怀着怎样的激情阅读一家新闻社对他的兽皮靴和军裤的描写，那是在他担任最高司令官后从大本营阶梯上走下来时的情景。我信任过亨特齐热将军、布朗夏尔将军、米特洛赛将军、诺盖斯将军、达尔兰海军上将，当然更不用说贝当元帅了。就这样自然而然地就通向了戴高乐将军：我小手指贴在军裤缝线上，不断地向他致敬。可以想象，当我天生的愚蠢和不甘绝望的天性忽然遇到了知音，在濒临灭亡的时刻终于看到了一位非凡的领袖——他不仅在事变中大显身手，而且拥有我们家乡的姓氏，我感到多么宽慰！每当我站在戴高乐面前，我便感到母亲没有欺骗我，她确切知道自己在说什么。

我于是决定联络三个伙伴，驾驶一架我们中间谁也没有驾驶过的全新的顿-55型战斗机，飞往英国。

波尔多-梅里尼亚克机场在一九四〇年六月十五日、十六日和十七日那几天无疑是人们从来没有见过的最奇特的地方之一。

天空中从四面八方不断飞来无数架飞机，降落在跑道上，挤满了停机坪。一些

在戴高乐的葬礼上

我天生的愚蠢和不甘绝望的天性忽然遇到了知音。

对我来说不知型号和用途的飞机停在乘客站立的草坪上，乘客们对此十分好奇，有些仿佛完全被出现在眼前的这批最老式的运输工具吸引住了。

机场在举办空军二十年来所有样机的回顾展：法国空军在寿终正寝前正在检阅它的过去。机组人员的情形有时比飞机本身还要奇特。我见到一名海军航空兵的驾驶员，身佩一枚人们能在战斗员胸前见到的最漂亮的十字军功章，他从驱逐机座舱里出来时，怀里抱着一个熟睡的小姑娘。我还看见一名中士驾驶员从他的"银鸥"上弄下来几个人 —— 五名可爱的外省青楼女郎。我在一架"西蒙"里见到一个满头白发的中士和一名穿长裤的女郎，还有两条狗、一只猫、一只金丝雀、一只鹦鹉、几卷地毯，以及一幅靠在壁上的于贝尔·罗贝尔①的画。我见到一个上等家庭的一家人：父亲、母亲和两个姑娘，手里提着行李，跟一位驾驶员商谈去西班牙的价钱，那位父亲是荣誉军团骑士勋章获得者。我还见到过，而且终生不忘德瓦蒂纳-520和莫拉纳-406的飞机驾驶员从最后战斗中返航时的面部表情，飞机的机翼上布满了弹孔，其中一人一把揪下胸上的十字军功章，掷到了地上。我见过三十来位将军，站在观察哨所周围，等待着，等待着，等待着。我见过一些青年驾驶员尚未接到命令就登上布洛克-151冲向蓝天，身边没有任何弹药，没有任何希望，唯一的目的是去跟敌人的轰炸机相撞 —— 根据连续不断的警报宣布，这些轰炸机即将来临，但却一直没有出现。我见过令人难以置信的"空中农牧神"无时无刻不在逃避空中劫难，它们中间有著名的飞行棺材布洛克-210，这种飞机似乎最受青睐。

当我们走近亲爱的波泰兹-25，走近那些老飞行员时，我们总要唱一段当时流行的小曲："祖父，祖父，您忘记了您的马儿。"我对这支小曲一直有着亲切的怀恋。这些四五十岁的老人全都是预备役军人，有些还是第一次世界大战的老战士，他们自豪地佩着驾驶员的"证章"，但在整个战争中却一直担任着地勤工作：食堂管理，

---

① 于贝尔·罗贝尔(1733—1808)，法国画家。

法国空军在寿终正寝前正在检阅它的过去。

抄抄写写，或当办公室的头头。上面虽然多次答应他们进行空中训练，却从来没有兑现。现在，他们把它补回来了。他们是二十几名结结实实的四十上下的男子，趁着混乱的局面，掌握了自己的命运。他们调动所有能用的波泰兹－25飞机，不顾周围出现的各种失败征兆，分秒必争地投入飞行训练，像游客在水中遇险时划着圆圈一样，从容地在跑道上着陆。他们抱着百分之百的乐观情绪，相信能及时赶上他们所说的"第一场战斗"，对参战前可能发生的一切毫无顾忌。就这样，在这场奇特的敦刻尔克空战中，在这种世界末日即将来临的气氛中，在那些与多姿多彩的空中农牧神混在一起的惊慌失措的将军们头上，在那些被战败的、机灵或绝望的人们上空，"老飞行员"们驾驶的波泰兹－25在继续一丝不苟地轰轰作响，不倦地降落和起飞。这些始终一贯的抵抗者用自己快乐和坚毅的笑容从机舱里回答我们的友好致意。

……怀里抱着一个熟睡的小姑娘。

布洛克-210

波泰兹-25

德瓦蒂纳-520

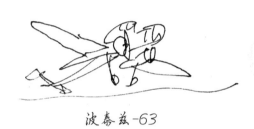

波泰兹-63

莫拉纳-406

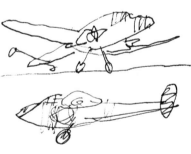

阿米奥-372

布洛克-150

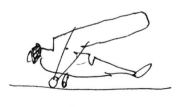

莫拉-315

五名可爱的青楼女郎

两条狗、一只猫、一只金丝雀、一只鹦鹉

我见过一些青年驾驶员尚未接到命令就登上布洛克-151。

他们是盛产葡萄的法兰西，阳光下愤怒的法兰西，在每个气候宜人的季节，不管遇到什么情况，都要成长，壮大，新生。

他们中间有卖汤的小贩，有工人、屠夫、保险商、流浪者、掮客，甚至还有一名神父，但是，他们在这方面有共同的目标。

法国战败的那一天，我靠墙坐在一个飞机库里，看着一架顿－55的发动机转动。这架飞机要把我们带到英国去。我想到波尔多的卧室里还留着六件丝绸睡衣。当我想到也许永远见不到法兰西和母亲时，我的心情无比沉重。三个伙伴和我一样都是中士，坐在我的身边，目光冷漠，腰带上挂着上膛的手枪 —— 我们都很年轻，但离前线很远，我们的失败使我们的男子气概受到挫折，出鞘的手枪威风凛凛，但只是一件宣泄愤恨情绪的直观工具，不过它能稍稍使我们与正在周围上演的悲剧趋于同一步调，同时也能掩盖和补偿我们的无能、惶惑和无可奈何的心情。我们中间还没有人被打败过，德加什用嘲讽的声音完美地表达了我们想摆摆姿态，装装门面，与失败划清界限的可怜的愿望：

"这有点儿像不让高乃依和拉辛写作，然后说法国没有悲剧诗人。"

尽管我努力只去想我丢失的那几件丝绸睡衣，但是母亲的面容与万里无云的六月骄阳一起，时时浮现在我的眼前。我咬紧牙关，抬高下巴，伸手抓住自己的手枪，但仍然无济于事，眼眶里即刻充满了泪水。我于是迅速抬起头，眺望前方的太阳，避免让伙伴们看出真情。我的同伴贝尔格尔也有精神上的痛苦，他告诉我们：入伍前他依靠妓女养活，他所钟爱的女人在波尔多一家妓院里。由于感到与她关系不合法，他便只身出走了。我想尽量鼓励他几句，对他说效忠祖国应放在别的事情之前，我自己也把一切最宝贵的东西抛到了脑后。我还举了我们第三位伙伴让－皮埃尔的例子，他毫不犹豫地丢下了妻子和三个孩子，来部队继续战斗。贝尔格尔于是说了一句令人深思的话，大家听了都认为有道理，直到如今，每当我想起它来，还感到自卑自贱。

这有点儿像不让高乃依和拉辛写作,
然后说法国没有悲剧诗人。

"你讲得对，"他说，"不过，你们不是我这个圈子出身，所以不是非来不可的。"

德加什大概驾驶过飞机，他有三百小时的飞行记录，这是他的一笔资本。他是典型的上等人家子弟：高贵的神态，蓄着一绺小胡子，穿一身朗文时装店出品的制服。他对我们离开部队去外国继续战斗的决定，给予某种程度的认可，表现出法国天主教资产阶级的见解。

可以看出，我们之间除了不愿意承认失败外，没有其他共同点。但是，我们又在所有分歧因素中汲取一种活力，一种比联结我们的唯一纽带更为坚强的信任。

德加什登上飞机，听取机械师关于操纵这架他完全陌生的顿的最后指导。我们准备作一次试验飞行，以便熟悉这种飞机，然后着陆，把机械师留下，再重新起飞，飞向英格兰。德加什从飞机上向我们做手势。我们开始系降落伞的保险带。贝尔格尔和让－皮埃尔先上，我的保险带总系不好。当我向舷梯跨上一只脚的时候，我看到一个骑自行车的人飞快地向我接近，一边打着手势。我等待着。

"中士，观察哨所叫你去，有你的一个电话，紧急电话。"

我们之间除了不愿意承认失败外，没有其他共同点。

……这架他完全陌生的飞机

　　我愣住了。在这一败涂地的时刻，在德军的坦克和空中武器势如潮涌的进攻下，所有的公路都被切断，电报和通信线路已经全部瘫痪，将领们与自己的部队失去了联系，所有组织机构都已消失，在这种情况下，母亲的声音还能传到我的身边，这简直不可想象，因为我对这一点是深信不疑的：电话一定是母亲打来的。色当失陷的时候，还有后来第一批德国摩托部队闯入卢瓦尔河畔城堡那阵子，在一位观察哨所中士电话员的帮助下，我曾试图向她传递平安的信息，向她提起若弗尔①、贝当、福煦②，以及其他所有神圣的名字。在我们为物质生活担心或是她患低血糖症的困难时刻，她曾向我无数次念叨过这些名字。不过那时候，电信秩序仿佛还好，命令还能被遵守，然而即便如此，我也没能和她通话。

　　我大声告诉德加什，叫他们先做试验飞行，然后到飞机库前接我。我便骑上那位下士的自行车，开始疾蹬。

---

① 若弗尔 (1852—1931)，法国元帅。
② 福煦 (1851—1929)，法国元帅。

电话一定是母亲打来的。

我离观察哨所几公尺。

我平生第一次感受这种火辣辣、突然和彻底的孤独。

当我离观察哨所还有几公尺的时候，顿从跑道上起飞了。我下了自行车，进门前，漫不经心地向飞机望了一眼。顿离地面大约已有二十米，这时恍若静静地凝固在天空中，犹豫着，然后上仰，拐弯，俯冲，最后摔到地上，爆炸了。我望了一会儿这浓黑的烟柱。这景象，以后在那些坠毁的飞机的上空见到过无数次。我平生第一次感受这种火辣辣、突然和彻底的孤独。后来又有一百多位伙伴在我身边倒下，他们在我心中留下深深的印记，使我处在茫然若失之中。这一失落感，在空军中队的四年生活里，逐渐占据了我的整个精神领域。战争以来我所寻求的新的友谊使我对自己身边的这一空缺感触越来越深。有时候，我记不起他们的音容笑貌，他们说话的声音也远去了，即便如此，这种淡忘也能给我以更亲切的空虚。天空，大海，空旷的大苏尔海滨，直到遥远的天际：在漫游大地时，我总是选择能容纳所有逝者的宽广地方。我试图不断地接触动物和鸟类，以便填补这一真空。当一头海豹跳下岩石，向岸边游来，或一群鸬鹚和海燕向我身边靠拢时，我便感到友谊和同伴的珍贵，于是怀着可笑而不可企及的希望，忍不住微笑着伸出了手。

二三十位将军像苍鹭一样，在观察哨所周围转悠。我从他们中间开辟出一条通道，然后走进电话交换站。

那个时代，梅里尼亚克电话站跟波尔多城内电话站一样，是全国首要的信息中心。为阻止停战而匆匆赶来的丘吉尔，企图扭转败局的将军们，以及随同撤退的政府一起留下的各国记者和大使，他们的文告和消息都是从波尔多发出的。现在这种状况基本上不存在了，这些通信线路不寻常地平静下来。整个国土上被分割成条条块块的军队中，被围困单位的决策往往由连甚至排作出，再也不需要发布什么命令。尽管如此，在一些人平静而悲壮的战斗中，在几小时或几分钟的以一对百的拼搏中，仍然存在着失败前的最后悸动。这些战斗在地图上无法找到它们的地点，也没有任何记录。

……使我处在茫然若失之中。

我找到了我的朋友杜富尔中士。他在电话站已经值了三十四小时的班，脸上流着六月的汗水——这也是祖国身上的汗水。他有着倔强的前额，嘴上衔着已经熄灭的烟蒂，一脸愤怒和好斗的髯毛。可以肯定，三年后，他在游击队基地倒在敌人子弹下的时候，也该有同样咄咄逼人和嘲讽的神情。

十天前，我请他帮忙，想跟母亲通个电话。他扮出一副老油子的怪相，回答说时候未到，形势还没有要求人采取这种极端措施。现在，他亲自派人来叫我，这简单的事实是对形势的最好说明，要比所有流传的停战谣言强百倍。他注视着我，衣冠不整，连裤扣都没有扣上，愤怒，轻蔑，桀骜不驯，这一切甚至能从敞开的裤子前裆显现出来。这令人不能忘怀的面容，刻着三道横线的直挺挺的前额，是我大约十二年后塑造的《天根》中莫雷尔的原型，那也是一名不知道灰心失望的人物。他注视着我，耳朵上挂一副耳机。他像是在听音乐，显得津津有味。我等待着。他望着我，眼皮因熬夜而有些红肿，眼睛里仍然闪烁着快乐的光芒。我想，他将突然告诉我什么话，也许是总司令关于前线的消息？我很快知道了："布罗萨尔要出发去英国战斗，"他对我说，"我为他做了安排，让他和妻子告别。你没有改变主意吧？"

我摇了摇头。他做了一个赞同的手势。我于是知道杜富尔中士数小时前就切断了所有的电话线，以便让那些拒绝屈服并外出继续战斗的人与他们的亲人作最后一次感情和勇气的交流，也许是一次生离死别的通话。

我对一九四○年失败和议和的人并不怀恨。我十分理解那些拒绝追随戴高乐的人。他们深深扎根于自己的家园，也就是他们所说的人的生活。他们学习过"审慎"，并且正在教授这种学问。这是一种下了毒的洋甘菊茶剂，生活的习惯把这种带着谦卑、克己、忍让的甜味茶剂一滴滴倾注在我们的喉咙里。文人、智者、幻想家、洞察幽微的人、怀疑派、人道主义迷恋者、有文化教养的人、名门望族——所有这些人心里都很明白：人道是一种不可企及的愿望，他们于是理所当然地欢呼希特勒的胜利。我们无疑是受到生物学和形而上学的束缚，他们则是极其自然地赞同了政治和社会的发展。我甚至要说，这并不是辱骂任何人：从下述意义上讲，他们做得很有道理 —— 灵活，谨慎，不冒风险，及时脱身。这样做，耶稣早就不会被钉死在十字架上，梵高可以不必画画，我小说中的莫雷尔不用去保卫他的大象，法国人不会被枪毙；这样做，也可以阻止教堂、博物馆、帝国和文明的诞生，以便把它们并入同一虚无之中。

不言而喻，他们没有我母亲对法国的那种天真想法，他们不需要捍卫一个老妈妈脑子里的那种童话。我不能责怪这些人，他们不是出生在犹太、哥萨克和鞑靼混血人种居住的俄罗斯边境草原地区，他们对法国的看法十分冷静和审慎。

几分钟后，我在电话里听到了母亲的声音。在这里，我无法记述我们所说的一切，那是一连串喊声、单词和啜泣，而不是清晰的话语。从那以后，我总觉得自己懂得了动物的语言。在非洲的夜晚，当我听见动物的叫声，特别是听出痛苦、恐惧、悲惨的音调时，我的心脏常常剧烈地收缩。那次打完电话后，在世界上所有的森林里，我都能辨认出母兽失去幼崽时的叫声。

唯一能听清楚的是最后一句话，那是从蹩脚的诗歌里借用来的一句滑稽可笑的话。那时话音已经中断，线路上轻微的嘎嘎声也已消失，静寂似乎侵吞了整个国家。我忽然听到从远处传来一个滑稽的抽噎声：

"会收拾他们的！"

这最后一句动物般的叫声发自人类最本能最纯朴的勇气，它深入到我的心坎，并且永远驻留在它的深处 —— 它也就成了我的心。我知道，这颗心在我死后将继续活下去，而且总有一天人们将赢得比迄今所向往的更加辉煌的胜利。

我在那里又待了一秒钟，制服帽压到眼眉上，裹着那件皮上衣，孤寂一人，与成百万人过去或将来面对他们的共同命运时一样孤寂。杜富尔中士的目光越过他的烟蒂上方，射到我的身上，眼睛里还是闪烁着快乐的光芒。每当我遇上这种光芒，我总是把它看作一种生存的保障。

我们所说的一切

我现在只好设法寻找别的飞机和机组人员。

我在机场徘徊了好几个小时,从一架飞机到另一架飞机,从一个机组到另一个机组。

我劝诱驾驶员们开小差,但好几回都碰了壁,后来碰上一架又大又黑的四引擎飞机法尔曼,前一天刚到机场。我似乎觉得它能把我带到英国去。那无疑是一架我当时见到的最大的飞机,这庞然大物里好像空无一人。我纯粹出于好奇,爬上扶梯,伸进头去看个究竟。

一位二星将军嘴上叼着烟斗,正伏在一张折叠桌上写字,一支巨大的左轮手枪总有一天人们将赢得比迄今所向往的更加辉煌的胜利。

又大又黑的四引擎飞机法尔曼

……正在写他的遗书，然后就要自杀。

放在他手边的一张纸上。将军的脸显得很年轻，盖着一头灰色短发。当我走进机舱时，他无动于衷地瞧了我一眼，然后继续写他的字。我首先想到的是向他致敬，但他却没有搭理我。

我用稍稍惊奇的目光打量那支手枪，突然明白了是怎么回事。这位失败的将军正在写他的遗书，然后就要自杀。说实话，我非常激动，从内心深深感激他。我似乎觉得，在失败面前，只要还有能采取这类举动的将军，我们的前途就大有希望。那是一种崇高的形象，富有悲壮色彩。在我当时的年龄，我的全身涌上一股说不出的激情。

我于是再次向他致敬，然后悄悄地退出来，向跑道走了几步，等待那拯救荣誉的枪声。一刻钟过去了，我开始有点儿不耐烦，又返回法尔曼，再次向里面探望。

将军还在写字，那只灵巧漂亮的手在纸上迅速移动。我看到两三个信封已经封上，放在手枪旁边。他又向我看了一眼。我再次向他致敬，恭敬地退了出来。我需要信任一个人，这位面容年轻而高贵的将军使我产生了信任感：我于是耐心地站在飞机旁边，等待他唤起我的士气。由于没有什么动静，我决定先去导航组兜一圈，看看航空中队经葡萄牙飞赴英国的计划进展到什么程度。半小时后我又返回来，登上飞机的舷梯：将军还在写字。覆盖着整齐字迹的一叠纸压在他手边的那支枪下。我一下子明白了，这位将军并没有想当希腊悲剧英雄的崇高意图，而是在写一些普通信件，把手枪当作镇纸。看来，他和我并非生活在同一世界里。我感到深深的恼恨和失望，低着头远离了法尔曼。一段时间后，我重新遇见这位将领。他从容地向军官食堂走去，手枪装在枪套里，手里拿着餐巾，平静的脸色告诉人们他已经尽到了职责。

阳光普照着机场上那群奇形怪状的空中农牧神。一些塞内加尔人荷枪实弹，站在飞机周围警戒，防止遭到可能的破坏。他们望着这些形状古怪的家伙，有时显出一丝莫名的忧虑。我特别记得有一架肚子肥大的布雷盖，机身尽头是一根大梁，好似一条木腿，奇异得像非洲的某些木刻神像。在波泰兹机组里，那些参加过一九一四至一九一八年战争的老爷爷 —— 这些不屈的复仇者 —— 继续在跟踪飞行，为创造奇迹而进行训练。他们在蓝天上一丝不苟地隆隆作响，着陆时，向我表达着时刻准备出击的坚强愿望。

我记得他们中间有一位从波泰兹机舱闪现出来的战士，一副雷什托芬和纪纳曼时代的飒爽英姿：他全副武装，头上裹着长筒丝袜，下身穿着骑兵的军裤。他下机舱后，由于体重而稍稍踉跄了一下，然后在螺旋桨的噪声中对我说：

"别担心，小鬼，我们还在呢！"

他用力推开扶他下来的两个伙伴，把脑袋伸向放在草地上的那箱啤酒。那两个伙伴，一个穿土黄色制服上装，头顶钢盔，脚蹬长靴，胸前挂满勋章；另一个戴贝雷帽，穿索缪尔军校①上装，扎着绑腿，额头上挂一副眼镜。他亲切地拍了我一下，说：

"会收拾他们的！"

显然，他们正在度过一生中最美好的时光。他们扎着绑腿，头上裹着长筒丝袜，显出臃肿然而坚毅的形象。他们这样从机舱里出来，既令人感动，又滑稽可笑，这景象令人想起他们更加光荣的时代。我从来没有像此刻这样觉得需要一位父亲，这是整个法兰西的感受，法兰西对那位老元帅几乎一致的赞同也就理所当然了。我尽力给他们帮一点儿忙，搀扶他们登上机舱，推动螺旋桨，跑着去食堂取新的小瓶啤酒。他们眨着眼睛，以内行人的神情和我谈论马尔纳②奇迹，谈论纪纳曼、若弗尔、福煦和凡尔登③，他们还谈到我的母亲。这是我所渴望听到的。其中有一位扎着绑腿，戴着头盔和眼镜，挂着皮肩带和他所有勋章的人在大声怒吼，吼声一下子压倒了螺

---

① 指法国索缪尔城的骑兵和装甲兵学校。

② 指马尔纳河。一九一四年九月若弗尔将军和一九一八年福煦将军在法国马尔纳河畔发动战役，大败德军。

③ 凡尔登，法国东北部城市和要塞。第一次世界大战时，法德两军曾在此激战。

他和我并非生活在同一世界里。

他们谈谈到我的母亲。这是我所渴望听到的。

旋桨的隆隆声：

"畜生！该看到的全会看到的！"

说完后，在我的帮助下，他爬进波泰兹，戴上眼镜，握住操纵杆，起飞了。也许我的说法有点儿不公正，但我还是认为这批可贵的老飞行员正在跟法兰西指挥部对着干，因为指挥部阻止他们飞行。所有那些"要让他们看到的东西"都在导致他们反对这个指挥部，跟导致他们反对德国人一样。

下午，当我再次去联队办公室探听情况时，一个伙伴过来对我说，有位女青年在警卫室等我。我怀着一种迷信的恐惧感，害怕离开机场，似乎觉得一转身联队就会飞到英国去。可是，那边等着我的是一个年轻女子，像往常一样，她立刻引起我兴奋的想象。到了警卫室，我大失所望，我所见到的只是一个平平常常的女子，肩膀和身材都很瘦削，腿肚和臀部倒很结实，脸颊和眼睛被泪水微微染红了，留下深深的哀愁的痕迹，同时又显出某种倔强、粗犷、果敢的性格，这种性格甚至能从她提手提箱时过分用劲的方式上看出来。她告诉我她叫阿妮克，是克雷芒中士，也就是贝尔格尔的朋友。克雷芒常常在她面前提起我，说我是他的"外交官和作家"朋友。我第一次见她，不过贝尔格尔也已向我谈到过她，对她赞不绝口。他"屋子里"有两三个女孩，他最中意的是阿妮克。他被调到梅里尼亚克时，便把阿妮克送到波尔多。贝尔格尔从不隐讳自己生活放荡。德军进攻时，他在这方面受到纪律审查，差点儿被除名。我们之间关系很好，这也许是由于我们两人没有任何共同点，而且所有将我们分开的因素反而使我们建立了某种联系。应该承认，他那令人遗憾的"职业"引起我反感，但其中却也夹杂着某种魅力，甚至令人羡慕，因为我觉得，从事这种职业的人冷漠无情，无动于衷，这是一个想要很好地把握生活的人应该具备的必不可少的品质，遗憾的是我身上非常欠缺。他曾多次向我赞扬阿妮克严肃忠诚的品质，我猜想他很爱她。我当时便怀着十分好奇的心情瞧着这个女孩，她属于那种很普通的惯于吃苦的农家姑娘，但是，在她倔强的前额下，在那双明亮的眼睛里，却另有一种超乎寻常的东西。我对她很快产生了好感，这是因为在我当时神经高度紧张的状态下，任何女性的出现都能给我以安慰，使我感到轻松。是的，当我提起那事故时，她打断了我的话。是的，她知道克雷芒今天早上已经死去。克雷芒曾多次对她说，他要去英国继续战斗，她晚些时候也要取道西班牙到克雷芒那边去。现在克雷芒不在了，但她无论如何还是要去英国。她不愿为德国人干事。她要和那些继续战斗的人在一起。她知道她在英国是有用的，这样做起码能问心无愧，她会尽自己一切努力的。我能帮她一点儿什么忙吗？她用狗一般乞求的眼神默默地瞧着我，她的手坚毅地握着那只手提箱的箱把儿，浅褐色的头发下露出倔强的前额。她渴望多做些好事，让人确实感到她有一种百折不挠的决心。人们不能无视这种纯洁而高尚的品质，肉体上微不足道的转瞬即逝的污点是无法将它掩盖的。我相信她所显示的对我这位朋友的忠实记忆，要少于对某种事情的本能献身，而这种事是没有任何东西能将它玷污的。在普遍的疲沓和失望气氛中，出现这样坚韧不拔、决心尽责的形象，使我深受感动。我从来不认为在人们的性行为中有好或坏的标准，我始终把人的尊严高高地置于腰带之上，置于心脏、头脑和灵魂的部位，这些部位始终存在着最下流的卖淫意识。在我看，比起所有传统道德的捍卫者，这位瘦小的布列塔尼女人更能让人对那些重要的或不重要的东西予以本能的理解。她大概从我的眼神里捕捉到几丝同情的光芒，便重新鼓起勇气想说服我，好像我是需要被人说服的。法国军人到英国后会感到寂寞，需要有人帮助。她呢，对这种行当并不介意，克雷芒好像对我说过。她等了一会儿，捉摸着贝尔格尔是否给她帮了这个忙，还是压根儿没有想到这一点。对，我赶紧跟她说，克雷芒在我面前说了她很多好话。她快乐得红了脸。是的，她是熟悉这行当的，她的腰部结实得很。我可以带她到英国去，坐我的飞机，因为我是克雷芒的朋友。她可以为我干活，一个飞行员在地面上是需要有人照顾的，这是很平常的道理。我向她表示谢意，对她说，我已经有人了。我还解释说，现在要搭飞机去英国几乎没有可能，我自己已经做了尝试。对于一个老百

法国军人到英国后
会感到寂寞。

是的，她是熟悉这行当的。

姓，一个女子来说，那就更困难了。可她是一个不肯善罢甘休的姑娘。当我试图用一些言辞搪塞，说她在法国也同样能发挥作用，这里也需要像她这样的姑娘时，她对我莞尔一笑，表示并不见怪，然后默默地转身朝停机坪方向走去，手上还提着那只手提箱。一刻钟后，我发现她在一些波泰兹－63飞机的机务人员中间，正坚定地跟他们讨价还价。过了一会儿，她便在我的视野里消失了。我不知道她现在的情况，我希望她一直活着，能到英国去做自己的贡献，然后返回法国，膝下有一大群孩子。我们需要像她那样心灵坚强的女孩和男孩。

　　黄昏时分，传说梅里尼亚克基地将要断绝汽油。机务人员于是不再离开自己的飞机，害怕不给他们提供军需品或是被"吸走"汽油，有的是为了提防像我这样不怀好意转来转去的人为了逃跑而偷走他们的飞机。他们等待着命令、指示，等待着对局势作出解释，互相磋商着、犹豫着、考虑着作出某种决定，或者什么也不想，不知在期待着什么。大部分人认为战争将继续在北非进行；另一些人不知所措，问起他们的意向，他们就大发雷霆。去英国的建议普遍不受欢迎。英国人不得人心，是他们把我们拖进了战争。现在他们又重新卷入，让他们自作自受吧！我冒失地试图动员三架波泰兹－63的士官。他们站在我的周围，一脸怒气，扬言要以开小差的罪名逮捕我，幸好其中一位军衔最高的军士长对我比较宽容，富有人情味，那两名士官紧紧地把我挟住的时候，他只伸出拳头在我脸上狠揍了一下。我的鼻子、嘴唇和整个面部都淌了血。他们接着把一瓶啤酒洒在我的头上，然后扬长而去。我的腰带上一直佩着手枪，我真想把它掏出来用用。我一生中多次想开枪打人，当时这一想法确实非常强烈。可是，以杀死几个法国人来开始我的戎马生涯，这实在太不合适了。我于是擦去脸上的血迹和啤酒，走开了，像一个男人不能发泄时一样丧气。而且，杀法国人，我总是感到事情很棘手。据我自己所知，我还从来没有杀死过法国人，恐怕我的国家永远不能指望我去打内战，我也始终坚决拒绝带领行刑队，这也许是出于某种难以说清的外来入籍者的情结。

自从发生那起飞机事件后，我的鼻子很不好受，好多天剧烈作痛。不过，如果我不承认这一纯粹肉体上的痛苦给我带来巨大帮助，我就是一个忘恩负义的人了，因为它使我减轻并忘却了另一种真正的、最难以忍受的痛苦——想到法兰西的沦陷和可能好几年见不到母亲而感受到的痛苦。我的脑袋快要爆炸了，我不停地擦拭鼻子和嘴唇上的鲜血，同时继续恶心和呕吐。总之，我感到痛苦：希特勒即将实实在在地赢得战争，而我却还在苦苦地挨着一架架飞机寻找机务人员。

　　在这样寻找的过程中，有一位驾驶员给我留下难以磨灭的印象。他是一架刚刚降落在停机坪上的阿米奥－372飞机的主人。我说"主人"，是因为他坐在那架飞机旁边的草地上，神情就像一位满腹疑虑的牧场主正在放牧他的奶牛。他跟前放着一张报纸，上面是一大堆三明治，他正在一块块地把它们迅速处理掉。从外表看，他

以杀死几个法国人来开始
我的戎马生涯，这实在太
不合适了。

而且，杀法国人，我
总是感到事情很棘手。

有点儿像圣埃克絮佩里，块头很大，线条和脸形圆溜溜的 —— 也就是这么点儿相像。他对这里似乎不太放心，已有一定戒备，手枪套没有扣扣子，也许是认为梅里尼亚克机场有很多蓄意偷他奶牛的牲口贩子。这一点，他确实没有弄错。我直截了当对他说，我要物色一名机务人员和一架飞机，准备继续去英国战斗，我用史诗般的语言向他描述了那个国家的伟大和勇敢精神。

他没有打断我的话，继续吃着东西以维持自己的体力，一边用某种兴奋的目光打量我肿胀的脸和那块捂住我鼻子的沾满血迹的手帕。我向他发表了一篇精彩的演说，富有灵感又令人激动，而且充满爱国主义精神 —— 虽然我一直感到恶心，几乎站立不住，脑袋沉得像装满了石块。尽管如此，我还是尽了最大努力。从对方满意的脸色中可以判断，我可怜的外表和富有灵感的语言之间，差别该是多么悬殊，多么滑稽和好玩。首先，我赞扬他一番 —— 他应该是那种自命不凡的人，然后把手捂在心口上，迸发我的爱国主义激情，这不会使他不高兴，也许还能增进他的食欲。我不时停顿下来，等待他的反应。可是他一言不发，光拿三明治往嘴里填。我只好继续我那热情洋溢的即兴演说，那是一首连戴鲁莱德也无法否认的真正的颂歌。当我说到诸如"为国捐躯是一种最美好最令人向往的结局"时，他做了一个难以察觉的赞同的手势，然后停止了咀嚼，用指甲从牙缝里抠出一块火腿。我停了一会儿，换一口气，他便用似乎带点儿责备的眼光瞅了瞅我，等待我说下去。看来他是个决心给我以最好机会的人了。最后，当我唱完了颂歌，再也没有词了 —— 沉默了，他也看出我已经收场，无法从我身上再得到什么了，便移开目光，拿起一块新的三明治，去天空寻找别的有趣的东西了。他始终未吭一声。我无法知道他是一个谨慎出奇的诺曼底人，还是一个毫无同情心的粗鲁可怕的人；一个十足的笨蛋，还是一个完全知道应该怎样行事而不把自己的决定告诉任何人的坚毅果敢的人；一个被所发生的事件吓得目瞪口呆，除了塞饱自己的肚子再也做不了什么事情的人，还是一个除了那头奶牛已经一无所有，因而决心不顾一切要与它共存亡的壮实农民。当我把一只

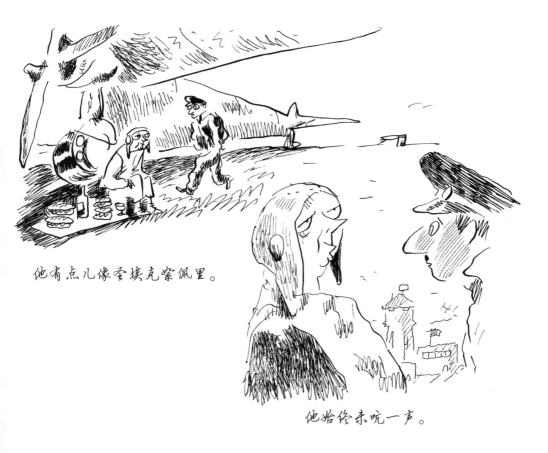

他有点儿像圣埃克絮佩里。

他始终来吭一声。

手搭在自己胸口，大吹祖国的美好，大吹继续战斗的坚强意志以及荣誉、勇气和光荣的明天时，他用小眼睛瞅着我，没有丝毫表情。在牛类中，他无疑算是上品了。每当我在报刊上读到某头牛在地方农业促进会中获得一等奖时，我总要想到他。我离开他时，他正嚼着最后一块三明治。

我自己从前一天起就什么也没有吃。自从溃败以来，士官食堂的伙食受到特别照顾，吃的是完全符合最优良传统的正宗法国菜，这样做是为了通过回顾我们始终存在的价值来重振士气、减轻痛苦。但是，我不敢离开停机坪，怕错过某个动身的机会。我非常渴，我怀着感激的心情接受了坐在机翼阴影下水泥地上一名波泰兹－63驾驶员递给我的一杯红葡萄酒。也许由于带着一点儿醉意，我又口若悬河地发表了一通充满

……清晰地响起了浓重的俄国腔。

灵感的演说。我讲到英国，说它是胜利的航空母舰；我提到纪纳曼、贞德和巴雅尔。我打着手势，把一只手按在胸口，又挥动拳头，做出激昂慷慨的表情。我确实觉得我发出的就是我母亲的声音，因为我讲着讲着，口中滔滔不绝、毫不费力地说出一大堆套话，连我自己都感到惊讶。我为什么变得这样不庄重？我感到愤恨，而又无可奈何。这种无法控制的奇异现象，一部分可能是由于疲劳和喝酒，更重要的是因为母亲的品格和意志始终在支配着我。我继续讲着，增加了更多的手势和感情，当母亲向一群兴致勃勃的士官提到"不朽的祖国"，提到把我们的生命献给"法兰西，永远年轻的法兰西"时，我甚至感到自己的音调都变了，清晰地响起了浓重的俄国腔。我有时候显出有点儿疲乏，他们就把那升酒端到我跟前，我于是又滔滔不绝地说下去，以致母亲能根据我讲话的势头，在最富有灵感的爱国主义舞台上演出全部剧目中最精彩的一幕。最后，那三名士官对我起了恻隐之心，给我吃煮鸡蛋、面包和香肠，这使我稍稍有点儿清醒，恢复了一点儿力气，使这位给我们上了一堂爱国主义课的兴奋的俄罗斯妇女逐渐平静下来，恢复了常态。三位士官又给我一些李子干，但是他们不同意去英国。

他们的看法是，诺盖斯将军指挥下的北非战场还有仗可打，所以可以去摩洛哥，不过飞机得加足汽油才行，这一点一定要做到，必要时可持枪劫掠油车。

油车附近已经发生过好几次斗殴。现在油车行驶时必须由一批举着上了刺刀的步枪的塞内加尔人押运。

我的鼻子被血块堵住了，呼吸都感到困难。我只有一个愿望：躺倒在草地上，一动不动地仰卧在那里。然而，母亲的生命力和非凡的意志仍在推动我前进。实际上，像这样在一架架飞机之间奔波的并不是我，而是一位坚强的老妇人。她穿着灰色衣服，拄着拐杖，嘴上衔着一支高卢烟，决心去英国继续战斗。

一位坚强的老妇人……拄着拐杖……

399

第三十二章

我最后还是接受了普遍的看法，即战争将在北非继续进行。由于联队终于接到向梅克内斯挺进的命令，我便在下午五点离开梅里尼亚克，黄昏时分到达地中海岸的萨朗克，正好听说停机坪上所有飞机被禁止起飞。数小时前成立的新指挥部控制着对非洲的一切飞行活动，在这以前发出的命令全部作废，我最了解母亲，知道她会毫不犹豫地叫我泅渡地中海。因此，我立刻与联队里一位军士约好，在那些可爱的长官下达命令前，天一亮就飞往阿尔及利亚。

我们的波泰兹飞机装配的是贝特莱尔发动机。

我们的波泰兹飞机装配的是贝特莱尔发动机，要飞阿尔及尔中途必须加油，否则可能会发生这样的情形：在离非洲海岸还有四十分钟时，发动机停止工作。

不管怎样，我们还是起飞了。我心里明白，我不会出什么事：因为有一股巨大的爱的力量在保护着我，也因为我所追求的是一部伟大的杰作。正如艺术作品的创作 —— 其永恒不变的内在逻辑，归根到底是美的逻辑 —— 一样，我开创生活的本能方式，促使我根据色调、比例和明暗反差的高度协调去安排想象中的未来，似乎人类的命运取决于某种异常的灵感，某种讲求平衡与和谐的古典地中海式的灵感。

只要母亲在世……总能使我在精神上坚强不屈。

只要母亲 —— 我是她的美好的结局 —— 在世，这种把公正当作一种审美准则来看待事物的观点，总能使我在精神上坚强不屈，并能保证我荣耀地返回家园。至于德拉伏军士，虽然他可能远没有想到一件艺术品具有这种内在和谐的生命，但也毫不犹豫地置身于这坚固的机身之内，飞越汹涌的波涛，冷静地"走着瞧"。他没有任何文学方面的消遣，只在机舱里带着两只轮胎，必要时当救生圈使用。

幸运的是，那天早上正好顺风，这可能是母亲助了我一臂之力。为了安全起见，我们降落到阿尔及尔的白屋机场。油箱里还存有足足能飞十分钟的汽油。

我们向梅克内斯前进。那里的空军学校已经临时撤离。我们到达时，正好听到这样的消息：北非当局不仅已经接受停战，而且由于那些"逃兵"驾驶首批飞机去直布罗陀，所以下令所有飞机不准起飞。

母亲被激怒了。她连一分钟也不让我安静。她愤愤不平，大发雷霆，提出抗议。我无法使她平静。她在我的每一个血球里怒吼和暴跳，在我心脏的每一下搏动中抵抗，勒令我去完成某种任务，使我夜不能寐，烦躁不安。接受失败，把人看作某种能被征服的东西，这对她来说完全是一种新的不可思议的事。我把视线从她脸上移开，试图不再见到她的气愤和不理解的表情。我恳求她耐心和克制一点儿，让我喘一口气，求她相信我。但是毫无用处，我明显感到她甚至根本不听我说话。当然，这并不是由于我们相距太远，在这严峻的时刻，她一分钟也没有离开过我，而是因为北非拒绝听从她的呼唤，这深深地刺伤了她的心，她气坏了。

一九四〇年六月十八日，戴高乐将军号召继续抗战。我不想使历史学家的任务复杂化，然而我要明确地说，母亲号召继续战斗是在六月十五或十六日——至少要比六月十八日早两天。很多证据能证明这一点，甚至直到今天，人们还能在布法街市场上收集到这些证据。

有二十个人能向我证实一个令人惊愕的场面。谢天谢地，我没有见到这一场面。不过，直到如今，我一想起它来，还要羞愧得面红耳赤：母亲站在潘达勒奥尼先生菜摊前的一把椅子上，举起手杖，号召人民拒绝接受停战，到她的儿子，著名作家所在地英国去继续抗战，她的儿子正在那里给敌人以致命的打击。可怜的母亲！当我想起这位可怜的老妇人讲完这一连串的话后，打开她的手提包，向周围的人群展示登载着关于我的一条消息的一页周报时，我的眼眶汨汨地流出了泪水。有些人一定会笑话她。我不怪他们，只怪自己缺乏才情和勇气。我要向她奉献的绝不是这个。

北非机场上的所有飞机停止起飞，这使我们十分沮丧。母亲在发怒，在抗议，在责备我优柔寡断，对我这样的精神状态表示气愤：懒洋洋躺在那里的行军床上，而不是振奋起精神，去找像诺盖斯那样的将军，用几句有分量的话告诉他自己的想法。我试图向她解释：将军甚至不屑于见我。可就在这时候，我已经看见她拿起手杖，走上了抗战的征程。我知道她有办法使别人听从她的话。我感到自己没出息。

我漫无目的地踟蹰在梅克内斯市的伊斯兰教区，面对这色彩、声音和气味与我截然不同的阿拉伯人群，面对这向我滚滚袭来的异国情调的波涛，我试图忘却——哪怕只是片刻——我血液中迸发出的声音，这声音用那些狭隘爱国主义的老生常谈和令人难以忍受的慷慨激昂不断召唤我走上战场。在这漫长的几小时徘徊中，母亲的存在对我来说是那样真切，那样栩栩如生，这是以往任何时候从来没有过的。

一九四〇年六月十八日，戴高乐将军号召继续抗战。

母亲号召继续战斗是在六月十五或十六日。

母亲利用我神经极度疲劳和精神沮丧的机会……

母亲利用我神经极度疲劳和精神沮丧的机会，占据了我的全部位置。由于长期习惯于生活在母爱的卵翼之下，我深深感到惶惑不安，我需要爱和保护，不知不觉地渴望某种女性的温柔和关怀。这种需要，这种惶惑不安，使我时时刻刻看到她的形象。我觉得，就在这漫长的几小时徘徊中，在面对纷繁嘈杂的异族群众所感受的孤寂中，母亲的坚强性格以决定性的优势压倒了我身上的软弱和优柔寡断，她的灵感渗入我的体内，变成了我的灵感，她真的变成了我，连同她那火爆的性格、易怒的脾气，她的不知分寸和好斗成性，她的故作姿态和喜欢大惊小怪等，所有这些极端的性格特点终于使我日后在伙伴和长官中间获得了大脑容易发热的名声。

我得承认，我想躲开她的存在，摆脱她对我的支配，藏身到熙熙攘攘、纷繁嘈杂的伊斯兰教徒世界中去。我在这阿拉伯市场中踱来踱去，专心注视那对我来说是陌生的艺术加工的皮革和金属，俯身观看五花八门的商品。商人们叉着双腿坐在柜台前，脑袋和肩膀靠着墙壁，嘴上叼着土耳其长管烟斗，发出一股乳香和薄荷的气味。他们用直愣愣的目光远远地盯着我。我跑遍了整个红灯区，当时并未预料到会在这里遇上一生中最下流的艳情。我坐在阿拉伯咖啡馆露天座上，吸着雪茄，喝着绿茶，想按照老习惯，通过身体的舒适来驱散精神上的痛苦。可是，不管我走到哪里，母亲总是跟随着我，我始终听到她那越来越高的尖锐且带嘲讽的喊声，当我祖辈的法兰西正处在一个无情的敌人和一个怯懦的政府之间，被折磨得体无完肤的时候，是否外出旅行一下，换换脑子，会对我有些好处？啊！如果真是这样，她那已经成年的儿子早就该留在维尔诺，不必到法国来！我身上也确实没有做一个法国人必要的气质。

我站起身，迈开大步，向一条小街走去，混到那些戴面纱的妇女、乞丐、小贩、驴子和军人中间。周围的形象和色彩使我脑子不断更新。应该承认，我确实曾有一两次成功地把她甩掉了。

这可能是我爱的历程中最短暂的一段。

我走进欧洲人居住区的一个酒吧，喝一杯饮料。两分钟后，我向金发女招待吐露了隐情。她听了我充满激情的小夜曲深受感动，目光开始在我脸上游移，温柔的情意驻留在每一根线条上。这情意使我顷刻感到摆脱了鄙俗，而成为一个完美的人。当她的目光从我的耳朵移向嘴唇，然后又充满幻想地落在我的发根上时，我的胸脯急剧起伏，肌肉有力地舒张，十年的锻炼都不能达到这样的程度。我的心充满了勇气，整个大地变成了我的舞台。当我告诉她我要去英国时，她从脖子上解下一串项链递给我，项链上还带着一个小小的金十字架。我忍不住立刻想把母亲、法国、英

我愛的歷程中最短暫的一段

感受到在攫取
中做出奉獻

国以及如此沉重的精神负担放在一边，以便与这个唯一深刻理解我的人相伴。这位女招待是波兰人，她从俄国出发，取道帕米尔和伊朗来到这里。我把项链系到自己脖颈上，请求她做我的妻子。这时我们相识才十分钟。她接受了我的请求，并告诉我，她的丈夫和兄弟在波兰战役中阵亡，她此后一直单身独居，由于生活所迫或为了取得证件，偶尔不得不跟人睡几次觉。她的脸上流露出哀婉悲切的痕迹，这加深了我要帮助和保护她的愿望。这时候，是我想要竭力抓住这个女性 —— 我前进路上浮现出来的第一个救生圈。为了对付生活，我始终需要这样一种女性的安慰：既脆弱又忠实，有点儿顺从和感恩，使我感受到在攫取中做出奉献，在依赖中给予支持。我不知道这种奇特的需要是怎样形成的。虽然天气炎热，我仍然穿着皮上衣，大盖帽压到眼眉上，摆出一副充满自信和男性保护神的气概。我紧紧地握住她的手，周围的世界倾倒下来，以令人晕眩的速度 —— 就像这个世界倾倒的速度 —— 把我们彼此推向对方。

下午两点钟，酒吧空无一人。这是非洲神圣的午休时刻。我们上楼走进她的卧室，在那里度过狂热的半小时，彼此如胶似漆，双方的劲头超过了两个正要淹死的人互相拉扯的力量。我们决定立即结婚，然后一起去英国。三点半，我要会见一位伙伴，他去卡萨①见英国领事，求他给我们帮忙。我在三点钟离开酒吧，去找这位伙伴，对他说我们现在是三人同行，而不是当初的两人。四点半，当我返回酒吧时，那里已经有很多顾客，我的未婚妻正在忙碌着。我不知道刚才发生了什么事 —— 她大概遇见了某个人 —— 但我能清楚地看出我们之间的一切已经结束了。也许她还不忍心分手。她正在跟一个漂亮的土耳其骑兵中尉说话：我想，在她等待我的时候，中尉已经闯进了她的生活。这确实是我的过错：对于所爱的女人，绝不应该轻易离开。孤寂引起猜疑和失望，就是这么回事。她大概对我失去了信任，也许认为我不

---

① 卡萨，即卡萨布兰卡，摩洛哥城市。

会回来了，所以决定重新安排生活。我很痛苦，但我不能责备她。我在那里坐了一会儿，面对一杯啤酒，感到极度颓丧，因为我原以为一切问题都解决了。这个波兰女人确实很美，那种怡然自得而毫不在意的劲儿引起我极大的兴奋，直到今天，我一想起她那从脸上拂开金色头发的姿势，还感到心神荡漾。我一下子爱上了她。我注意地观察他们两人，看看是否还有挽回的希望。但是，希望已经破灭了。我向她讲了几句波兰话，想拨动她的爱国心弦。但是，她打断了我的话，告诉我她要嫁给那个外国中尉，还说她厌恶战争，要去北非定居，何况现在战争已经结束，贝当元帅拯救了法国，他会把一切安排得顺顺当当。她还补充说，英国人出卖了我们。我向那位穿红色斗篷到处游逛的土耳其骑兵中尉忧郁地瞧了一眼。他躲开了我。可怜的女人在船要沉没时自然想抓住任何能够救命的东西。我不能因此而责怪她。我付了啤酒钱，然后在碟子里留下小费和那串带金十字架的项链，不管这是不是君子的做法。

不管这是不是君子的做法。

我那位伙伴的父母住在非斯①，我们坐大客车去他们那里。他妹妹出来给我们开门。她那天仙般的美貌使我立刻忘掉了刚刚在梅克内斯失去的那一位。西蒙娜是北非的法国女郎，具有众所周知的可爱的特征：皮肤粗糙，手腕和踝部精细，眼神忧郁而引人爱怜。她活泼愉快，有教养，鼓励他哥哥和我继续战斗。她有时用严肃的眼光注视我，这眼光使我有些慌乱不安，使我重新感到充实、正直、两腿坚实有力。我立刻决定向她求婚。我受到热情的接待，她父母激动地看着我们拥抱。我们约定，她一有机会就去英国找我。六星期后，她哥哥在伦敦交给我一封信，西蒙娜在信里告诉我她已经嫁给一个卡萨的青年建筑师。这对我是一次沉重打击，因为我不仅曾经认为在她身上找到了命中注定的女人，而且已经完全把她忘却了。她的来信使我感到双重难堪。

　　我们想说服英国领事发给我们假证件，但是没有成功。我于是决定在梅克内斯机场夺取一架莫拉纳－315，飞往直布罗陀。一定要找一架没有故障的飞机，或者物色一位肯跟我们走的机械师。我于是在机场上转悠，专心注意每一个机械师，试图探测他们的心理。当我看到一架西蒙停在跑道上，离我只有三十步远的时候，我便上前去跟一位机械师搭话。他那和善的面孔和翘鼻子使我对他产生了信任。一名中尉驾驶员从机舱出来，向飞机库走去。这正是瞬间的天赐良机，千万不能错过。我身上渗着冷汗，心里惶恐万分。我是否能启动和驾驶一架西蒙？一点儿没有把握。我偷偷做过飞行练习，那也只是摸过莫拉纳和波泰兹－540。这个机会太重要了，我没有退却的余地。我感到母亲正以赞赏和骄傲的目光注视着我。我忽然想到，在一败涂地和被占领的法国，市场上是否还能买到胰岛素，要是没有这种针剂，她是连三天也无法坚持的。也许我能通过伦敦的红十字会想想办法，从瑞士给她弄一点儿这种药去。

---

　　① 非斯，摩洛哥城市，原首都。

其中一名正从枪套里拔出手枪。

我朝西蒙走去，上了飞机，坐到驾驶台上。我以为谁也没有发现我。

可是我错了。几乎每个角落，每个飞机库里，都有指挥部布置的空警宪兵，阻击空中"潜逃"。由于某些机械师作内应，这类事件已发生多起。当天早晨，又有一架莫拉纳-230和一架银鸥飞往直布罗陀的赛马场。我刚刚坐到驾驶台上，就看到

但是我认为，我不会上军事法庭。

两名宪兵从飞机库闪出，向我迅跑而来 —— 其中一名正从枪套里拔出手枪。他们离我仅三十米。螺旋桨还丝毫没有转动。我做了最后一次绝望的努力，然后蓦地跳出机舱。飞机库里出来十多名士兵，饶有兴味地瞧着我。当我像兔子似的东奔西窜时，他们用不着太费事就可以把我截住。可是他们却消消停停地研究我那张脸。为了进一步干蠢事（这主要是由于几天来我一直沐浴在"不战胜毋宁死"的氛围之中），我跳下西蒙，拔出手枪，我撒腿跑时一直把枪紧紧攥在手里。不用说，这一举动不会

我成了一个叛逆者，一个倔强的人，一个真正的人。

给我在军事法庭上的处境带来任何帮助。但是我认为，我不会上军事法庭。根据当时的思想状态，我确确实实认为他们不会把我活捉。我是射击能手，想到万一不能脱身会发生什么后果时，我浑身战栗了。然而，我竟然不太困难地脱了身。我于是藏好手枪，尽管身后还响着警哨，我已放慢脚步，从容地通过警卫哨，出了营地。我来到大路上，刚走五十米就来了一辆公共汽车。我向它做手势，不顾一切地站在马路中间。汽车停下来，我纵身上车，坐在两个蒙面纱的妇女和一个穿白袍的擦皮鞋人旁边。我深深地松了一口气。我身处困境，但并不忧虑，相反感到无限

欣慰和坦然。我终于与停战决裂，成了一个叛逆者，一个倔强的人，一个真正的人，一个黥墨文身的人。这场战争刚刚重新打响，不可能再后退了。我感到，母亲用赞赏的目光注视着我的脸。我不禁笑了，带着一点儿优越感，甚至发出爽朗的声音。我还相信 —— 上帝宽恕我 —— 向她说了一些自命不凡的话，诸如"你等着，这才刚刚开始，好戏还在后头呢"。在积满污垢的公共汽车上，我坐在那些戴面纱的女人和披呢斗篷的男人中间，双手交叉在胸前。我终于感到自己达到了母亲期待于我的高度。我点燃一支雪茄，把我的叛逆精神再推进一步 —— 公共汽车里是禁止吸烟的。我们 —— 母亲和我 —— 在那里待了一会儿，吸着烟默默地相互庆贺。我一点儿不知道我将要干些什么，但是，我的脸色是那么难看，当我突然在汽车后视镜中瞧见自己的面容时，我感到那样害怕，致使雪茄从嘴里掉到了地上。

我的心头萦绕着唯一的遗憾：我把皮上衣留在营地了。失去了这件衣服，我感到很孤单。我不能忍受孤寂，我与这件上衣有深厚的友谊，就像我说过的那样，我是一个很重感情的人。这是唯一的美中不足。我竭力让雪茄伴随着我，可是雪茄只能燃烧很短的时间，在非洲干燥的空气里，雪茄似乎燃烧得更快，时刻准备抛下我而去。

我就这样吸着法国雪茄，酝酿着我的行动计划。军方巡逻队肯定将在全城搜索我，我要竭力避免去那些让我的军装过分惹眼的地方。我觉得最好的办法是先躲几天，然后去卡萨，设法跳上一艘即将起航的船。传说波兰军队经英国政府同意，要撤到英国去，英国船来港口接他们。不管怎样，一定要使别人不再想到我。我决定在最初的四十八小时去逛红灯区。各兵种的军人摩肩接踵来这里逍遥。我很走运，没有被人发现。母亲对于选择这种逃避方式感到有点儿担心，不过我立即向她做了必要的保证。我于是下了公共汽车，踏入这个阿拉伯城市，径直向红灯区走去。

第三十三章

梅克内斯的红灯区简直像一座城，四周筑有设防的围墙，墙内有数千妓女，分散在几百家妓院里。荷枪实弹的哨兵在门口站岗，巡警徘徊在"城"内的大街小巷。这些哨兵和巡警忙于阻止士兵们打架斗殴，无暇顾及像我这样的"游离分子"。

停战的第二天，红灯区便熙熙攘攘，热闹非凡，大同小异的放荡营生十分红火。士兵们的生理需要平时已十分强烈，战时更是如饥似渴，战场上的溃败导致他们去追求极端的刺激。妓院之间的小巷里挤满了士兵。这里一星期中有两天是为老百姓开放的，我有幸碰上了好日子：戴白军帽的法国外籍军团士兵、穿土黄色军装的法国北非土籍部队、披红披风的法国北非骑兵、插绒球的水兵、戴猩红帽子的塞内加尔步兵、塞鲁阿尔的骆驼骑兵、佩鹰徽的飞行员、裹淡褐色头巾的安南人，黄色、黑色、白色面孔的人，整个帝国的人都来了。八音盒从窗户里传出震耳欲聋的嘈杂

红灯区

整个帝国的人都来了。

声，我特别记得丽娜·凯蒂的歌喉："我等待着你，亲爱的，日日夜夜，我永远等 —— 待 —— 着 —— 你。"这时候，这支在战斗中受挫的军队把它尚未宣泄的男性活力倾泻在那些女孩子身上。她们中间有柏柏尔人、黑人、犹太人、亚美尼亚人、希腊人、波兰人，有白种、黑种、黄种姑娘，她们身体的颤动促使具有远见的鸨母们撤去了床铺，而把床垫放到地上，以尽量减少物质损失。从一些标着红十字的疾病预防中心，散发出高锰酸钾、黑肥皂和一种由甘汞制成的特别叫人恶心的药膏气味，那些穿着白罩衣的塞内加尔护士正用大剂量药物抵御梅毒螺旋体和淋球菌的威胁 —— 如果没有这道卫生马其诺防线，这种威胁可能导致这支军队精力耗尽，遭到双重惨败。为了争夺优先权，士兵之间，特别是外籍军团、北非骑兵和土籍部队士兵之间在不断地互相斗殴。不过，一般说来，不管谁先谁后，只要付一笔从一百苏到十二至二十法郎的钱，加上十个苏的毛巾费，就能进入豪华厅堂。在那里，女孩子们都穿着衣服，而并非一丝不挂地在楼梯上等待。有时候，某个女孩会因劳累过度或服用印度大麻而出现半歇斯底里症状，大喊大叫着冲出去，到巷子里作裸体表演。巡警为顾全体面，立即上前制止。我就在这个别具特色、条件适宜的地方寻找庇护所。我走进朱碧达鸨母的妓院，用十分清醒的头脑断定，自从教堂丧失了昔日曾经拥有的庇护权之后，为躲避军警追捕，这个地方比其他任何庇护所都更加安全可靠。在极其艰难的环境下，我在那里待了一天两夜，竭力抑制住内心的烦躁。

　　我的处境确实要多恶劣就有多恶劣：一个胸怀壮志、感情高尚的男子汉，要看一个鸨母懊恼的眼色，而这个鸨母的情绪和抱负比他还要高。正常情况下，红灯区凌晨二时停业，妓院前的栅栏门上好锁，女孩子们都去休息了，只有几个人留下陪伴受到容忍而并非军纪所允许的秘密"宿客"：这些客人必须持有合乎规定的夜出证件。在这种情况下，警察通过鸨母安排，收取一笔酬金，也就睁一只眼闭一只眼了。这件事是朱碧达鸨母在深夜十二点半，也就是妓院关门前一个半小时，向我讲述的。不难想象，我当时处于何等样的窘境里。直到现在，我还是那么小心翼翼，避免这方面的"消耗"。我一定要在良好的身体条件下去英国，而不想在这污泥浊水中葬送健康。我已经当了七年兵，见过和做过不少事情，像我们这类来去匆匆到处冒险的人，随时都有丢掉性命的可能，而且十之八九在劫难逃，来这里是为了暂时忘却艰险的处境，并非单为找个出身好的姑娘做伴。但是，姑且不论其他方面的考虑（其中并非最不足挂齿的是，这帮厚颜无耻的"女寄宿生"在我看来不大有吸引力），起码的谨慎也提醒我不要掉进这污秽的泥潭。我要觐见战斗的法兰西领袖，届时我不想让他皱眉头。然而，在所有避免"消耗"的办法中，只有一种选择：跨出大门，来到此刻几乎已经阒无人迹的街道，让巡逻的军警查验证件。这对我来说就意味着被捕和送交军事法庭。因此，我不仅必须"消耗"，而且还必须"留宿"，以便朱碧达鸨母能和警察顺利周旋。另外，如果我想躲在妓院里，等待因我持枪逃跑而引起的风潮平息，我必须表现得劲头十足，风流好色，以解释我为何在此地滞留一天两夜，而不致引起任何怀疑。然而，在这种情况下，要我表现得不那么慷慨激昂实在太困难了。我的思想在别处，我忧虑、紧张、愤怒，急不可待地想把法国从正在经历的悲剧中解救出来。我向自己提出无数烦心的问题，这一切都不可能叫我去扮演寻欢作乐者的角色。总之一句话，我的心不在这儿。人们很容易猜想到，我们 —— 母亲和我 —— 彼此正以无限惊愕的神色瞧着对方。我做了一个无可奈何的姿态，向她表明这一境遇完全出乎意料，我没有别的选择，只好再次听天由命，但我将尽最大的努力。然后，我鼓起勇气，一头扎进汹涌的人流。我童年时代的天神们见到我这般模样一定会捧腹大笑。我看见了这些行家里手，他们挺着肚子，笑得前俯后仰，眼睛眯成一条线，手里举着驯化鞭、锁子甲和在低矮天空下的昏黄光线中闪闪发光的头盔，有时候他们伸出一个嘲弄的手指，指点初出茅庐的理想主义者去攀登无瑕的顶峰，后者正在占有这个世界，用双臂环抱与他企求的光辉战绩毫不相干的东西。实践我的诺言，有朝一日衣锦还乡，向母亲献上她一生的喜庆果实，这一愿望从来没有像现在这样身处窘境而受到如此险恶的嘲弄。

　　二十年过去了，我早已告别青年时代。回想当时自己怀着那样执着、那样坚定的信念，感到并不沉重，而是有点儿讽刺意味。我与青年时代的我交谈了一切，总觉得彼此才刚刚认识，难道那顽强而容易激动、天真地相信童话、全力以赴去完美地把握自己命运的孩子，真的就是我吗？母亲以杰出的才华给我讲了太多美妙的故事，那些絮絮叨叨的儿童时代，孩子身上的每根纤维都能打上难以磨灭的印记。我们彼此许下太多的诺言，我感到必须履行这些诺言。由于内心有这种企求，一切都成了深渊和失败。今天，失败真正降临了，但我知道母亲以她的才华，长期以来推动我去开创生活，如同去处理一种艺术素材，我竭尽全力想在一位亲爱者周围，根据某种黄金法则去驾驭生活。我希望写出卓越的作品，追求艺术的炉火纯青，追求美。这些都促使我举起急不可待的双手，扑向一堆人的意志无法捏塑的不成形的面团，而这面团却拥有能任意捏塑的不可感知的力量。每当你想在它身上打下你的印记，它却迫使你接受一个悲剧性的离奇而滑稽的形状，直到你，譬如说，交叉起双臂躺倒在太平洋岸边这阒阒的静寂之中。这静寂有时被海豹和海鸥的叫声所打破，这些海豹和海鸥置身于映在潮湿的沙镜之上的成千只静止不动的小鸟之中。我没有以惯常的方式，如卓越的艺术家那样耍弄五个、六个、七个球，我只是竭尽全力，想让那些必要时可供吟咏的东西留传后世。我上下求索，追寻某种体现我的艺术渴求的东西，然而我无法肯定它的生命能否久长。长久以来，我已不再受自己灵感的欺骗，如果说我始终幻想把世界改造成一座幸福的花园，我现在知道，这并非出于对人类的爱，也不是出于对花园的爱。是的，我一直在品味现代艺术和古典艺术，但这更像一种微笑：也许这是我最后的文学创作，如果此时我还有某种才华的话。

有时候，我点燃一支雪茄，怀着无法理解的心情凝视着天花板，问自己怎么会来到了这里，而不是驾着我的飞机在灿烂的长空翱翔。我被迫所作的那些飞行没有任何壮烈气概，我在马拉松式的长期摇摇晃晃后在职位上获得的荣誉，与你死后被安葬到先贤祠的荣誉，在类型上是不同的。是的，天神们该兴高采烈了，他们的说教和训诫看来获得了收益。他们用一只脚踩住我的背，同时满意地俯向那只伸向熊熊大火的人类的手。那只手想遮住他们面前这大火，而他们早已将这大火限制到了人间最贫瘠的土地上。一阵粗俗的笑声有时传入我的耳鼓，我不知道这是天神们肆无忌惮的哄笑，还是公共大厅里士兵们在发笑。对我来说反正都无关紧要。我还没有战败。

我还没有战败。

第三十四章

　　我在妓院隔壁的卫生检疫室里遇上一位伙伴（他正在那儿候见）。这一巧遇把我从苦役中解放出来。他对我说，我不会再遇上太大的危险，因为飞行中队指挥官哈迈尔中校不仅没有报告我的失踪，还竭力排除我盗劫飞机的企图，最可信的理由是，我以前从来没有驾驶过这里的飞机来北非。由于他的庇护——我在这里向这位法国人表示感激之情——我没有被载入逃兵的名册，因此母亲不会担惊受怕，警察也不再搜捕我。然而，这一新情况虽然是件好事，我仍然不能公开露面，还得处于地下状态。我把仅有的一切都付给了朱碧达妈妈，这时已经身无分文。我只好向这位伙伴借了一点儿钱，坐汽车到卡萨，想在那里溜进一艘正要起航的轮船。

　　可是，如果不偷偷地再去看一眼飞行基地就离开梅克内斯，我怎么也不甘心。人们也许已经注意到，我不能轻易抛开我心爱的东西，想到在非洲丢了我的皮上衣，心里就很难过。我从来没有像此时此刻这样需要它，它是我亲切的防护罩，是一个

那件皮上衣已经不翼而飞了。

能给我安全感和顽强精神的保护层，对于那些敢于触摸它的人来说，它使我成为一个坚强而有点儿可怕甚至危险的人物。总之，它使我能自由通行，而不被人注意。但是，我大概永远见不到它了。到了营地，走进我曾经居住过的卧室，我只看到墙上一枚光溜溜的钉子：那件皮上衣已经不翼而飞了。

我坐到床上，哭了。我怔怔地瞧着这枚钉子，不知哭了多长时间。至此，人们已经剥夺了我的一切。

我终于睡着了。我的身心实在太疲劳了。我足足睡了十六个小时，醒来时还是上床倒下去时的姿势，那顶制服帽仍然盖在眼睛上。我冲了一个冷水澡，然后走出营房，去找开往卡萨的汽车。公路上，遇到一件意外的好事：有个小贩正在推销腌黄瓜，他把腌黄瓜和一些别的东西装在几个短颈大口瓶子里。这终于证明爱的力量在关心我，没有把我抛弃。我坐在一个斜坡上，一口气吃了六条黄瓜，当我的早饭。我觉得舒畅多了。我继续晒了一会儿太阳，想再品尝一下滋味，但想到法兰西正在经历悲剧性的遭遇，觉得应该有所节制，表现出淡泊和坚忍。我离开了商贩和他那

像孩子一样的好奇心依然留存在成年人身上。

几个瓶子，感到有点儿恋恋不舍，甚至有点儿想入非非，寻思他是否有个女儿能嫁给我，甚至觉得自己当个腌黄瓜商贩，陪着一个多情而忠实的伴侣和一个勤劳而感恩的岳父，也很不错。我的心境是这样孤寂，这样犹豫，差点儿错过了去卡萨的汽车。不过，我还是拦住了这辆汽车，胸前紧紧抱着一大包用旧报纸包着的黄瓜，纵身跳了上去。像孩子一样的好奇心依然留存在成年人身上。

我在卡萨布兰卡的法兰西广场下车，遇上两名空军学校二年级学生福尔桑和达利戈。他们也和我一样，正在寻找去英国的途径。我们决定一起行动，一整天都在城里转悠。海港的入口处由宪兵把守着，街道上没有任何波兰军人的影子：最后一批英国军队离开这里大概已有很长时间了。晚上十一点我们碰头，大家都很泄气。我气馁了，对自己说：我做了能做的一切，已经无能为力了！但我又觉得什么地方出了差错，亚细亚草原上的宿命论思想抬了头，正在向我喃喃地说着恶毒的话。要么存在命运，由这个命运摆布一切；要么什么也没有，那就安安稳稳地到一个角落去睡大觉。如果真有一个公正的力量在关心我，它应该显现出来！母亲一直对我说，我将会获得胜利和荣誉，这就是说，她已经向我许下了诺言，那么她现在应该拿出办法来。

我不知道她是怎么做的：突然间我看到一位波兰下士向我走来，好像是从天而降。我扑上去拥抱他，这是我拥抱的第一个下士。他告诉我英国货船奥克列斯特号载了一批波兰的北非部队，午夜即将起锚，还说他下船来是为了采购食品，改善日常伙食。至少他是这么认为的，而我知道是什么力量驱使他下船，并引导他一直走到照亮我们的那盏忧郁的煤气灯跟前。大家知道，母亲的艺术气质经常地，有时候是那样悲剧性地，促使她根据有教益的文学准则不断构筑我们的未来，这一气质也同样继续在我身上显现。由于我尚未宣布向艺术作彻底归顺，我还在我的周围，在生活本身中，推测某种能以美好的方式安排我们命运的创作灵感。

这位下士确实来得正是时候。福尔桑借了他的制服上衣，达利戈借了他的制服帽。我呢，只脱了自己的上衣。我用响亮的波兰话向同伴们打了几句招呼后，便毫无阻碍地通过港口栅栏的宪兵警戒线，踏上跳板，上了船。应该指出的是，我们得到两名波兰值班军官的帮助。我用漂亮的密茨凯维奇的语言，讲了几句恰如其分而又满怀激情的话，向他俩解释了我们的情况：

"特别联络任务。温斯顿·丘吉尔。红房子二局的上尉。"

我们躺在煤舱里，做着寻求非凡荣誉的美梦，在海上度过了平静的一夜。可惜，正当我骑着一匹白马，准备向柏林挺进的时候，军号声把我惊醒了。

我精神状态很好，甚至有点儿狂妄：忠实的英国盟友正在张着手臂等待我们，好一起举起剑和拳头，去打击那些认为可以把人变成战败者的敌方神圣。我们要以远古那些名副其实的荣誉卫士的方式，在这些暴君脸上永远地刻上我们尊严的刀痕。

我们到达直布罗陀时，正好看到英国舰队返航。这支舰队刚刚在梅斯·埃尔 - 凯比尔①击沉了我们最精锐的军舰。可以想象，这消息对我们意味着什么：这一卑劣的袭击是对我们的最新希望的回答。

天空明净灿烂，西班牙在迎接非洲。只要抬起眼睛，就能在我们上方看到巨大的蠢神托托什：他站在停泊场，叉开两腿，踝部没入蓝色的海水。他仰着头，捧着肚子，占据了整个天空，发出响亮的笑声 —— 这时候，他戴上了英国海军上将的军帽。

于是，我想到了母亲，想象她走上街头，击碎位于维克多·雨果大街的英国驻尼斯领事馆的玻璃门。那顶帽子微微地歪戴在她的白发上。她的嘴上衔着香烟，手里拿着拐杖。她叫路人跟她一起走，去发泄他们的愤怒。

在这种情况下，我不能再在一艘英国军舰上待下去。这时候，我看到停泊场里有一艘飘着三色旗的护卫舰，我便立即脱掉衣服，一头扎进水里。

----

① 梅斯·埃尔 - 凯比尔，阿尔及利亚奥兰湾海军基地。一九四〇年七月三日，一支泊在该港的法国舰队拒绝英国人接防要求，继续抗击德国，被英国军舰击沉，舰上一千三百名法国官兵丧生。

我极度慌乱，不知所措。我是本能地投向法国国旗的。泅渡的时候，我第一次想到了自杀，但是我的本性并不怯懦，我不能把自己的左脸也送去让人打[①]。我于是决定带这位在梅斯·埃尔－凯比尔如此英勇地杀人的英国海军上将一起去见冥王。最简单的做法是在直布罗陀求见他，恭维他一番后，便对准他胸前那堆勋章开枪，然后，再怀着愉快的心情，向自己开枪：行刑队不会对我有什么意见，我认为这样做很漂亮。

虽然英国人干了这件事，我还是要到英国去。

要游两公里的距离。清凉的水使我稍稍平静了一点儿。不管怎么说，我不能为英国打仗了，英国这一卑劣的袭击是不能原谅的。不过，它终究还愿意继续进行战争。我下定决心，不改初衷，虽然英国人干了这件事，我还是要到英国去。这时候，我离法国军舰只有二百米了，我需要到那里喘喘气，然后再向反方向游两公里。

我向空中吐了一口唾沫 —— 我一直在游仰泳 —— 便摆脱了这位英国海军上将梅斯·埃尔－凯比尔勋爵，继续向护卫舰靠近。我游到它的停泊处，爬上船。一名空军中士正坐在甲板上削土豆皮，他看到我赤条条地从水里出来，丝毫没有显得惊奇。既然人们眼见法国打了败仗，英国击沉了盟国军舰，还有什么能令人惊奇呢？

"你好啊！"他礼貌地向我打招呼。

---

① 基督教劝诫人们：如果别人打了你的右脸，你就把左脸也伸去让他打。

我向他解释我的情况，这才知道这艘护卫舰正开赴英国，舰上有十二名中士飞行员要去投奔戴高乐将军。我们谴责了一通英国舰队的行径，同时一致认为英国人将继续进行战争，不会跟德国人议和，无论如何这是最最重要的一点。

卡纳巴中士（十八年后，他成了解放军团的卡纳巴中校，受过十二次嘉奖的三级荣誉勋位获得者，在法兰西鲜血染红的各条战线连续作战后，终于在阿尔及利亚战争中倒下了）建议我留在军舰上，不要再上英国人的船。他还说我的到来使他极为高兴，因为又多了一名削土豆皮的劳动力。我严肃地考虑了这一新的意外因素，决定不管怎么恨英国人，我还是要去他们的旗帜下飞行，而不愿干这种与我的性情极不协调的劳动。我于是向他做了个友好的手势，重新跳入水中。

……因为又多了一名削土豆皮的劳动力。

从直布罗陀到格拉斯哥①走了十七天。我发现舰上还有别的法国"逃兵"。我们互相认识了。其中有夏杜，后来在北海上空被击落；冉蒂，在一场一比十的战斗中跟他的飓风战斗机一起栽了下来；鲁斯特罗，掉在克里特岛上；朗热兄弟俩，弟弟成

---

① 格拉斯哥，苏格兰港口。

全法国所有的街道都写着他的名字。

了我的驾驶员，后来在非洲飞行时被雷电击死，哥哥还活着；米尔斯基－拉图尔，后来改名为拉图尔－庞加德，据我所知是在挪威外海上空与他的飞机博菲格特一起掉下来的；还有马赛人拉比诺维奇，绰号橄榄，在训练中丢了性命；夏尔纳克带着他的炸弹跌进了鲁尔河；斯道纳，坚定沉着，还在飞行；另外还有一些别的，或多或少用了假名，为的是保护他们在法国的家属，或者想跟自己的历史一刀两断。但是，所有在奥克列斯特舰上的这些脱离部队的人中，只有一人永远留在我心中，当我遇到问题，疑惑和失望时，就会想起他的名字。

他叫布基雅尔，三十五岁，是我们的老大哥。他看上去个子矮小，有点儿驼背，老是戴着那顶贝雷帽，眼睛是棕色的，长长的脸带着友好的表情，平静与温和中隐藏着一团火，这火有时能照彻法兰西，使它变成世界上最明亮的地方。

他是英国战役中的第一个法国英雄，在夺取了六次胜利后倒下了。二十名驾驶员站在指挥室里，眼睛死死地盯着播音喇叭，听着他高唱法国歌曲，直到最后爆炸。这时候，我正面向太平洋，草草地写下这几行字。太平洋的嘈杂和喧闹盖过了很多别的召唤声和挑战声。现在，这歌声又从我的嘴边响起来，我试图再现一个往昔，一种声音，一位朋友。这位朋友又重新活生生地站了起来，在我身边微笑。为了倾听他的声音，我需要大苏尔的彻底寂静。

在巴黎，没有一条用他的名字命名的街道；然而，对我来说，全法国所有的街道都写着他的名字。

第三十五章

　　到了格拉斯哥，我们在风笛声中受到一个苏格兰军团的接待。全国士兵穿着猩红色盛装，在我们面前列队行进。母亲很爱看部队的行进，但是，由于梅斯·埃尔-凯比尔事件给我们留下的厌恶还没有消除，全体法国飞行员便转过身，背向行进在给我们作宿营地的公园林荫道上的队列，一声不吭地回到了自己的帐篷。苏格兰人的自尊心受到了伤害，他们满脸通红，摆出一副英国式的执拗神态，继续在空旷的林荫道上奏着震耳的音乐。我们当时在那里共有五十名飞行员，战争结束时只剩下三名幸存者。在以后艰苦的岁月里，他们分散在英国、法国、俄国和非洲的天空中，击落一百五十多架敌机，然后英勇牺牲。穆肖特，五次胜利；卡斯特兰，九次胜利；马尔基，十二次胜利；莱昂，十次胜利；波兹南斯基，五次胜利；达利戈……提这些名字又有什么用呢？它们已经没有什么人知晓了。但是，它们从来没有真正离开过我。我还活着，我身上剩下的一切都是属于他们的。有时候我仿佛觉得，我活在世上完全是出于礼貌，我让自己的心脏继续跳动，纯粹是由于我一直喜爱动物。

　　那是我到达格拉斯哥后不久，母亲阻止了我干一件无法挽回的蠢事，否则我将抱恨终生。人们还记得我走出阿沃尔空军学校的时候怎样被剥夺了少尉军衔。对这一不公正的待遇，我始终记忆犹新，心里留着痛苦的创伤。不过，现在由我自己来治愈这一创伤，是一件轻而易举的事，我只要在自己袖子上缝上一个少尉条纹就行了。不管怎么说，我有这个权利：这个军衔纯粹是被那些不怀好意的卑鄙家伙剥夺的。为什么不该恢复这一正当权利呢！

　　不用说，母亲立刻进行了干预。并不是因为我征求了她的意见，绝对没有。相反，我做了各种努力，不让她知道我的小小的打算，不让她在我的脑海中出现。可是我完全白费气力：霎时间，她已经来到这里，站在我身边，手里拿着拐杖，向我说着极其刺耳的话 —— 她所期待的不是这种行为。她要培育的不是我这样的人，要是我这样做，她永远不会让我再进家门。她悲伤万分，羞愧得无地自容。我像丧家犬似的试图逃遁到格拉斯哥街上，躲开她，但是没有成功。她跟随着我，紧追不放，举着手杖向我打来。我清晰地看见她的面容，有时显得愤怒，有时似乎在恳求，有时做出我十分熟悉的疑惑不解的怪相。她还是穿着那件灰大衣，戴着那顶紫灰色帽子，脖子上挂着那串项链。女人的脖子衰老得最快。

我让自己的心脏继续跳动，纯粹是由于我一直喜爱动物。

我还是一名中士。

第一批法国志愿军在伦敦的奥林匹亚大厦集会，英国上流社会的姑娘和女士们过来和我们聊天。其中有一位穿军服的迷人的金发姑娘，跟我下了好几盘棋。她好像下定决心，要鼓鼓这批可怜的法国志愿兵的士气。我们两人一直守着棋盘。她棋艺高超，每盘都把我杀得落花流水，然后立刻提议再玩一盘。乘了十七天的船，急不可待地想上前线作战，却又跟一位漂亮姑娘下棋消磨时间，这真是一种刺激神经的经历。最后，我还是躲开了她，从远处看着她跟一位炮兵中士较量。这位中士最后也变得和我一样沮丧和忧虑。她还是待在那里，金色的头发，可爱而迷人，带着一点儿残忍的神态，在棋盘上移动着她的棋子。啊，邪恶的女人！为了瓦解军队的士气，我从来没有见过一个名门闺秀比她更有办法。

那时候，我一句英语都不会，与当地人接触十分尴尬，有时只能做手势。英国人不大做手势，但是我能很好地使他们明白我的意思。不懂语言，倒可以简化相互之间的关系，只要表达要点就行了，还可免去复杂的和不必要的礼节。

在奥林匹亚大厦，我跟一名小伙子很要好，我在这里姑且称他吕西安。他经过几天几夜花天酒地的折腾，突然朝自己的心脏开了一枪。在三天四夜的时间里，他疯狂地爱上了一个皇家空军经常光顾的惠灵顿夜总会的舞女。后来，这个酒吧女郎跟另一个顾客相好，他的郁愤无法排遣，唯一的办法便是自杀。实际上，我们中间大多数人都是在极不寻常的条件下仓促离开法国和自己的家庭，往往在几星期之后出现完全意想不到的烦躁和不安。有些人想抓住随便碰上的一个救生圈。对我这位伙伴来说，救生圈立刻抛弃了他，更确切地说，它去救另一个人了，吕西安便在多重绝望的重负下沉到了水底。而我呢，我所抓住的救生圈却能经受住一切考验。是的，它与我相隔遥远，但我有一种完全可靠的安全感。一位母亲，不管怎么说，一般是不会抛弃自己的儿子的。然而，那时候，我们正在忍受焦虑和挫折的煎熬，一夜喝一瓶威士忌。人们要给我们飞机，要派我们去战斗，但却始终未见动静。我们

……急不可待地想上前线作战，

却又跟一位漂亮姑娘下棋。

为了瓦解军队的士气，

我从来没有见过一个名门
闺秀比她更有办法。

一位母亲，不管怎么说，一般是不会抛弃自己的儿子的。

快要急疯了。我经常跟里尼翁、德·梅齐里斯、贝甘、佩里埃、巴尔贝隆、罗凯尔、梅尔维尔－林奇等人在一起。里尼翁在非洲失去了一条腿，装了一条假肢，继续飞行，在英国的蚊式轰炸机上被击落。贝甘在俄国前线获得八次胜利，最后在英国牺牲。德·梅齐里斯在提贝斯提①留下了他的左前臂，皇家空军为他装了一条假臂，他最后在英国的喷火战斗机上阵亡。比戈是在利比亚被打下的，严重烧伤后在沙漠里步行了五十公里，到达我方防线时殉职。罗凯尔在弗里敦外海遭受鱼雷袭击，他的妻子眼睁睁看着他被鲨鱼吞掉了。阿斯提埃·德·维拉特、圣贝勒斯、巴尔贝隆、佩里埃、朗热、漂亮的小伙子和典型的冒失鬼埃扎诺、梅尔维尔－林奇，他们都还活着。我们有时候见面，机会不多，彼此要说的话都已经说完了。

---

① 提贝斯提，乍得北部的撒哈拉高原。

我终于掌握了主动。

　　我被借调到皇家空军，驾驶惠灵顿和小猎犬，去完成某些夜袭任务。由此，英国广播公司便在一九四〇年七月郑重宣称"法国空军从它的英国基地起飞轰炸德国"。所谓"法国空军"，实际上只是一位名叫莫莱尔的伙伴和我两人。英国广播公司的这条消息使母亲感到无比兴奋，因为，在她的脑子里，"从英国基地起飞的法国空军"，毫无疑问就是我。后来我还知道，她在布法街市场的条条小路上走了好几天，脸上容光焕发，向人们宣布这一好消息。我终于掌握了主动。

　　我后来被派往圣阿坦。就在一次跟吕西安一起回伦敦休假时，吕西安打电话到我的旅馆，告诉我一切正常，士气旺盛，然后挂上电话，自杀了。我当时对他很生气，不过，我生气从来不会延续很久。当我在两名下士陪同下，负责运送那口棺材到军人小公墓时，我就不再想这件事了。

　　到了雷丁，一次空袭毁坏了铁路，我们不得不在那里停留好几个小时。我把那只箱子，就是那口棺材，放在寄存处，领了一张收据，然后到城里逛了一圈。雷丁城并无特色，为了驱散消沉的气氛，我们多喝了几杯，以致回到火车站时，竟然无法扛那只箱子了。我叫了两个搬运工，交给他们收据，要他们把箱子放到行李车厢里。到达目的地后，碰到一次全面灯火管制，只有三分钟时间来寻回我们这位伙伴。我们一起奔向行李车，刚取出箱子，火车就开动了。我们又坐了一小时卡车，最后才把它放到公墓管理处，连同那面举行仪式时用的国旗，在那里存了一夜。第二天早晨，我们到达管理处时，遇上一位英国下级军官。他圆睁双眼，惊愕地望着我们。当他把那面三色旗覆盖在箱子上时，发现上面有黑色字母，那是一种名牌啤酒广告："请饮纪内斯啤酒。"①我不知道这是那几个因空袭而神经紧张的搬运工还是我们自己在灯火管制时干的。不过，至少有一件事可以肯定：有人在某个地方把箱子搞错了。不用说，我们感到极其尴尬，尤其是神甫正等在那里，还有六名士兵在墓穴旁边列队，准备鸣放礼炮。我们考虑不能让人说我们轻率 —— 这是我们英国盟友惯于给"自由法国"分子戴的帽子。现在已经骑虎难下，这关系到军人的声誉。我紧紧地盯着这位英国中士，他微微点了点头，表示完全理解，便很快地把国旗覆盖到箱子上。我们把箱子扛到肩上，抬向公墓，埋了。神甫念念有词，我们立正致敬，礼炮在空中鸣响。我的内心涌起一阵剧烈的愤怒，痛恨这个无情无义的人。他屈服于敌人，抛弃了同伴的友爱，逃避了艰巨的任务。我攥紧拳头，嘴上直想骂娘，但喉咙却哽住了。

我们一直不知道另一只箱子 —— 那只原装的箱子 —— 的下落，有时候，脑子里浮现出对它各种各样有趣的假设。

---

① 原文为英语。

有人在某个地方把箱子搞错了。

我们一直不知道另一只箱子的下落。

第三十六章

我终于跟阿斯提埃·德·维拉特指挥的轰炸机中队一起，被派往安道韦尔受训。这个中队正准备出发去非洲。我们的上空正在进行历史性战斗，一些英国青年以乐观无畏的精神打击凶恶的敌人，改变着世界的命运。他们人数不多，与他们一起的还有几个法国人：布基雅尔、穆肖特、布莱斯……我不在内。我在阳光灿烂的乡村徜徉，双眼仰望蓝天。有时候，停机场上冒出一个年轻的英国人，在他那架弹痕累累的旋风式战斗机里忙着加油和添置军需品，准备重上战场。他们的脖子上都系一条彩色围巾，我于是也照样系了一条。这是我对英国战役的唯一贡献。我试图不思念母亲，不去考虑我向她许下的诺言。我对英国怀着友情和敬意，所有一九四〇年七月有幸踏上这片国土的人，永远不会舍弃这样的友情和敬意。

训练结束了。出发去非洲前，我们获准到伦敦休假四天。在那里，我干了一件令人无法置信的蠢事，即使在我最美妙的生活里也无法抹去它的阴影。

休假第二天，在一次狂轰滥炸中，我跟一位切尔西的年轻女诗人待在惠灵顿旅馆里，这个旅馆是盟军飞行员的聚会地点。我这位女诗人的表现令人极为失望，她不停地谈话，谈艾略特[①]、埃兹拉·庞德[②]和奥登[③]，漂亮的蓝眼睛向我转过来，闪烁的却是一束愚蠢的光。我不能克制自己，从心底里厌恶她。我不时地亲她的嘴，以便使她沉默。由于我受过伤的鼻子总是堵塞，为了呼吸，我不得不过一分钟就要

[①] 艾略特(1888—1965)，英国诗人和批评家。

[②] 庞德(1885—1972)，美国诗人、评论家。

[③] 奥登(1907—1973)，美国诗人和剧作家。

……用手指温柔地抚摸她的嘴唇，试图堵住她滔滔不绝的话语。

离开她的嘴，她于是又大谈肯明斯①和惠特曼②。我考虑我是否可以佯装癫痫。在其他类似情况下，我会这样做，但此刻我穿着军装，感到有点儿不好意思。我于是只好用手指温柔地抚摸她的嘴唇，试图堵住她滔滔不绝的话语，同时用富于表情的眼光瞅着她，请她安静。但是没有奏效。她把我的手指握在她的手里，开始论述乔伊斯③的象征主义。我突然明白了我的最后一刻钟是属于文学的。闲聊和智力的浪费给我带来厌倦，是我从来不能接受的东西。我开始感到汗珠从额头滚下来，我那神思恍惚的目光愣愣地盯着这块口部括约肌，它仍在不停地张开和闭合。我于是使出绝望的劲儿趋向这个器官，用我的吻去制止它的活动，但还是没有成功。这时候我看到一位漂亮的安德斯军队波兰飞行军官走近我们的桌子，向这位少妇致意，请她跳舞。我于是感到极为宽慰。尽管这里的规矩不准邀请有人陪伴的女子跳舞，但我还是感激地向他微微一笑，然后舒舒坦坦地坐到长椅上，一口一口呷完了两杯饮料，接着招呼招待员结账，以便趁着黑夜悄悄地溜走。当我活像一个快淹死的人那样做着手势，叫招待员过来收钱时，那位小埃兹拉·庞德④已经回到我的桌旁，立刻对我谈论肯明斯和《前景》杂志，表示对该杂志的主编佩服得五体投地。我像往常一样彬彬有礼，不过这次是坐在桌旁，手托脑袋，捂住耳朵，决定不听她一句话。俄顷，又有一个波兰军官走过来。我以动人的姿态向他微笑：如果运气好，小埃兹拉·庞德也许能在他身上找到文学以外的其他话题，我便可以脱身了。可是，完全不是这么回事！她刚刚走开，就马上返回来。当我起身用法国人惯常的殷勤姿态迎接她时，第三个波兰军官出现了。我突然发现有人在注视我，而且察觉这是一个预谋行动。这三个波兰军官明显地对我怀有敌意，向我显示侮辱性的姿态，他们甚至不让我的

---

① 肯明斯(1894—1962)，美国诗人。

② 惠特曼(1819—1892)，美国诗人。

③ 乔伊斯(1882—1941)，爱尔兰作家。

④ 此处小埃兹拉·庞德指那位爱谈文学的女士，有嘲讽之意。

女伴有时间就座，轮流挽着她的胳膊，同时向我投来嘲讽和蔑视的眼光。我说过，惠灵顿旅馆住的都是盟国军官，英国、加拿大、挪威、荷兰、捷克、波兰、澳大利亚的都有。他们便开始取笑我：别人夺走我的女伴，而我不能捍卫自己。我的血沸腾起来，这关系到军人的荣誉。我处在荒谬的境地里，竟要为留住几小时以来我竭力想要摆脱的女人而打架。我确实没有别的选择，只能身陷这一愚蠢的处境里。我没有权利回避。我于是微笑着站起来，用英语大声说了几句预先想好的有分量的话，随即抓起我的威士忌酒杯，向第一个中尉的脸上扔去，接着反手给第二个军官一记响亮的耳光，然后我坐下来。荣誉保全了。母亲正在满意而自豪地望着我。我以为事情就这样结束了。可我完全想错了！那第三个波兰人（由于我腾不出手，没有揍他）感到受了侮辱。正当人们劝架的时候，他破口大骂法国空军，高声谴责法国虐待英勇的波兰空军。我对他怀有一点儿同情，不管怎么说，我也沾一点儿波兰人的边儿，要说不存在什么血缘关系，至少也在那里生活过好几年，我甚至在一段时间里还持有一份波兰护照。我差点儿要跟他握手，但是我没有这样做。当时我的双手分别被一个澳大利亚人和一个挪威人按住，动弹不得，为了维护荣誉，我用脑袋在他脸上狠狠撞了一下。这不正是捍卫波兰荣誉法则的传统吗？他好像舒舒服服地倒了下去。我以为事情就这样完了，可我又想错了！他的两个伙伴叫我跟他们一起走出室外，我愉快地表示同意 —— 我认为可以摆脱这位小埃兹拉·庞德了，可我又错了！那个女人出于顽固的本能，觉得正在"体验生活"，便坚定地挽住了我的胳膊。我们五人都到了室外。外面实行灯火管制。炸弹在无情地倾泻着，救护车来回行驶，响着过分温柔而令人作呕的铃声。

"唔，现在干什么？"我问。

"决斗！"三个中尉中的一个说。

"可是没有公众。"我说，"到处是灯火管制。已经没有公众。不用装模作样了，懂吗，蠢货？"

"法国人都是胆小鬼。"另一个波兰中尉说。

"好吧，决斗！"我说。

我想提议去海德公园了结这件事。公园内布满了高射炮，我们微不足道的手枪声会被隆隆的炮声淹没。黑暗中扔下一具尸体不会引起人们惊异。我不想由于这几个波兰醉鬼而受纪律处分。从另一方面说，我怕在黑暗中不好瞄准，不过，虽然这几年放枪时我有点儿漫不经心，但还没有完全忘记斯维德洛夫斯基给我上的课。我相信在一个文明的地方，我是能够给我的靶子带来荣誉的。

"去哪儿决斗？"我问。

我不跟他们说波兰语，否则会混淆界线。他们想在我身上对法国进行报复，我不给他们制造心理上的困难。

"去哪儿决斗？"我问。

他们商量了一番，最后说：

"摄政公园酒店。"

"屋顶上？"

"不，一个房间里。用手枪，五米距离。"

我想，伦敦豪华的大酒店一般不会让一个女子跟四个男人进入同一个房间，于是觉得这是摆脱小埃兹拉·庞德的好机会。她仍然挽着我的胳膊。用手枪进行五米距离的决斗，这，这真是不可想象！她活像一只母猫，兴奋地叫起来。我们跳上一辆出租车，在车上花了很长时间有礼貌地讨论谁开第一枪。到了皇家空军俱乐部后，这几个波兰人下车取了决斗用的手枪。我只有那支一直带在身上的6.35毫米手枪。最后，出租车把我们送到摄政公园酒店。由于小埃兹拉·庞德执意要上楼，我们只好凑钱租了一间带客厅的套房。上楼前，其中一个波兰中尉伸出一根手指，说：

"需要证人！"

我扫视一下周围，想找一个法国军人。没有。旅馆的门厅里都是老百姓，大部

用手枪进行五米距离的决斗，这，这真是不可想象！

分人穿着睡衣，那是由于轰炸，他们不敢待在自己卧室里，当炸弹震得墙壁发颤的时候，他们裹着披巾和晨衣来到休息室。一名英国上尉夹着单片眼镜正在接待处填写一份表格。我向他走过去。"先生，"我说，"我马上要进行决斗，就在五层520房间，您能当我的证人吗？"

他懒洋洋地笑了笑。

"这些法国人！"他说，"谢谢，可我完全不是爱看热闹的人。"

"先生，"我对他说，"我说的决斗不是您认为的那种事，这是一场真正的决斗，五米距离，用手枪，跟三个波兰爱国者。我自己也沾有一点儿波兰爱国者的份儿，但这关系到法国的荣誉，所以我没有权利逃避。您明白了吗？"

"我完全明白。"他说，"世界上到处有波兰爱国者，遗憾的是，还有德国人、法国人、英国人，这就要打仗。可惜，先生，我不能帮助您。您看见那边那个年轻女郎了吗？"

她坐在一张软垫长椅上，金色的头发，一身度假者的打扮。上尉正了正单片眼镜，叹了口气。

"我跟她磨了五个小时，她终于同意了。我不得不跳了三个钟头的舞，花了很多钱，想方设法逗引、恳求，在出租车里温存、耳语，最后她答应了。现在我不能去跟她说，干事前我要她去当一场决斗的证人。何况，我已经不是二十岁的小伙子，现在又是凌晨两点钟。我用了五小时时间，她终于同意了。现在，我已经筋疲力尽，没有任何兴趣。是的，我自己也沾有一点儿波兰爱国者的边儿，我没有权利回避。当我想到将要付出的东西，我浑身都在颤抖。总之，先生，您还是去找别的证人吧：我自己也要进行决斗呢，腾不出手。您不妨去问问看门人。"

我又看了看周围。大厅中央环形软椅上坐着一位先生，身穿睡衣和大衣，趿着拖鞋，戴着帽子，脖子上系一条围巾，双手捧着他那忧伤的鼻子。每当一颗炸弹落到近处，他便向天空抬起眼睛，仿佛炸弹就在他的头上。那一夜，我们遭到猛烈轰

"我自己也要进行决斗呢，腾不出手。您不妨去问问看门人。"

炸，墙壁摇摇欲坠，窗玻璃四散横飞，一些物品摔到地上。我仔细端详这位先生。我善于凭直觉辨认那些看见军人就怕得要命的人，要是叫他们干什么，他们绝对不会拒绝。我径直向他走去，对他说，出于紧急原因，要求他担任一次决斗证人，地点就在酒店的五层。他向我投来惊愕和恳求的目光，但是在我的严厉的军官神态前，他叹着气站了起来，甚至说了一句随机应变的话。

"我很高兴能为盟军从事的战争效力。"他说。

由于电梯在空袭期间停开，我们步行上楼。憔悴的盆花在每一层平台上颤抖。小埃兹拉·庞德挽着我的胳膊，表现出令人厌烦的兴高采烈，娇滴滴地向我抬起湿润的眼睛，喃喃地说道：

"你要杀人！我感觉到你要杀人！"

炸弹每次呼啸，我的这位证人便要往墙上靠。那三个波兰人是仇恨犹太人的，看到我选择这个证人，认为是对他们的额外侮辱。我的证人继续往楼上走，闭着眼睛，念着祷词，好像在闯地狱。上面几层已经空无一人，住客全都撤离了。我对这几位波兰爱国者说，走廊是我们理想的交锋地点，而且提出把距离增加到十步。他们表示同意，开始测量距离。这场争斗中我不能容忍自己受到哪怕最小的损害，但也不想杀死或重创对手，以免招惹麻烦：旅馆里留下一具尸体，最终仍要被人发现，重伤员又不能自己下楼。我了解波兰人的荣誉感。我提出要求，如果他们中间的第一个被淘汰了，剩下的人不能再轮流打我。我要在这里说一句：整个事件中，母亲没有表示任何异议，她看到我终于能为法国做一点儿事情而感到高兴。十步距离的

手枪决斗，她对我完全充满信心，她知道普希金和莱蒙托夫都是在手枪决斗中丧生的，所以我从八岁开始，她就把我带到斯维德洛夫斯基中尉那里去，这不是无缘无故的。

我做好了准备。我承认自己不是非常冷静，一方面是由于小埃兹拉·庞德令我很生气，另一方面也担心开枪时近处落下的炸弹会使我的手发抖，给命中率带来糟糕的后果。

我们终于在走廊里摆好姿势。我尽最大努力瞄准，但是环境很不理想，周围不断传来爆炸声和呼啸声。当决斗主持人 —— 其中一名波兰人 —— 利用瞬间平静发出信号后，我击中了对手。伤势比我预料的要重一些。我们让他平静地躺到我们租下的那间套房里，小埃兹拉·庞德马上充当护士和嬷嬷。不过，这位中尉也只是伤着肩膀。之后，我赢来了胜利的时刻。我向对手们致敬，他们以普鲁士方式向我还

她看到我终于能为法国做一点儿事情而感到高兴。

和莱斯利·布兰奇

礼，把脚跟并得十分响亮，我便用纯正华沙口音的最标准的波兰语高声而清晰地说出我对他们的看法。当我用他们本国丰富的词汇向他们倾泻一连串嬉笑怒骂时，他们的脸上泛出愚蠢的表情，这是我作为波兰爱国者的一个最美好的瞬间，它绰绰有余地抵偿了他们在我身上引起的强烈愤怒。这天夜晚的奇事还没有完：我的证人在我们开枪时失踪了，这会儿却又容光焕发地跟随我到了楼梯上。他仿佛已经忘了恐惧和窗外的炸弹，露出一脸笑容，从他的钱包里拿出四张簇新的五英镑的钞票，塞到我的手里。当我庄重地拒绝这一礼物时，他朝那间还留着三位波兰人的套房做了个手势，用蹩脚的法语说。

"都是些反犹分子！我自己也是波兰人，我了解他们！你拿着吧！拿着吧！"

"先生，"我用波兰语对他说，那时他正要把这几张票子塞进我的衣兜，"先生，我的波兰人的荣誉不允许我接受这笔钱。先生，波兰一直是我国的盟国，波兰万岁！"

小埃兹拉·庞德马上充当护士和婆婆。

和莱斯利·布兰奇
在伦敦

我看到他的嘴张得老大，眼睛里透出大惑不解的神色。这是我特别喜欢从人们眼睛里看到的神色。他手里拿着那几张钞票，怔怔地站在那里。我轻轻地吹着口哨，迅速走下楼梯，跨进了黑夜里。

第二天一早，一辆警车把我带到奥迪哈姆。在伦敦警察厅度过若干不大愉快的时光后，我被交给法国当局，即缪斯利埃海军上将的参谋部。在那里，海军上尉唐加萨克友好地询问了我的情况。我们听说那名波兰中尉佯作酒醉，在他伙伴的搀扶下即将离开旅馆时，小埃兹拉·庞德却过分殷勤，叫来了一辆救护车，这下我可脱不了身了。幸而当时自由法国缺乏受过训练的飞行员，他们需要我，同时由于我的飞行中队急于开赴别处，不过我想，母亲一定也在暗中助了我一臂之力，因为我只挨了一顿斥责便算了事。这对谁都毫无损害。几天后，我快快活活地登船到非洲去了。

第三十七章

在阿伦德尔城堡号船上，有一百多个出身名门的英国女青年，她们全都自愿加入女驾驶员兵团。船上实行严格的灯火管制，十五天的海上生活给我们留下极其美好的印象，全船的人怎么能不兴奋呢，我至今还在想着这件事。

一天晚上，我走到甲板上，凭舷观看船后波光粼粼的航迹。这时候，我察觉有人悄悄向我走来，一只手抓住了我的手。我的眼睛这时已经适应黑暗，我刚刚来得及认出这是部队的纪律军士长，他已经把我的手放到他的嘴唇上，吻了好几下。显然，他来到我站的这个地方，是为了和一个迷人的女驾驶员幽会。他从明亮的客厅出来，突然进入黑暗之中，犯了一个完全可以原谅的错误。我宽容地让他干了一会

他来到我站的这个地方。

母亲总是抽很多烟。

儿 —— 看到一位纪律军士长这样做，实在令人忍俊不禁。当他的嘴唇移近我的腋窝时，我认为应该让他清醒了，我于是用优美的男低音说：

"我不是你要找的那位姑娘。"

他像一头受伤的野兽嗥叫一声，开始吐唾沫，形象实在不雅。以后好几天里，每当他在甲板上与我交臂而过，我向他投去最亲切的微笑时，他总是满脸通红。那时候，生命是年轻的。我们绝大部分人今天虽然已经死去 —— 罗克在埃及上空坠落，拉梅索内弗在海上失踪，卡斯特兰死在俄国，克鲁赞在加蓬丧生，古芒克罹难于克里特岛，卡纳巴在阿尔及利亚殉职，马查尔斯基在利比亚牺牲，德拉罗什跟弗吕利-埃拉尔和科根一起在法希尔被击落，圣贝勒斯还活着，但是失去了一条腿，桑德雷死在非洲，格拉塞倒在托鲁克，贝尔鲍斯特在利比亚阵亡，克拉里翁在沙漠中失

踪 —— 虽然我们所有人今天几乎全都死去了，但是我们的快乐依然长存，活着的人常常在一起欢聚，周围的年轻人看着我们。生命是年轻的。生命在衰老的过程中自我延续，从容不迫地和自己告别。它向你攫取了全部东西，再没有任何东西可以给你了。我经常去年轻人常去的地方，试图重新获得失去的东西。有时候，我认出一个二十岁就死去的同伴的脸，看到的常常是同样的手势，同样的笑容，同样的眼神。某些东西总是始终存在着。于是我有时几乎相信 —— 几乎相信 —— 我身上还留存着二十年前没有完全消失的某些东西。我于是挺直身子，取出花剑，步伐坚定地走向花园，仰望天空，进行交锋。有时候，我登上小丘，耍弄三四个小球，向他们表示我还没有失去双手，他们不能小瞧我。他们？我知道谁也不会看我，但是我需要向自己证明，我还能做出天真的举动。真实的情况是，我被打败了，不过我仅仅是被打败。人们什么也没有传授给我，没有教给我智慧，也没有教给我屈从。我躺在大苏尔沙滩上，面向太阳，感到全身充满年轻人的朝气和勇敢精神。我满怀信心地等待这批比我后来的人，一边看着那些海豹和鲸鱼，它们在这一季节成百条成百条地结伴而行，身上喷着水柱。我倾听着太平洋，闭上眼睛，开始微笑。我知道，我们所有这些人都还健在，正准备重新大干一场。

母亲几乎每天晚上都来甲板上陪伴我，我们一起凭舷观望白色的波纹，从那里生出了黑夜和星星。夜用它独特的方式喷射出波光粼粼的航迹，把它送向天空，在那里散发成一束束星光。它吸引我们俯身向着波涛，直至出现第一缕曙光。非洲大陆临近了。刹那间，黎明的晨曦彻底照亮了大西洋，天空突然变得明亮。然而，我的心还在按夜间的节拍跳动，我的眼睛依然适应着黑暗。我是一个"夜猫子"，我最信赖的是黑夜。母亲总是抽很多烟，当我们凭倚在夜的边缘时，我好几次想提醒她，现在实行灯火管制，甲板上禁止吸烟，因为可能有潜艇经过。不过，我马上笑自己太天真了：其实我清楚地知道，只要她待在我的身边，不管有没有潜艇，我们是不会遇到任何不测的。

"你好几个月没有写东西了吧？"她以责备的口吻对我说。

"不是在打仗吗？"

"这不是理由。你必须写作。"

她叹了一口气。

"我过去一直想当一名杰出的艺术家。"

我的心揪紧了。

"你别着急，妈妈。"我说，"你会成为一名大艺术家，很有名望的艺术家。我会想办法使你成功的。"

她沉默了一会儿。我几乎看到她的身影，她那白发的轮廓，她那高卢牌烟头上的红色火光。我用最真挚的爱和诚意创造了她，使她一直待在我的身边。

"我要坦白地和你说一件事，我以前没有告诉你真相。"

"什么事？"

"我过去不是真正的名演员，不是悲剧演员。当然，这话也不完全准确。我演过戏，这是事实，但是不很出名。"

"我知道。"我温和地对她说，"你会成为一名大艺术家，我能肯定。你的作品将被译成世界各国文字。"

"可是，你没有干。"她伤感地说，"如果你什么都不干，怎么能实现这一点呢？"

我干了起来。在战火纷飞中的一条船的甲板上，或在两个伙伴合住的窄小船舱里，要写一部长篇著作，实在很困难。我于是决定写四五个中篇，每篇都是歌颂人们在抵抗压迫和非正义斗争中的勇敢精神。写好后，我把它们编在一部大型文集中，一部体现我们不屈精神的抵抗运动的画卷里，让一位小说中的人物按照古老说书人的方式叙述这些故事。因此，如果我没有写完这本书便已死去，至少我还能留下几篇有关我的生活的短篇小说，母亲也会看到我已经像她那样做了最只要她待在我的身边，我们是不会遇到任何不测的。

我用最真挚的爱和诚意创造了她，

使她一直待在我的身边。

母亲也会看到我已经像她那样做了最大的努力。

大的努力。就这样，我的小说《欧洲教育》的第一章便在运载我们去非洲天空作战的这条船上写出来了。写完后，我马上走上甲板，在黎明最初的微响中念给母亲听。她显出满意的神情。

"托尔斯泰！"她极其简略地说，"高尔基！"

然后，出于对我国的尊敬，她又补充说：

"梅里美！"

在这些夜晚，她跟我谈话，比过去更加无拘无束，充满信任 —— 这也许是因为她觉得我已经不是一个孩子了；也许是在大海和天空的帮助下，人们会把心里的秘密全部吐露出来，再也没有什么东西在我们周围留下痕迹，除了那静寂中转瞬即逝的白色航迹；也可能由于我要出发去为她战斗，她想为这条她还没有来得及依靠的臂膀增添一股力量。我俯瞰着浪涛，回忆往日的情景：互相交谈的句子，千百次听过的话语，驻留在我眼前的姿态和手势，贯串她一生的主要经历 —— 这些经历就像她亲自编织并紧紧抓住的光明的线条。

"法兰西是世界上最美的地方，"她脸上浮现出一贯的天真微笑，"就因为这个，我愿你做一个法国人。"

"嗯，现在不是已经实现了吗？"

她不作声了，然后又轻轻叹一口气。

"你要不断地奋斗才是。"她说。

"我的腿受过伤，"我提醒她说，"瞧，你摸摸。"

我伸出腿。大腿里还有一小块弹片。我一直没有取出这弹片。母亲仔细观察了一番。

"还得多当心！"她叮嘱说。

"我会当心的。"

战斗中常常遇到这样的情形：在执行下飞机前的一些使命时，炸弹的碎片和冲击波在飞机外壳上造成巨大的声响，我于是想起了母亲的话："当心！"这时候，我不禁微笑了。

"你拿你的法学学位派了什么用场？"

"你是说文凭吧？"

"对。没有丢失吧？"

"没有。放在手提箱里了。"

我知道她心里想着什么。大海在我们身边静静入睡，船伴随着它的叹息声前进，我们的耳边响着低沉的机器运转声。我坦白承认，我怕母亲闯入外交界。根据她的看法，我这个了不起的法学学位有朝一日将为我打开外交界大门。十年前，她每个月都要精心擦拭那批古老的皇家银器，准备为我"接待宾客"之用。我不大认识那些大使，更不认识大使夫人，我把他们想象成克制和谨慎、良好教养和端庄举止的化身。十五年来的经验使我在这方面有了更加合乎人情的认识。但在当时，我对这一职业的想法是很狂热的。我并非没有忧虑，心里总想：母亲是否会妨碍我履行职责？但愿不会这样！我从来没有对她说出我的疑虑，但她却能从我的沉默中了解我的想法。

"不用担心，"她对我说，"我知道怎样接待宾客。"

"妈妈，你听我说，我不是这个意思……"

"如果你的母亲使你感到羞愧，你尽管说出来好了。"

"妈妈，别这样说……"

"可是，一定要有很多钱。伊洛娜的父亲必须给她准备一笔丰厚的嫁妆……你不是一个平平常常的人。我要去见他，跟他说说这件事。我知道你爱伊洛娜，但是不要晕头转向。我要对她说：我们给了你我们所有的这一切；您呢，您给我们什么？"

我用双手抱住自己的脑袋。我笑着，但是眼泪却从面颊上流了下来。

"是的，妈妈，是的。一定会是这样的，会是这样的。我将按你的愿望去做。我要当大使，成为伟大的诗人，成为纪纳曼，但是我需要时间。你自己要多多保重，要定期去看医生。"

"我是一匹老马，我已经走到了这一步，还要走得更远。"

"我已经作好安排，托人从瑞士给你送去胰岛素，最好的胰岛素。船上的一位姑娘答应为我做这件事。"

玛丽·鲍伊德答应为我做这件事。虽然从那以后我再也没有见过她，但是好几年内，直到战争结束一年后，胰岛素持续不断地从瑞士寄到梅尔蒙旅馆兼膳宿公寓。我想感谢玛丽·鲍伊德，但是无法找到她。但愿她还在人间，并能读到我写的这几行字。

我擦干脸，深深叹一口气。世界上没有任何东西比我身边的甲板更空旷了。天亮了，飞鱼出现在海面上。忽然，我异常清晰地听见寂静在我耳边说：

　　"加快进度！加快进度！"

　　我在甲板上又待了一会儿，想使自己的心境平静，也许是在寻找我的对手。但是对手没有出现。只有德国人。我觉得手中空空荡荡。在我头顶上方，那无边无际、可望不可即的永恒，用十亿个微笑环抱着这个竞技场。这些微笑对我们最古老的格斗无动于衷，没有表现出丝毫兴趣。

天亮了，飞鱼出现在海面上。

世界上没有任何东西比我身边的甲板更空旷了。

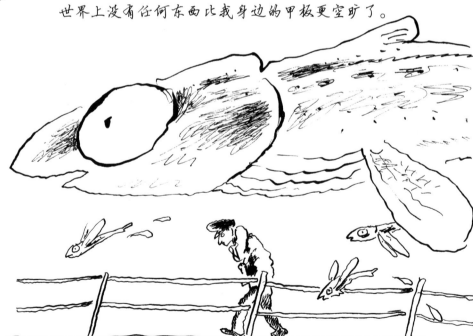

第三十八章

我到英国后不久，收到了她的头几封来信。这些信是从瑞士秘密寄来的，那是母亲的一位女友从那里定期给我转寄的。每封信都没有日期。直到三年后我返回尼斯，直到我回家前夕，不管我走到哪里，这些没有日期的信总是一封封按时寄到我的手里。就这样，在这三年半的时间里，我受到一种力量和意志的鼓舞和支持，它比我自己的力量和意志更加坚强，这条脐带向我的血液输送着勇气，它来自一个比我经受过更加严峻考验的人的心灵。这些信洋溢着某种越来越强烈的情感。母亲似乎在期待着我的成果，要我创造出比手技演员拉斯特里更高超、比网球名将蒂尔顿更伟大、比纪纳曼更英勇的奇迹，以证明人类是不可战胜的。其实，我还没有做出什么成绩，但是我已尽了最大努力来保持我良好的精神状态。我每天做半小时体操，半小时跑步和一刻钟举重运动。我继续拿六个球耍手技，并且期望能抓住第七个球。我还继续写我的小说《欧洲教育》，收录在这个纪事中的四个短篇已经完成。我坚定地相信，不管在文学上或是在生活中，我可以用灵感塑造世界，通过竭尽自己的天职恢复它的真正面貌。这个天职就是写出一部炉火纯青的好作品。我信仰美，因而也信仰正义。母亲的才华促使我想献给她富有艺术性和生命力的杰作。她是多么向往得到这部作品。我相信她一定会获得这一正义的成就，因为我觉得生活是不能缺少艺术的。她的天真和想象，她那种对神奇事物的信念，使她从一个流落在东波兰外省的孩子身上看到了一位未来的法国大作家，一位法国大使。这一切，还有那些娓娓动听的美妙故事所产生的魅力，全部活跃在我的身上。我把生活当作文学的一种类型。

我坚定地相信，不管在文学上或是在生活中，我可以用灵感塑造世界，通过竭尽自己的天职恢复它的真正面貌。这个天职就是写出一部炉火纯青的好作品。

我把生活当作文学的一种类型。

母亲在信里写了我的英勇行为。我承认，我读后感到某种程度的愉快。"我光荣而亲爱的儿子，"她写道，"我们以钦佩和感激的心情从报上读到你的英勇战绩的记述。在科隆、不来梅和汉堡的天空，你那翱翔的机翼把恐惧洒向敌人的心脏。"我很了解她，十分清楚她想表达的含意。对她来说，每当一架皇家空军的飞机轰炸一个目标时，我必定是在这架飞机上。从每一枚炸弹的爆炸中，她都能听出我的声音。我出现在每一条战线上，我使敌人闻风丧胆。我会同时在驱逐机和轰炸机里。每当一架德国飞机被英国飞机击落时，她自然要把这一胜利归功于我。布法街市场的小巷里必定在传颂着我的战绩。不管怎么说，她了解我。她清楚地知道，是我赢得了一九三二年尼斯乒乓球锦标赛的冠军。

"我亲爱的儿子，全尼斯为你骄傲。我去学校看望了你的老师，我把消息告诉了他们。伦敦电台向我们报告了你射向德国人的炮火。他们没有提起你的名字，这样做很对，否则会给我带来麻烦。"在这位梅尔蒙旅馆兼膳宿公寓的老妈妈看来，我的名字存在于每一份前线战报里，每一声希特勒愤怒的嚎叫中。她坐在自己窄小的卧室里，收听着英国广播公司的广播，播音员向她谈的全是我的事迹。我几乎看到了她赞叹的微笑。她一点儿也不感到惊奇，这完全是她期待于我的。她早已这样说过，早已了如指掌，早已知道我是一个什么样的人物。

只有一件麻烦事：在这整个时期里，我未能与敌人交锋。从我头几次飞上非洲天空起，我的诺言很难实现这一事实就清楚地摆在我的眼前。我周围的天空重新成了皇家公园的网球场，在那里，一个惊慌失措的青年小丑在兴奋的观众前可笑地乱蹦乱跳，捕捉着那些无法触及的小球。

在尼日利亚的卡诺，我们的飞机遭遇沙暴，碰撞一棵大树后翻落到地上，刨出一个一米深的大坑。我们从机舱出来时已经变得呆头呆脑，但是没有受伤。皇家空军人员对我们大为恼火，因为飞行器当时稀少而宝贵，远比笨拙的法国人的性命宝贵。

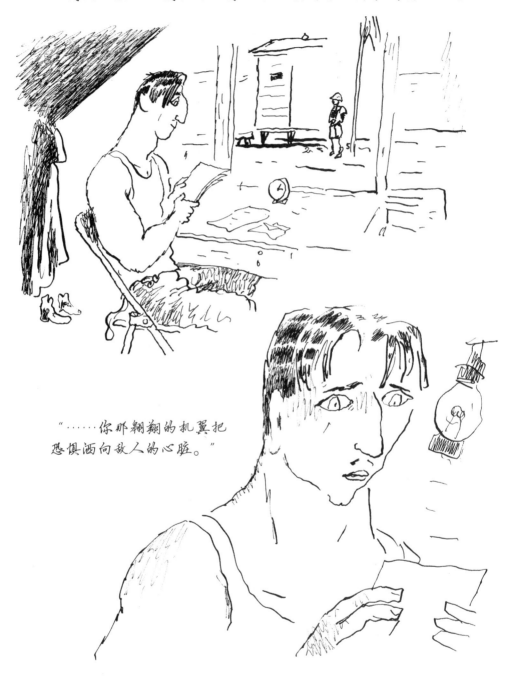

"我们以钦佩和感激的心情从报上读到你的英勇战绩的记述……"

"……你那翱翔的机翼把恐惧洒向敌人的心脏。"

"我亲爱的儿子，全尼斯为你骄傲。"

"他们没有提起你的名字，这样做很对，否则会给我带来麻烦。"

她收听着英国广播公司的广播，播音员向她谈的全是我的事迹。

第二天，我和另一名飞行员登上另一架飞机。我又栽了一个跟斗。小猎犬轰炸机刚刚起飞便倾覆而起火，我们在熊熊的火焰中焦头烂额，侥幸脱身。

我们当时飞机少，机组人员多。我在马伊达居里苦苦地待命，完全无事可干，成天在荒凉的灌木丛中骑马游逛。我提出申请并得到批准去黄金海岸 — 尼日利亚 — 乍得 — 苏丹 — 埃及这条空中大走廊护航。飞机零件装箱运到塔科拉迪，在那里组装，然后穿过整个非洲，飞往利比亚战场。

我只参加过一次护航。我的小猎犬轰炸机从来没有抵达过开罗，它最后在拉各斯北面的丛林中坠毁了。我当时以乘客身份坐在飞机上，为的是熟悉飞行路线。我的新西兰驾驶员和领航员都牺牲了，我一点儿没有受伤，但已无法动弹。那脑浆迸裂的头颅，被撞碎的脸颊，丛林中向你立刻包围过来的大群苍蝇，真是惨不忍睹。当你必须用手为他们挖一个坟墓时，他们的身躯显得那么巨大。苍蝇迅速麇集，蓝色、绿色和红色所组成的美丽的混合体在阳光下闪闪发亮，看上去煞是可怕。

耳边嗡嗡作响几小时后，我的神经开始不听指挥了。寻找我们的飞机在我上空盘旋时，我挥手让它们离去，把飞机的声音与企图叮到我嘴角和额头上的苍蝇的声音混为一体了。

我见到了母亲。她的脑袋歪在一边，半闭着眼睛，一只手按住心脏。我看到她与几年前每次得胰岛素昏迷症时的状态一模一样。她脸色灰暗，一定是用了很大的劲儿，但是她没有足够的力气拯救世界上所有的儿子。她只能拯救自己的儿子。

“妈妈，”我叫唤她，一边抬起我的眼睛，“妈妈。”

她望着我。

“你答应过我要当心。”她说。

“可这次不是我驾驶。”

我还是鼓起了斗志。飞机上的食品里有一袋非洲青橘子。我去机舱里取这些橘

当你必须用手为他们挖一个坟墓时，他们的身躯显得那么巨大。

苍蝇迅速聚集，在阳光下闪闪发亮

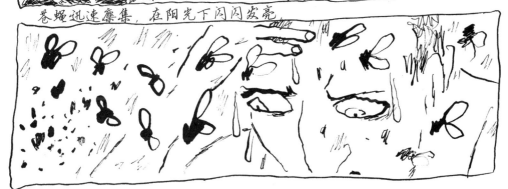

看上去煞是可怕。

为了保持姿态和藐视恐惧，

为了维护人

在一切遭遇前的优势。

子。在坠落的机身旁，我又看见自己站在那里，手里耍弄着五个橘子，尽管有时候泪水模糊了我的视线。每当恐惧袭来，压得我喘不过气来时，我便抓起橘子，耍弄起来。这不仅仅是为了练习，而且是为了保持姿态和藐视恐惧，为了维护自己的尊严，维护人在一切遭遇前的优势。

我在那里待了三十八小时，然后重新进入机舱。顶盖封闭着，酷烈的闷热使我失去了知觉，我几乎被烤干了，不过没有一只苍蝇叮到我的身上。

我就这样在非洲打发着日子。每当我向前发起冲击时，天空便粗暴地把我掷回来，我在下降的嘈杂声中，似乎听见愚蠢和嘲弄的哄笑。我以极其熟练的技巧降落。我一屁股坐到地上，就在打翻的伞架旁边，口袋里还装着母亲最近一封来信。她在信里以极端信任的口气讲述我的战功。我低下头，叹了口气，然后站起来，再次尽最大努力去继续拼搏。

在五年战争中，除了几次进医院，有一半时间是在空军中队里度过的。这期间我完成了不止四五次战斗任务。今天，我对这些战斗记忆犹新，依稀记得自己尽到了做一个好儿子的职责。岁月在常规飞行中流逝，这些飞行多数属于普通运输，只有少数是金色的传奇。我与几个伙伴一起，被派遣到法属赤道非洲的班吉，在一块仅仅受到蚊子威胁的土地上执行防空任务。我们的愤怒很快变得无法抑制，以致用石膏炸弹轰炸了总督府，企望以此审慎地让当局察知我们已经无法忍受。我们竟然没有受到惩罚。我们又试图使自己成为不受欢迎的人：在这个小城的街上组织黑人游行，让他们举着"班吉市民说：飞行员，上前线去！"的标语牌。我们情绪焦躁，为了摆脱苦闷而玩些常常导致悲剧性后果的把戏。我们在一架旧飞机里耍疯狂的险技，故意寻求险境，我们中间好几个人为此丢了性命。在比属刚果，我跟一个伙伴掠地飞行，向一群大象猛冲。飞机撞在一头大象身上，驾驶员和这头大象同时送了命。我从这架"黄萤"的残骸中爬出来，被当地一名护林人用枪托打得半死。他愤怒地说："你没有权利这样对待生命！"这句话久久留在我的记忆里。我被关十五天禁

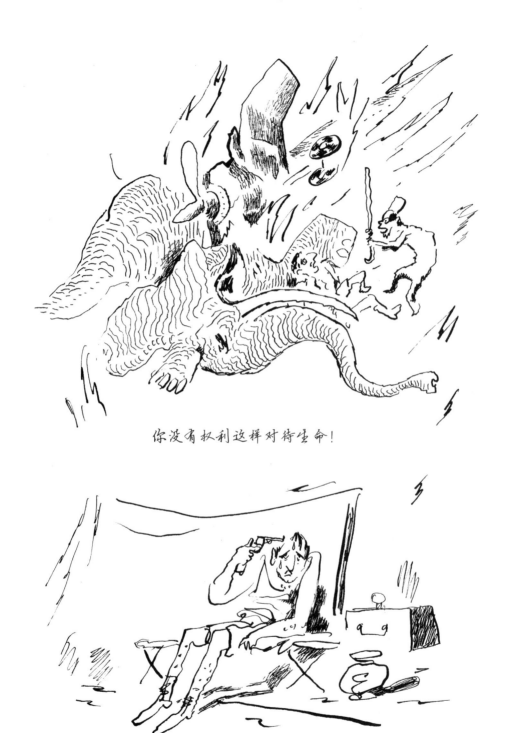

你没有权利这样对待生命!

闭，开垦我住房前的花园，每天早上割那里的野草，它们长得比我脸上的胡子还快。打那以后，我重新返回班吉，在那里又苦苦待命，直到阿斯提埃·德·维拉特向我作出友好姿态，恢复我在空军中队里的职务。这个中队当时在阿比西尼亚①前线作战。

因此，我要在这里郑重而明确地说一句：我什么也没有做，尤其是当人们想到等待我衣锦还乡的这位老妈妈的期望和信任时，我更要这样说。我进行过战斗，但我没有真正参与搏斗。

我当时仿佛还做过其他一些事情，但在记忆里已经完全没有印象了。有个伙伴名叫皮埃尔，我从来没有怀疑过他的话。他在战争结束后很久告诉我，一天夜里，他很晚才回到当时和我一起居住的那间拉密堡②的平房里，看见我在蚊帐里拿着手枪对准自己的太阳穴。他立刻向我扑来使子弹在千钧一发之际偏离了方向。我似乎向他解释了这一举动，说我感到绝望是由于离开了留在法国的年迈患病、无依无靠的老母亲，却来到这远离前线的非洲腹地。我已经记不起这段不体面的往事，它不像发生在我的身上，因为在我那激烈和短暂的绝望中，我准是把矛头对准外部，而不是对准自己。我要说，我决不会像梵高那样割掉自己的耳朵，而会在合适的时间打别人耳朵的主意。然而，我还是要说一句。我对一九四一年九月前的一些月份里所发生的事已经记不清了，这是因为那期间我患了一次可怕的伤寒症，差点儿去见上帝。那段往事从我的记忆中抹去了。医生曾经说，我即使活下来，也不会有清醒的理智了。

我就这样到了苏丹，重新加入空军中队。但是，埃塞俄比亚战役已经结束，从喀土穆③戈登斯特利机场出来，已经看不到意大利歼击机，远处高射炮上的几缕袅袅硝烟，活像战败者正咽着最后几口气。夕阳西斜时，我们去两家夜总会消磨时光。

①　即今埃塞俄比亚。

②　拉密堡，今乍得首都恩贾梅纳。

③　喀土穆，苏丹首都。

475

英国人在那里"拘禁"了两批匈牙利舞女，她们是因本国与同盟国宣战而在埃及被抓获的。天亮后，我们又去别处寻欢，没有想到去追捕敌人。我自然付不出一分钱。可以想象，我怀着怎样的懊恼和羞愧心情，读着母亲以信任和钦佩的感情写给我的那些信。我远远没有满足她对我的期望，而是在跟那些可怜的姑娘厮混。她们漂亮的脸蛋在苏丹五月骄阳的无情灼烤下很快变瘦了。我继续感到自己极度无能。我在用最大努力欺骗自己，向自己表明我还没有完全丧失男子气概。

第三十九章

我精神上虽然萎靡不振，但还回味着一点儿刚刚经历的瞬间快乐。如果我还没有说到这一点，那是由于我缺乏才情。每当我抬起头，拿起笔记本，我便感到自己声音微弱，能力低下，这似乎是对我试图说的和所爱过的一切的一种侮辱。也许有一天，哪位大作家会从我的生活中找到他所需要的灵感。如果真是这样，我这几行字就不算白写了。

在班吉，我住在一座小山脚下的一间香蕉林掩映的小平房里。每天夜里，月亮爬到小山顶上，恍如一只发亮的猫头鹰。每天晚上我坐在河滨俱乐部的露台上，面对大河彼岸的刚果，聆听他们放的唯一唱片《想起被我们遗忘的人》。

有一天，我看见她走在路上，赤裸着胸膛，头上顶着一篮水果。

她那楚楚动人的少女体态，全身洋溢着生机、希望和微笑的美，还有那无与伦比的风韵。鲁伊爽才十六岁。当她把身心全都奉献给我时，我竟感到对世间已经别无所求了。我去找她父母，我们按照她的部族习俗庆祝我们的结合。经历过动荡坎坷的生活、在空军中队里当中尉驾驶员的奥地利王子斯塔朗贝格当我们的证婚人。鲁伊爽住到我的屋子里。我一生中从来没有比看着她的容貌，听着她的声音感到更大的快乐。她一个法文字也不会说，她的话我一句也听不懂，但生活却是那样美好、幸福、纯洁无瑕。她的声音会使你对任何其他声音都无动于衷。我的眼睛一刻也离不开她。那优雅的线条，那无比娇嫩的手腕和踝部，那快活的眼神，那温柔的头发——谁也无法确切表达我记忆中的和我所熟悉的这一完美形象，我又能在这里说些什么呢？后来，我发现她有点儿咳嗽。我很担心，怕是这一极度美丽而难以维护的躯体受到了肺结核的侵害，便送她去维涅少校医生那儿检查。咳嗽倒无关紧要，医生吃惊的是，鲁伊爽手臂上有一个奇怪的斑点。当天晚上医生来小平房里找我，神色显得十分尴尬。他知道我很幸福，这是显而易见的。他对我说这女孩得了麻风病，要我同她隔离。他这样说着，但不相信我会按他的话去做。我跟他争论了很长时间，否认他的说法，压根儿不相信这一点。我不能承认这样的罪恶，我在鲁伊爽身边度过了一个噩梦般的夜。我看着她熟睡在我的怀里，这个即使在睡梦中还是那样笑盈盈的光彩照人的脸蛋。直到今天，我仍然不知道我是爱她，还是仅仅因为我的眼睛离不开她。我要在尽可能长的时间里把鲁伊爽留在我的怀里。维涅对我没有说什么，没有任何责备，他只是在我发誓、咒骂的时候耸了耸肩膀。鲁伊爽开始治疗，每天晚上还是回到我的身边睡觉。我从来没有那样痛苦地拥抱过任何人。后来有人告诉我报上登出文章 —— 我对此是不大相信的 —— 一种能杀死麻风杆菌的新药刚刚在利奥波德维尔①试验成功，对稳定甚至治愈这种疾病有肯定的疗效。直到这时，我才同意和她分离。我把鲁伊爽送上著名的"飞翼"，当时是苏巴贝尔军士驾驶这种飞机，往返于布拉柴维尔和班吉之间。她离我而去，我痴立在停机坪上，紧握着拳头，惆怅不已，感到不仅法国，而且整个地球都被敌人占领了。

每隔两周，一架由希尔曼驾驶的小猎犬与布拉柴维尔作军事联络，我自然要搭乘这架飞机。我感到全身空空荡荡：皮肤上每一个颗粒都在期待着鲁伊爽，两条胳膊好像成了废物。

我在班吉等待希尔曼的飞机，但是这架飞机在刚果上空掉了一枚螺旋桨，然后坠毁在森林里。希尔曼、贝卡尔和克鲁赞当场丧生，机械师古尔蒂奥断了一条腿，只有无线电通讯员格拉塞幸免于难。为了报知他的存在，他每隔半小时放一阵机枪。附近部族的居民看见飞机坠下，赶来营救，但每次都被枪声吓跑了。他们不得不在那里待了三天。古尔蒂奥因受伤而不能动弹，日夜要跟爬上伤口的红蚂蚁搏斗，几

---

① 利奥波德维尔，今刚果民主共和国首都金沙萨。

乎气得发疯。我过去经常与希尔曼和贝卡尔搭班飞行，那次正好得了疟疾，使我失去一星期的记忆。

我去布拉柴维尔的旅行只好推迟一个月，等苏巴贝尔返回后再去。但是，苏巴贝尔随同那架奇特的"飞翼"也在刚果森林里失踪了。这种飞机只有他和美国人吉姆·莫利松才能驾驶。我奉命到阿比西尼亚前线参加空军中队，但我却不知道跟意大利人的战斗已经结束，我已经毫无用处了。我服从了命令。我于是再也没有见到鲁伊爽。我有两三次从同伴们嘴里听到过关于她的消息。她受到良好的治疗，有了生的希望。她还打听我什么时候能回去。她是快乐的。这件事也就到此为止了。我写了几封信，向上级打了一些申请报告，还发了几份热情洋溢的电报，但没有任何结果，军事当局没有给我任何回音。我大发雷霆，提出抗议：世界上最美妙的声音从非洲某个阴郁的检疫站在向我召唤。然而，我被派遣到利比亚，同时被要求做健康检查，看是否染上了麻风病。我没有染上。这是不可能发生的。我从来没有想过，人们会对声音、脖子、肩膀和手着迷到这种程度，我的意思是说，她有一双这样的眼睛，它能使人们活得那样快乐，以致从那以后我再也不知道该怎么办才好。

第 四 十 章

母亲给我的信写得越来越简短了，是用铅笔匆匆写就的，有时候她四五封一起寄。她身体状况良好，胰岛素也不缺。"我光荣的儿子，我为你而骄傲 …… 法国万岁！"我坐在皇家旅馆屋顶阳台的桌子边，从那里可以眺望尼罗河和海市蜃楼 —— 无数火红色湖泊上漂浮着的城市。我坐在那里，手里拿着那叠信，周围是匈牙利舞女和加拿大、南非、澳大利亚的飞行员，他们在舞池上和酒吧附近挤来挤去，想方设法找一个漂亮的姑娘陪他们过夜。他们都要付钱，只有法国人不付，这充分证明，法国即使遭到失败，也还保持着声誉。我一遍又一遍读着这些充满温情和信任的句子。有时候，跳舞间歇时，小阿丽亚娜 —— 我们一位英勇善战的长官的心上人 —— 走过来坐在我的身边，好奇地瞧着我：

"她爱你吗？"她问我。

我毫不犹豫地作了肯定的回答，没有一点儿做作的谦虚。

"那你呢？"

我像往常一样，摆出一副刚强的男子汉风度。

"噢，你知道，我啊 ……"我回答说，"嗨，女人嘛，丢了一个，捡上十个！"

"你不怕她欺骗你，当你不在她身边的时候？"

"嗬，你说这个，不怕！"我回答。

"甚至几年不见？"

"对，甚至几年不见。"

我坐在皇家旅馆屋顶阳台的桌子边。

"可是，你终究不能相信，一个正常的女人能在没有男人的陪伴下单身待上几年，难道就是为了你这双漂亮的眼睛？"

"唔，我相信。"我说，"我亲眼见过。我认识一个女子，她很多年一直没有男人，就是为了一个人漂亮的眼睛。"

我们终于到了利比亚，参加反对隆美尔①的第二次战役。头几天里，六个法国伙伴和九个英国人便悲惨地死于意外事故。那天早上，赫姆辛风②刮得很猛，在圣贝勒斯的率领下，我们三架小猎犬轰炸机的驾驶员迎风起飞。这时候，突然发现沙暴的旋涡中出现三架英国小猎犬轰炸机，它们迷失了航向，正顺风向我们的飞机闯来，两组飞机上载有三千公斤炸弹，而且都已达到正常飞行速度。它们正处在地面和天空之间，无法进一步操作。相撞后只有圣贝勒斯和瞭望哨里的比蒙没有遇难，其余的人全都成了齑粉。人们见到一些狗，嘴里叼着肉块，在那里跑来跑去，足足有好几个钟头。

我很幸运，那天不在飞机上。发生爆炸时，我正在大马士革军医院接受临终涂油礼。

我得了伤寒，肠道出血。诊疗我的医生居庸上尉和维涅少校认为，我连千分之一的希望都没有了。我接受了五次输血，但出血无法止住，伙伴们在我的床前轮流给我献血。一位年轻的亚美尼亚修女菲丽艾娜对我实行真正基督徒式的诚心护理，她属于圣约瑟夫显灵教派，至今还生活在伯利恒③附近的修道院里。我的病拖了半个月，但还要六个多星期才能使我的理智完全恢复：在一段很长的时间里，我按正式途径逐级向上转交给戴高乐将军一封信。我在信里揭露一个行政管理错误：我没有被列入活人的名单。我在信里说，这种错误的后果是，士兵和下级士官不再向我

---

① 隆美尔（1891—1944），德国元帅。
② 北非沙漠地带的季风。
③ 伯利恒，指巴勒斯坦的伯利恒。

那位塞内加尔男护士已经把棺材放到我的房间里。

致敬，好像我已经不再存在。应该说明的是，我新近已被任命为少尉，阿沃尔军校事件后，我很看重我的军衔和我应当获得的人们对我的尊敬。

最后，医生似乎认为我只能活几小时了。我的大马士革空军基地的同伴们都被召集到医院小教堂，准备在我遗体前守灵。那位塞内加尔男护士已经把棺材放到我的房间里。我一时恢复了知觉（一般是在一次出血，继而使体温下降后出现这种情况），看到那口棺材放在我的床边，我意识到这是某种新的圈套，便想马上逃走。我竟然有力气站立起来，用细得像火柴梗的双腿勉强走到花园里。一个年轻的正在康复的伤寒患者在那里晒太阳。他看见一个全身赤裸，只戴一顶军官制服帽的幽灵踉踉跄跄地向他走来，便大叫一声，向警卫哨所奔去：当天晚上，他旧病复发。我处在精神癫狂之中，一直戴着那顶新发的带着簇新条纹的少尉军帽，不肯摘下。这似乎证明，三年前我在阿沃尔军校遭到侮辱所受到的冲击比我想象的更为严重。我的临终喘息就像哽住的虹吸管的声音，我亲爱的比蒙从利比亚赶来看我，后来他对我说，我当时把他拥抱得那样紧，使他感到很难堪，甚至觉得有点儿猥亵。我做得实在过分了。我完全没有顾及文雅和礼仪，就像人们说的，我手脚并用，肆无忌惮了。这有点儿令人作呕，就像一个抓住钱就不肯放手的吝啬鬼。不过，他露出一丝优美而略带嘲讽的微笑 —— 我希望他在赤道几内亚永远保持这样的笑

我处在精神癫狂之中，一直戴着那顶少尉军帽。

容 —— 对我说：

"看上去你是怀恋生活的。"

人们给我做临终涂油礼已经有一星期了。我承认不该给他们制造这些困难，然而，我是一个蹩脚的杂耍演员，我拒绝接受失败，我实在身不由己。我必须履行诺言：我要在百战百胜后衣锦还乡，写出《战争与和平》，成为法国大使，总之，我要在自己身上体现出母亲的才华。无论如何，我不能碌碌无为。一个真正的艺术家不能受制于现成的素材，他要设法使自己的灵感凌驾于原始素材之上，要赋予这堆杂乱无章的东西一种形式，一种含义，一种表现力。我不能让母亲的生命在大马士革医院的传染病房里如此愚蠢地结束。我的艺术理想，我对美的追求，也就是对正义的追求，不允许我抛弃我那尚未成形的真实的作品，我要完成这部作品，以它友爱和感人的思想照亮周围的世界，哪怕只是短暂的一瞬。我不会在神灵们递给我的荒谬而毫无价值的契约上签字，我还不至于如此缺乏才能。

但是，我还是常常产生洗手不干的念头。我的身上都是脓疮，血清在一滴一滴输入我的体内，针管好几小时一直插在我的静脉里，使我觉得好像在铁丝网上爬滚，我的舌头因溃疡而开裂，左颌在梅里尼亚克的意外事件中破裂，这时已经发炎，一块骨头从里面出来，穿破了牙龈，因为怕出血，不敢去摘除它。我的体内继续在流血。人们把我裹在一块冰凉的毯子里。但我的体温在几分钟里继续上升。另外，医生们还怀着极大的兴趣发现，这期间我体内长着一条巨大的绦虫，它现在开始一米一米地从我的肠道往外钻。我病愈很多年后，当年给我治过病的这个或那个大夫遇到我时，总用难以置信的神情打量我，说：

"真叫人捉摸不透，你是怎样死里逃生的。"

是的，这是神灵们忘记剪断我这条脐带了。人类试图赋予命运某种形式和含义，神灵们对此心怀忌恨，对我猛烈追击，弄得我体无完肤，到处是血淋淋的伤口，但是神灵们对我的爱一无所知，他们忘了剪断这条脐带。我幸存下来了。母亲的意志、

神灵们对我的爱一无所知。

勇气和生命力源源输入我的体内，继续哺育着我。

当我看见神甫走进我的房间，准备给我做临终涂油礼时，我身上尚未熄灭的生命的火花立刻愤怒地燃烧成神圣的火焰。

我瞧见这个满脸胡须，身披白色和紫色长袍，手捧带耶稣像的十字架的人，迈着稳重的步伐向我走来，我明白他对我打着什么主意。我好像见到了魔鬼本人。那位搀扶着我的好心修女大吃一惊：一个奄奄一息的人突然发出高亢而清晰的声音：

"给我走开！—— 我用不着！"

我接着又昏迷了几分钟，到我清醒过来时，善行已经完成，但我没有屈服。我下定决心：一定要穿着军官制服，胸前挂满勋章，返回尼斯，返回布法街市场，让母亲扑到我的怀里。然后，我们也许去英国人散步道逛一圈，周围的人群向我们频频鼓掌。"向这位梅尔蒙旅馆兼膳宿公寓的伟大的法国女性致敬。她从前线回来，受过十五次嘉奖，在空军里屡建战功，她的儿子为她而骄傲！"老先生们脱帽致敬。人们唱起《马赛曲》。这时有人轻声说："他们之间还连着脐带呢。"我果然看见长长的橡皮管从我的静脉里出来，我得意地笑了。这，这就是艺术！这是已经实践的诺言！人们希望我放弃使命，借口是医生们说我患了不治之症，临终涂油礼都已做过，一些伙伴还戴上白手套准备在烛光明亮的小教堂里站岗守灵呢！啊，可是，这怎么能行！还得活下去 —— 正如人们所看到的，我决不在任何绝境中后退。

我没有死。我康复了。这一过程是漫长的。体温降低了，然后正常了，但神志一直不清，说话总是结结巴巴：我的半个舌头因溃疡而切除了。之后，又患上了静脉炎。人们担心我的腿。我的脸部左内侧，就在上颌感染的地方，形成永久性面部神经麻痹，直到今天，我的脸还是明显地不对称。我的胆囊发生病变，后来又患上心肌炎。我丧失了辨认人的能力，而且不能说话。但是，这条脐带在继续发挥作用。从本质上说，我没有真正患病：当我完全清醒的时候，当我终于能模糊不清地说话的时候，我试图知道还需要多长时间我才能重新走上战场。

医生们开玩笑，说是对我而言，战争已经结束。人们简直不能肯定我是否还能正常行走。我的心脏可能会留下创伤；要想再登作战飞机？他们只是耸耸肩膀，和蔼地微微一笑。

三个月后，我又重新登上我的小猎犬，跟德·杜伊西一起，在东地中海上空追袭潜水艇。德·杜伊西几个月后在美国上空一架蚊式轰炸机上丧生。

我在这里要感谢一位默默无闻的埃及出租车司机阿哈默德。他只拿了五英镑的钱，便同意穿上我的军装，代替我去开罗皇家空军医院作健康检查。他长得不漂亮，对炎热的沙漠也不觉得舒服，但是他顺利地通过了检查。我们在格罗碧饭店的露天座上吃着冰淇淋，相互庆贺。

我还要接受大马士革空军基地的医生费蒂西少校和贝尔戈上尉的检查。那是无法作弊的，他们都认识我，在医院的病床上跟我打过交道。他们同样知道我有时候心情忧郁，而且无缘无故会失去知觉。总之，人们要我先去卢克索的"国王谷"休养一个月，然后再考虑编入机组。就这样，我参观了古埃及法老的陵墓，并且深深地爱上了尼罗河，我曾在这条河的航道里两次顺流而下，逆流而上。在我的眼里，它的景色至今仍然是世界上最美的。这是一个可以让灵魂得到休息的地方，我的灵魂正需要这样的地方。我留在冬宫的阳台上，一待就是好几个小时，眺望那些来来往往的三桅小帆船。我重新开始写我的书。我还给母亲写了几封信，以弥补三个月来的沉默。在她给我的短信里，看不出她担心的痕迹。她对我好久没有音信并不感到奇怪。这倒使我觉得有点儿不正常。她从尼斯如期寄出最后一封信后，至少有三个月没有得到我的消息了，但她好像什么也不在意。也许她认为这是正常的，因为我们必须绕道通信。另外，她相信我总是能够克服各种困难的。不过现在她的信里隐隐约约显露出某种忧郁，我从中第一次察觉出一种不同的语气，一种没有明言的动人心弦而又奇异地令人不安的东西。"我亲爱的孩子，我恳求你，不要想念我，不要

　　这是一个可以让灵魂得到休息的地方。

为我担心。要做一个勇敢的人。记住，你现在不再需要我了，你已经长大成人，而不是一个小孩子了。你能够独立生活了。我的孩子，快点儿结婚吧，你总该有个女人在你身边。这也许是我给你制造的痛苦。当然，更重要的是，赶快写出一部优秀作品，这将使你得到更好的安慰。你从来就是一个艺术家。别太想念我，我身体好好的。罗萨诺夫老大夫对我的状况很满意。他向你问候。亲爱的孩子，你要勇往直前。你的母亲。"我拿着这封信，在缓缓流逝的尼罗河上方我的阳台上，反复读了不知多少遍。信中流露出一种几乎是绝望的语气，一种前所未有的严肃和克制的感情。母亲没有提到法兰西，这还是第一次。我的心情很沉重。难道有什么不测的事？信里没有说出来。还有那不同寻常的鼓励，要我鼓足勇气，这在她近来的信里说得越来越频繁，甚至有点儿令人反感：她明明知道我对一切都是无所畏惧的。不过，重要的是，她一直活着。我希望能及时回到她的身边，这一希望与日俱增。

赶快写出一部优秀作品，

这将使你得到更好的安慰。

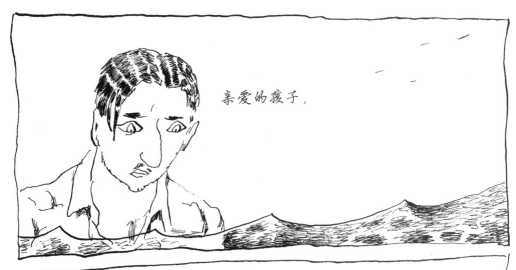

亲爱的孩子，

你要勇往直前。

你的母亲。

母亲没有提到法兰西，这还是第一次。

第四十一章

　　我又回到了飞行中队，在巴勒斯坦外海平静地追袭意大利潜艇。这是一个清闲的差使，我身边总是带着野餐。我们在塞浦路斯海域攻击一艘在水面进行了激烈战斗的潜艇，但是没有命中，射程拉得太远了。

　　可以说，从那一天起，我懂得了什么叫悔恨。

　　很多电影和小说采用这类主题：军人对自己犯下的过错感到无限内疚。我也并不例外。直到今天，我有时候还大叫着从梦中惊醒，身上渗出一身冷汗：我梦见自

从那一天起，我懂得了什么叫悔恨。

在哈特福德桥空军基地搞文学⋯⋯三个同伴⋯⋯盖着瓦楞铁皮的窝棚⋯⋯

返航时，几乎总要少一个同伴。

在这种条件下，搞文学创作是很困难的。

己又一次没有击中潜艇。我总是做同样的噩梦：没有命中目标，没有从水底把全体二十名船员 —— 特别是意大利船员送上西天，然而我却十分热爱意大利和意大利人。简单而残酷的事实，我的内疚，我的黑夜的惶惑，是由于我"没有杀人"。这对一个善良的本性来说是极为难堪的。在作这种坦白的同时，我向所有受我冒犯的人表示恭顺的歉意。我试图对自己说，我是一个坏人，而其他人，那些好人，真正的人，则不是这样的。这样做给我带来一点儿安慰，使我的精神状态略微有所好转，因为我最需要的是相信人性。

《欧洲教育》已经写了一半，我把所有业余时间都用在写作上了。一九四三年八月，空军中队转移到英国后，我加快了写作进度：收获已经在望，我回家时不会两手空空了。母亲看见自己的名字印在书的封面上时，她将会多么快乐和骄傲！我已经看到了这一点。虽然没有得到纪纳曼的荣誉，她将对文学荣誉感到满意，她最终实现了自己的艺术抱负。

在哈特福德桥空军基地，没有良好的搞文学的条件。我和三个同伴合住一间盖着瓦楞铁皮的窝棚。我在夜里写作，穿着飞行员上衣，套上毛皮靴子，坐在床上，一直写到清晨。我的手指冻僵了，呼吸在冰凉的空气中凝成了茫茫雾气，这倒使我轻而易举地描绘出小说里白雪皑皑的波兰平原的气氛。到了凌晨三四点钟，我放下钢笔，骑上自行车，去军官食堂喝一杯茶，然后登上飞机，迎着灰蒙蒙的黎明去执行任务，攻击设防坚固的目标。返航时，几乎总要少一个同伴。有一次，在去沙尔罗瓦的路上飞越海岸时，我们一下子丢了七架飞机。在这种条件下，搞文学创作是很困难的。对我来说，这是同一场战斗，同一个事业。夜里，当伙伴们都入睡后，我继续写作。只有一次，窝棚里只剩下我一个人，那是帕蒂机组被击落的那一夜。

我周围的天空变得越来越空旷。施莱辛格、贝甘、穆肖特、马里道尔、古比和传奇英雄马克斯·盖吉相继阵亡，最后一批人员顶了上去，他们是杜伊西、马尔泰尔、科卡纳帕、德·梅斯蒙和马埃。我到英国后认识的所有人中间，最后只剩下了巴尔贝隆、朗热两兄弟、斯托纳和佩里埃，我们常常彼此默默相望。

我写完了《欧洲教育》，把手稿寄给高尔基和威尔斯[1]的女友穆拉·布德贝格，但一直没有得到回音。一天早晨，我出去执行一项任务，伙伴三人搞低空袭击，进行地毯式轰炸。飞机离地面只有十米。回来时发现一份英国出版商给我的电报，告诉我他打算翻译我的小说，并将在最短期限内出版。我摘下飞行帽和手套，久久在原地痴立，眼睛一直盯着那份电报，连飞行服都没有脱掉。

我获得了新生。

我连忙通过瑞士发电报，把消息告诉母亲。我急切地期待她的反应。我感到自

---

① 威尔斯（1866—1946），英国作家。

我获得了新生。

己终于为她做了一点儿事情。我知道她将怀着何等喜悦的心情翻看这本书的每一页。她就是这本书的作者。她艺术家的夙愿终于开始实现，说不定碰上一点儿好运气，她还可能成为名人呢。她起步较晚，现在已经六十一岁。我没有成为英雄，也没有当上法国大使，甚至连大使馆秘书都不是，但是我终究开始履行我的诺言，赋予她的奋斗和牺牲一定的含义。我的书，不管它怎样浅薄，已经放置在天平上，显示出了它的分量。此后，我一直等待着。我接到了来信，一遍又一遍地读着，想从中寻找出隐喻我首次成功的语句，但是她仿佛全然不知道这件事。最后我明白了她保持

504

沉默的原因，这是无言的责备：只要法兰西还在敌人占领之下，她期待我的就是战争的功勋，而不是文学作品。

然而，如果我没有卓绝的成功，这并不是我的过错，我已经尽了最大努力。我每天与蓝天相会，返航时，飞机常常弹痕累累。我不是驾驶驱逐机，而是驾驶轰炸机，这个职业并非那么引人入胜。到达目标后，投下炸弹，然后返航，也可能不再返航。我甚至想，母亲是否听说巴勒斯坦海域的一艘潜艇没有被击中；如果她知道这件事，她是否会对我有点儿怪罪。

《欧洲教育》在英国出版几乎使我出了名。每次执行任务回来，我总能见到新的报道。有些通讯社还派来记者，我一下飞机就被拍照。我摆出漂亮的姿势，注意把眼睛抬向天空，胳膊下夹着飞行帽；穿着整套飞行服 —— 只是有点儿遗憾没能穿上那件十分适合我的旧切尔克斯制服。不过，我能肯定，母亲一定会喜欢这些照片，它们和过去拍的一模一样，我为她精心收集起来。我应英国大臣艾登夫人的邀请，去她家喝茶，端茶杯时，我十分注意不让小手指跷起来。

我有时好几小时躺在停机坪上，头下枕着降落伞，试图驱赶经常出现的失望心态，抑制我的热血怒涛，平息我想离开"那里"，获得新生，战胜敌人的念头。但是直到今天，我还不知道我说的"那里"究竟是什么地方，我想大概是人间环境吧。总之，我再也不愿当被遗弃者了。

有时候，我仰起头，怀着友好情意，望着我的太平洋兄弟；他看上去无边无际，但我知道他有他的边界，且处处碰壁，这也许是产生一切纷扰和喧哗的原因。

我又执行了十五次任务，没有发生什么意外。

然而，有一天，我们的出击比往常稍微混乱一点儿。离目标还差几分钟，当我们正在炮弹的烟雾中飞舞时，我从耳机里听见驾驶员阿尔诺·朗热的呼叫，接着是一阵沉默，然后传来他镇静的声音：

"我的眼睛被击中，我瞎了。"

……她期待我的就是战争的功勋，而不是文学作品。

到达目标后，投下炸弹，然后返航，也可能不再返航。

我甚至想，母亲是否听说一艘潜艇没有被击中。

在波士顿飞机上，驾驶员与领航员和机枪手之间被一道装甲钢板隔开，飞行中彼此无法接触。就在阿尔诺告诉我他的眼睛受伤时，我的肚子被狠狠地一击，一秒钟后，鲜血凝住了我的长裤，沾满了我的双手。幸好，我们新发了保护头部的钢盔。英国和美国机组人员自然都把钢盔戴在脑袋上，而法国机组人员个个用它来保护身上他们认为更为宝贵的部分。我迅速掀起钢盔，看到那关键部位安然无恙，便松了一口气，竟把危急情势丢在脑后了。我对生活中的事都有轻重缓急之分。我舒了一口气，然后继续判断情况。机枪手没有中弹。驾驶员的眼睛瞎了。我们还在编队飞行。我是机群领航员，这就是说，我肩负着集体轰炸的责任。我们离目标还有几分钟的路程，我认为最简单的办法是继续直线前进，到目标上方扔下炸弹，然后再作打算，如果我们还存在的话。我们按这一设想行动，此间又被击中两次，我的背部受了伤。我说背部，那是婉转的说法。不管怎样，我终于向目标掷下炸弹，为完成任务而感到高兴。

我们又朝前飞了一会儿，然后开始用喊话的办法指挥阿尔诺。我们的飞机离开了编队。编队指挥由阿勒格雷担任。我流了不少血，看见裤子上黏糊糊的一片，感到有点儿恶心。两个发动机中的一个出了故障。驾驶员试图从眼睛里拔出一片片弹片。当他用手指从眼皮上拔出弹片时，他看见自己的手的影子，这似乎表明视神经没有损伤。我们作出决定，等飞机越过英国海岸后就跳伞，但是阿尔诺发现他上方的活动顶盖已被炸坏，打不开了。我们不能让盲驾驶员留在飞机上，只好继续跟他一起飞行，用喊话指挥他，设法着陆。我们的努力收效不大，两次都没有成功。记得第三次试图着陆前，看到大地已经在身边晃动时，我在机头的玻璃舱里发觉嘴里有一股炒鸡蛋的味道，同时在耳机里听到阿尔诺忽然变成了孩子般的声音："圣母玛利亚，保佑我吧！"我感到悲哀，又有点儿生气，怪他只为自己祈求而忘了伙伴。我还记得当飞机将要触及地面时，我微笑了，这微笑也许是我经过长期酝酿的文学创作之一，我在这里提及它，希望将它编入我的作品全集。

我发觉嘴里有一股炒鸡蛋的味道。

这微笑

也许是我经过长期酝酿的

文学创作之一。

一名眼睛瞎掉四分之三的驾驶员驾着自己的飞机着陆，我想，这是英国皇家空军史上从未有过的事。皇家空军的报告中只提到这样一句："着陆时，驾驶员用一只手掀开自己的眼皮，它已被弹片打得伤痕累累。"阿尔诺·朗热因这一功绩而荣获英国飞行十字勋章。他的眼睛后来完全复明了，由于有机玻璃碎片的袭击，他的眼皮完全粘到了眼球上，但视神经没有损伤。战争结束后，他当了空运公司的驾驶员。一九五五年六月，正当他准备在拉密堡降落时 —— 一阵热带龙卷风席卷这座城市前的几秒钟 —— 目击者看到一道闪电像拳头一样从云层中突起，击中了飞机驾驶舱。阿尔诺·朗热顷刻罹难。命运之神只能用这种不光彩的手段迫使他放下操纵器。

　　我被送进医院。检查报告上说我"腹部穿孔性创伤"，但没有涉及要害部位。伤口很快愈合了，然而令人大为愤恼的是，多次检查中发现我的一些内脏器官明显不正常。主任医师写了一份报告，要求把我从飞行员中除名。在这期间，我离开医院，依靠大伙儿的友好帮助，我很快又飞了几次。

　　就在那时候，我遇上了一生中最美好的事情，直到今天，我还不能完全相信。

　　几天前，我和阿尔诺·朗热一起被请到英国广播公司。记者问了好半天我们的战斗经历。我知道宣传上需要这方面材料，法国公众急切盼望着法国飞行员的消息，所以我对此并不太在意。然而我却十分惊奇地看到，第二天的《旗帜晚报》上登出了关于我们的"功勋"的一篇文章。

　　我接着返回哈特福德桥基地。军官食堂一个值勤士兵交给我一份电报。我看了一眼签署人姓名：夏尔·戴高乐。

　　我获得了解放十字勋章。

　　我不知道是否还有人能理解这绿色和黑色的绶带对我们来说意味着什么。几乎只有战场上牺牲的最优秀的同伴们才配享受这份荣誉。今天，我不知道获得这枚勋章的人 —— 活着的和死去的 —— 是否超过六百。别人问我问题时，我常常发现 —— 但并不感到惊奇 —— 知道解放十字勋章的人微乎其微。这倒也好：当一切几乎已被遗忘或糟蹋时，对忠诚和友谊的缅怀因不为人知而免遭损害。这样很好。

我变得迟钝起来，在那里踱来踱去。我握住别人伸过来的手，几乎是在替自己作证，为自己辩护，因为我的伙伴们知道，我没有资格得到这份荣誉。

我到处遇到的仍然是友好的手和欢悦的脸。

今天，在这方面，我还想作一点儿说明。我诚恳地说，在我少得可怜的努力中，我看不出哪一点能配得上这份荣誉。我能做的，想做并开始做了一点儿的，比起母亲对我期待的一切，比起她教给我的一切和对我讲的关于我们国家的一切，真是微不足道，不值一提。

解放十字勋章将在几个月后由戴高乐将军在凯旋门下亲手佩戴到我的胸前。

可以想象，我急于向瑞士发电报，至少要用某种审慎的暗示，让母亲知道这一消息。为了可靠起见，我给英国驻葡萄牙大使馆一名职员写信，请他把一封措词谨

这绿色和黑色的绶带对我们来说意味着什么。

慎的信尽快转送到尼斯。我终于能昂首阔步返回家乡了：我的书已经给了母亲一点儿她梦寐以求的艺术荣誉，现在我又能向她奉献法兰西最高军事荣誉，这份荣誉她是当之无愧的。

　　登陆已经完成。战争快要结束了。在她从尼斯给我写的短信中，可以感到一种快乐和平静，好像母亲知道她终于达到了目的。信里甚至洋溢着一种我不十分理解的亲切的幽默感："亲爱的儿子，我们分别已有好几年了。我希望你现在已经习惯于见不到我，因为不管怎么说，我总不能永远待在这里。要记住，我对你从来深信不疑。我希望，当你回到家里并了解一切时，你将会原谅我。我没有别的选择。"她究竟做了什么？什么事要我原谅她？我倏然闪过一个愚蠢的念头：难道她再次结婚了？可是她已六十一岁，这不太可能。我感到这些话的背后有一种亲切的嘲弄，我几乎可以看到她那有点儿内疚的面色，如同她每次做了一件古怪的事时一样。她已经引起我很多思虑。现在，几乎在她所有的信里，都出现了这种含糊不清的尴尬语气，使我清楚地察觉到她被迫做了某种异乎寻常的事情。可是，什么事情呢？"我所做的一切，我已经做了。因为你需要我。不要责怪我。我一切都好，等待你归来。"我绞尽脑汁思索这一切，但是得不出任何结论。

我几乎可以看到她那有点儿内疚的面色……我
绞尽脑汁思索这一切，但是得不出任何结论。

第四十二章

　　我的话快要讲完了。故事结局越来越近，我真想把稿纸扔掉，再让我的头埋进沙子里。结束语总是那样千篇一律，至少人们希望有权让自己的声音游离于失败者的合唱之外。不过，我的话只有那么几句，还是把它说完吧。

　　巴黎即将解放。我与中央情报及行动局取得联系，以便让我降落到滨海阿尔卑斯省做一次与抵抗运动的联络工作。

　　我心里充满惶惑，怕不能及时赶到。

　　而且，当时在我的生活中又发生了一件很不寻常的事，它极其意外地丰富了我离家后的奇特经历。我收到一份外交部正式函件，建议我担任大使馆秘书。然而，我在外交部没有熟人，也不认识其他行政机关的人：我压根儿不认识民事部门的任何人。母亲过去替我说出的抱负，我跟谁都没有说过。我的《欧洲教育》在英国和"自由法国"引起一些反响，但这不足以解释为何不经考试就立即进入外交界，"为解放事业做特殊服务"。我用怀疑的眼光长时间看着这封信，反复捉摸它的含义。它不是用行政文书格式 —— 无人称语句写的，相反，信中流露出一种同情，甚至是一种友爱，这使我感到局促不安：被人认识，更确切地说被人想象，这对我来说是一种新的感受。我置身在这样一种时刻：使人不能不感到被一种神的意志轻轻地推动着，这意志关照着理性与光明，如同宁静的地中海留心着这一古老的人类之岸的天平的平衡，留心着明与暗、牺牲与快乐的合理搭配。母亲的命运是坎坷的，然而在我像蓝天般纯洁的激情中，总要掺入几粒染上经验和谨慎的苦味的尘埃，这些尘埃促使我用敏锐的目光去观察奇迹，透过那神赐的面具，我轻而易举地识别出一种

总之，她进行了干预。

我十分熟悉的略带内疚的微笑。母亲又在干她的老行当了：她像往常那样躲在幕后激动不安，去挨家挨户敲门，暗中撮合安排，必要时赞扬我一番。总之，她进行了干预。这也可能是出现在她最后几封信里的有点儿尴尬而又不太明确的语气的原因，这种语气使我几乎觉得她在请求我原谅：她再次把我推上台，而她明白她不该这样做，绝对不该提出任何要求。

南欧登陆打断了我的空降计划。我立刻接到高尔尼格尼翁－莫利尼埃将军的一道紧急命令，根据这道命令，我在美国人的帮助下，换了好几辆吉普车，被一直送到土伦。从那里开始，过程稍稍复杂一些。这是一道不容置辩的命令，交给我的文件上写着将军本人的巧妙批语："紧急接收任务"。执行这一任务倒给我开辟了各种渠道。我记得当高尔尼格尼翁－莫利尼埃以稍带嘲弄的亲切态度给我签署文件，我向他表示感谢时，他这样说：

"您的任务，对我们来说，非常重要，非常重要，这关系到一次胜利……"

我陶醉在胜利的气氛中。天空似乎更近，更和蔼了，每一棵橄榄树都是一枚友谊的标记，地中海越过松柏林和带有铁蒺藜的铁丝网向我奔来，大炮和装甲车挤来挤去，像久别重逢的乳母。我通过多种不同渠道，把我即将回家的信息告诉母亲，这些信息将在盟军进入尼斯后几小时汇集到她那里，中央情报及行动局在一星期前就用密码把消息传达给法国抗德游击队基地。登陆前两星期，瓦努里昂上尉已空降到游击队基地，他该立即与她取得联系，告诉她我即将到达。巴克马斯特联络网的英国战友答应我在战斗期间照应她。我有很多朋友，他们懂得这一点，懂得这不是关系到她，也不是关系到我，而是关系到我们历史悠久的人与人之间的情谊，关系到我们共同的正义事业中兄弟般的并肩战斗。我的心充满青春的活力，充满信任和感激，古老的大海 —— 我们最忠实的见证人 —— 自从见到她的第一个孩子凯旋以来，应该非常熟悉这样的心迹。解放十字勋章绿色和黑色的绶带就在我的胸前，在荣誉军团勋章、十字军功章和其他五六枚奖章之上，显得那样醒目，它们中间的每一枚我都不会忘记。我的黑色战地服肩上的上尉条纹，眼睛上方的军帽，因面部神经麻痹而引起的极其严峻的表情，布挎包里与大量剪报装在一起的法文和英文小说，

非常重要，这关系到一次胜利……

口袋里那封为我开辟外交官生涯的信，具有合适的体重、能跟人较量的身躯，这一切都在希望、青春、确信和地中海之中陶醉，在光明和受到祝福的岸边昂首挺胸。在那里，任何痛苦，任何牺牲，任何爱情，都不会被弃置不顾；在那里，一切都有价值，都有意义，都有应有的位置，都艺术地加以设想和实施。我为世人赢得了名誉，为一位亲人的命运赋予形式和内涵后，返回故里。

一些穿黑衣服的残疾军人坐在石头上，脸上露出微笑，这笑容是那样光辉灿烂，仿佛是内心深处给照亮后而发出的，世上的光明就像来自他们的心窝。我们经过时，他们向空中举起冲锋枪，友好的笑脸显示出实践诺言后的快乐和幸福。

胜利了！嗨，胜利了！

"胜利了！嗨，胜利了！"①

胜利了！嗨，胜利了！我们终于重新掌握了世界，每一辆被打翻的坦克活像一具被击败的神灵的遗骸。土籍部队的士兵面容瘦削，脸色发黄，裹着伊斯兰教徒的头巾，蹲在篝火周围，烤着一头整牛。一个飞机的尾部扎在零乱的葡萄园里，仿佛一柄折断的剑。柏树下的橄榄林是一些声名狼藉的混凝土掩蔽所，偶尔能见到一门死炮悬在那里睁着失败者呆滞的眼睛。

我站在吉普车上。橄榄树、葡萄树和柑橘树仿佛从四面八方奔过来迎接我。掀翻的火车，倒塌的桥梁，扭曲而杂乱的铁蒺藜，如同死去的仇恨，在每个拐角处被光亮一扫而尽，只是到了瓦尔浮桥上，我才不再看见人们的手和脸，才不再试图去辨认那数不清的熟悉的角落，不再回应妇女和儿童们愉快的手势。我站在那里，靠着汽车的挡风玻璃，倾身朝向那座越来越近的城市，朝向街区，朝向那座房子，朝向那位张开手臂的人。她定然已经站在胜利的旗帜下等待我了。

我应该在这里结束这篇纪事了。我写这本书不是为了使世界变得更加阴暗。如果继续写下去，我将感到为难，但我还是匆匆加上这几行字，尽快把它写完。这样，我就可以重新躺到这太平洋岸边幽静的大苏尔海滩上，在这里，我曾试图中断这部纪事，但终究没有成功。

我的吉普车到了梅尔蒙旅馆兼膳宿公寓，但是没有一个人迎接我。旅馆里的一些人曾或多或少听说过母亲，但谁都不认识她。我的朋友们都已各奔东西。我费了好几个小时才弄清实情：母亲在三年半以前，也就是我出发去英国后的几个月，就离开了人世。

但是她清楚地知道，如果我感受不到她的支持，我就会经受不住考验。于是她

---

① 原文为英语。

采取了措施。

在临终前几天，她写了将近二百五十封信，寄给她旅居瑞士的女友。我最后一次到圣安东尼医院探望她时，看到过她那狡黠的眼神，大概当时她正怀着爱心策划这一行动 —— 而我当时并不知情 —— 这些信将定期寄到我的手里。

就这样，我继续汲取母亲的力量和勇气，这条脐带一直发挥着作用，它使我不屈不挠地坚持战斗。

而母亲却早在三年多以前就辞别了人间。

一切都已了却。绵延一百公里的大苏尔海滩阒无人迹，但我只要抬起头，就能看见前方两块岩石中的一块上待着一些海豹，另一块上栖息着无数鸬鹚、海鸥和鹈鹕，有时还能看到在远海游弋的鲸鱼喷出的水柱。我这样静静地在沙地上躺了一两个小时，一只秃鹫开始在我周围缓慢地盘旋。

我已陨落多年了。我觉得自己就倒在这里，在大苏尔海滩的岩石上，此刻正在倾听和试图理解太平洋永恒的涛声。

我不是老老实实认输的。

现在，我的头发已经花白，虽然终归要走近耄耋之年，但我还没有真正衰老，尤其不愿人们以为我对此耿耿于怀。我不想赋予我的陨落以普遍意义。如果说，接力赛的火炬从我手中被取走，想到准备抓住它的所有的手，想到所有那些尚未露头的隐藏的、潜在的、正在成长的未来的力量，我会满怀希望和憧憬地微笑。从我的结局中得不出任何教训，任何屈从，我所放弃的只是我自己，这确实没有什么不好。

也许我缺乏博爱精神，也许我不该只爱一个人，哪怕是自己的母亲。

我的过错是相信个人的胜利。今天，当我不复存在时，一切都已向我复归。所有的人，所有的民族，所有我们的军团，都成了我的盟友。我不参与他们的内部纷争，我始终朝向外部，犹如一名被遗忘在天涯的哨兵。我继续活着，并从受着折磨

的人们中看到我自己。我绝不能参加自相残杀的争斗。

至于其他，请人们在我死后注意观望苍天：人们将会在猎户星座、昴星团或大熊星座附近发现一个新的星座——人狗星座，它用满口的牙齿咬住某个天体的鼻子。

我有时甚至感到幸福，正如今晚我这样躺在大苏尔海滩上，在雾气弥漫的黄昏时刻，倾听远方岩石那边传来的海豹叫声。我只要略微抬起头就能望见太平洋。我悉心聆听太平洋的涛声，总感到我即将听懂它试图向我诉说的心里话，即将最终破解这些隐语。那坚定而持续不断的低沉的海涛是在执着地向我倾诉某些事情，向我作某种解释。

有时候，我并不去倾听它，而只是躺在那里，呼吸着。这是一种有效的休息。我确实尽了我的一切努力，做了我能做的一切。

我的左手紧握着我在一九三二年获得的尼斯乒乓球冠军赛的银牌。

人们还常常看见我脱掉上衣，一下子跳到地毯上，弯腰，直立，再弯腰，蜷曲，翻滚，我的躯体仍然应付自如，我没有忘掉老习惯。人们都认为我只是做做体操，一家有名的美国周刊用两版篇幅刊登我做体育运动的照片，把我当作这方面值得效仿的榜样。

我没有误入歧途。我恪守了诺言，并继续这样做。除了留下一张小小的身份证件照片，我把自己的一切都献给了法兰西，因为这是母亲教导我的全部内容。我按照许下的诺言写了书，事业有成，我在伦敦置备服装，尽管我讨厌英国款式。我甚至给人类帮了很多忙。例如有一次，在洛杉矶——我当时任法国驻该地总领事，这当然要承担某些义务——一天早上，我走进客厅，看见一只蜂鸟无所顾忌地栖在那里。它知道这是我的家，由于一阵风把门关上了，它整整一夜被关在这个房间里。它小巧玲珑，坐在一个垫子上，弄不清发生了什么事，也许它感到绝望，丧失了勇气，它正在哭泣，发出一种我从来没有听见过的悲鸣声。我打开窗子，它飞了出去。我很少感受到像此刻这样的快乐，我深信自己没有白活在这世上。另一次，在非洲，

一个猎人正用枪瞄准一头站在路中间的羚羊，我及时赶上，给了他一脚。还有一些类似的例子，但是我不想陈述我在世上所做的一切，以免显得自我吹嘘。说说这些仅仅是为了证明我尽了自己的努力。我从来没有恬不知耻，也没有悲观失望；相反，我常常怀着美好的希望和憧憬。一九五一年，当我坐在新墨西哥沙漠里一块熔岩石上时，两条全身洁白的小蜥蜴爬到我的身上。它们毫不害怕，感到非常安全，在我全身各处爬动。其中一条从容地伸出前爪，爬上我的脸，把嘴凑近我的耳朵，在那里待了好一会儿。可以想象，我是怀着怎样急切的希望和热忱的憧憬一动不动地期待着。然而，它什么也没有说，总之我什么也没有听见。认为能够全部感知，能无保留地向朋友袒露自己，这种看法终究有点儿奇怪。我不指望别人以为我还在等待某种信息或某种解释：这是不可能的。何况，我不相信来生，不相信任何这类天真的说法。但是我承认，我不能抑制自己渴求某种东西，渴求某一瞬间。战争结束我

我不指望别人以为我还在等待某种信息或某种解释……

527

我终于说出了全部。

病得不轻，我不能踩一只蚂蚁，或看着一只鳃角金龟掉进水里，最后我写了一本厚厚的书，要求人类用自己的双手保护自然。我不知道我从动物眼神里看见的东西是否确切，但是我觉得它们的眼神里发出一种无声的呼叫，显示出一种对人类的不理解，一种质问，它使我回忆起某些事情，使我感到震惊和不安。我家里没有动物，因为我很合群，我还是喜欢跟海洋结伴，它是不会很快逝去的。朋友们说我有时候有一种奇特的习惯：独自一人站在街上，眼睛朝向光亮，伫立良久，显出自命不凡的神情，好像还想博取某个人的喜爱。

我说的就是这些。应该赶快离开这个海岸。我在这里已经躺了很长时间，一直倾听着大海。今晚，大苏尔海滩上有一层薄雾，天气将要转凉，我还没有学会生火取暖。我还想在这里待一会儿，倾听一会儿，因为我总觉得我即将听懂太平洋对我说的话。我闭上眼睛，微笑着，倾听着…… 我保持着这种好奇心。海滩越空旷，我越觉得它熙熙攘攘。岩石上的海豹沉默了。我仍然待在这里，闭着眼睛，微笑着。我想象它们中间的某一只将慢慢向我走来，我会突然感到一张深情的嘴贴到我的脸上或肩头上…… 我有过这样的经历。